国士

楡 周平

祥伝社文庫

目次

プロローグ 5
第一章 15
第二章 84
第三章 151
第四章 232
第五章 290
エピローグ 340

プロローグ

「知美《ともみ》、閉店時間だ。看板を引っ込めてくれ」

フライヤーの中に浮かぶメンチカツをひっくり返しながら、安川忠雄《やすかわただお》はレジに立つ娘の知美に向かって声をかけた。

夜も更《ふ》け、十一時になろうというのに、十のカウンター席、五つある四人掛けのボックス席は半《なか》ば客で埋《う》まっている。

今年五十三歳になる安川が、ここ大井町《おおいまち》にカレーショップ『イカリ屋大井町店』を開業してちょうど一年になる。数多《あまた》の工場と住宅が混在する大井町は、外食産業にとっては絶好の立地だ。昼は会社勤めのサラリーマン、夕方から夜にかけては、会社帰りの独身者、あるいは学生と、客が絶えることはない。出前やテイクアウトの注文も頻繁《ひんぱん》にあり、午前十一時の開店から、午後十一時の閉店時間まで、キッチンに立ちっぱなし。昼食をまともに摂《と》る時間もないほどの繁盛《はんじょう》ぶりだ。

思い切って開業に踏み切って本当によかったと、いま安川は思う。

三年前の夏まで、安川は大手家電メーカーに勤めるサラリーマンだった。

大学新卒として入社した当時、日本の家電メーカーは世界市場を席巻《せっけん》し、業績は絶好調。出世はともかく、少なくとも定年を迎えるその日まで、自分はこの会社でサラリーマン人生を全《まっと》うすることを固く信じて疑わなかった。

二十七歳で結婚し、ふたりの子供を儲《もう》け、さらにはローンを組みマンションを買った。子供が学齢期になり、独立した部屋が必要となった時点で、一戸建てに買い替えたのも、収入は上がることはあっても下がることはない、思い描いた人生設計が狂うはずがないと考えていたからだ。

しかし、時代の流れというのは無常なものだ。未来永劫《えいごう》に亘《わた》って繁栄《はんえい》が約束された会社など、あろうはずもなかったのだ。

気がつけば、家電製品の機能は成熟し、メーカー間の競争のポイントは性能や斬新《ざんしん》性から、価格へと変化した。流通も変わり、日本中至るところにあった系列店は、大手量販店に駆逐《くちく》された。そこへ韓国、中国企業の台頭である。製造コストが圧倒的に高い日本製品が太刀打《たちう》ちできるはずもなく、瞬《また》く間に海外市場を奪われ、会社の業績は年を追うごとに悪化した。そして、お決まりのリストラ——。その時、真っ先に対象となるのは、給与が高い中高年だ。

当時、安川は五十歳。

上の娘は大学を終える寸前で、無事就活を乗り切り、内定を貰《もら》っていたが、次女の知美は大学に入学したばかり。まだまだおカネが必要な上に、ローンも残っていれば、老後に備《そな》えて蓄《たくわ》えも増やさなければならぬ。

当然、再就職を試みた。しかし、いざ職を探してみると、現実の厳しさは想像を絶した。

二十八年の在職期間中、一貫して営業畑を歩いてきたキャリアが評価されるどころか裏目に出たのだ。

大企業の本社営業、所謂《いわゆる》『メーカー営業』は大口取引先との本部交渉が主だ。特に大型量販店相手ともなると、ひとつの取引先が、事業部の売り上げの数割を占《し》める場合もある。販売促進費を使っての、値引き、店頭支援、陳列スペースの確保。その上で販売目標を決め、あとは販売会社に丸投げ。もちろんノルマはあるが、それを達成するのは販売会社の営業マンだ。そこからの仕事は彼らの尻を叩《たた》くだけ。まして、リストラに遭《あ》った時のポジションは次長だ。

紹介される就職口は例外なく中小企業で、メーカー営業とは全く異《こと》なるドブ板商売。大企業の営業ノウハウは役には立たない。興味を示す先もなかったわけではないが、提示された年収はよくて半分。とても、いまの生活を維持するレベルにはほど遠い。

途方に暮れた。

何が起こるか分からない。それが人の一生だと思い知った。

人生設計など、立てるだけ無駄だ。まして、これからの人生を再び組織に委《ゆだ》ねようものなら、同じ目に遭うことになるかもしれない。そうも思った。

幸い、会社には、割り増し退職金を支払うだけの余裕があった。

そこで、一念発起《ほっき》して飛び込んだのが、自営業の世界である。

イカリ屋は、日本全国に九百を超える店舗を展開するカレーショップチェーンで、直営店もあるが、その半数以上はフランチャイズ店だ。多くの脱サラ組を迎え入れ、成功させてきたという実績もある。

二年間の他店での研修を経て、持てる蓄財のほとんどを投じ、開店に漕《こ》ぎ着けた。

タイマーが小さな音を立て、メンチカツが揚《あ》がったことを報《しら》せる。

油を切り、組板《まないた》の上にのせ、熱々のメンチに手を添《そ》えて包丁を入れる。

厚い皮膚に覆《おお》われ、太くなった指先は、デスクワークに明け暮れたサラリーマン時代のそれとはほど遠いが、これも商売が順調に推移していることの証《あかし》だ。お陰《かげ》で、知美の学費に困ることはない。家族三人で暮らしていくのに十分な収入も得られている。悩みといえば、バイト不足くらいのものだが、妻の寿鶴子《すずこ》と知美が店を手伝ってくれるから、それでも何とかなっている。いや、お陰で家族の絆《きずな》がより一層深まったのが、むしろ嬉《うれ》しい。

安川はコンロで熱したルーをライスの上にかけた。そこに、包丁を入れたメンチをのせる。

「お待たせしました。ライス四百グラム。辛さ四倍。メンチのせです」

カウンター越しにカレーを差し出すと、今日の仕事は終わりである。

「申し訳ございません。閉店時間になりまして――」

知美の声が聞こえたのは、フライヤーの電源を落とし、後始末に取りかかろうとしたその時だった。

「すいません」

振り向きざまに頭を下げようとした安川は、入り口に立った男の姿を見て心底驚いた。

イカリ屋社長の篠原悟《しのはらさとる》が立っていたからだ。

「あっ、社長――」

思わず安川は直立不動の姿勢を取った。

篠原は柔らかな笑みを浮かべると、

「少し待たせてもらってもいいですか？」

空席になっているボックス席を目で指した。

「ちょうど、フライヤーの電源を落としたところです。ただいま、すぐに――」

空《から》になった鍋《なべ》をシンクに置き、手を洗った安川はキッチンを出て篠原のもとに駆《か》け寄った。「どうなさったんですか、こんな時間に――」

イカリ屋は、年商四百億円の一部上場企業。いまや外食産業界の雄《ゆう》だ。埼玉の地方都市で、たった一軒のカレー屋から、一代にしていまの地位を築《きず》き上げた篠原は、イカリ屋においてはまさにカリスマ、天下人だ。その篠原が、こんな時間にひとりで現れるとは、いったいどういうことだ。

「安川さん。開店一周年、おめでとうございます」

篠原は立ち上がると、丁重《ていちょう》に頭を下げ、傍《かたわ》らに置いた紙袋の中から、フラワーアレンジメントを取り出した。「ささやかですが、私の気持ちです」

「このためにわざわざ？」

あまりのことに、安川は固まった。

「本当に頑張られましたね」

赤い薔薇《ばら》に白の霞草《かすみそう》、他に名前は分からぬがピンクや黄色の花が盛られた籠《かご》を篠原は差し出す。「弊社のフランチャイズ店のオーナー様には、脱サラをなさった方々がたくさんいらっしゃいます。みなさん、第二の人生をイカリ屋に懸《か》けてくださったのです。イカリ屋の繁栄があるのも、オーナー様の日頃の努力があればこそ。いわば、私共は一心同体。同じ船に乗り込んだ乗組員、いや家族なのです。記念日をお祝いさせていただくのは当然じゃありませんか」

「あ、ありがとうございます……」

籠を受け取る手が震えた。声が詰《つ》まった。

安川は感激のあまり、目頭が熱くなるのを感じながら、深々と頭を下げた。

今年七十四歳になる篠原の半生は、立志伝中《りっしでんちゅう》の人物としてこれまで多くの媒体で報じられてきた。

山形の寒村で農業を営《いとな》む家の三男として生まれ、中学卒業と同時に集団就職列車に乗って上京。以来十年間に亘《わた》って、下町の町工場で工員として働いたのだが、会社は倒産。二十五歳にして、職を失うことになった。

時代は高度成長期の真っ只中《ただなか》である。職を探すのに苦労はしなかっただろうが、篠原が再就職先として選んだのは、町の小さな洋食屋だった。その理由は至って単純なもので、初めての給料で口にしたライスカレーの味が忘れられなかったからだという。

もちろんカレーはそれまでに何度も口にしたことはあった。しかし、山形にいた頃のそれはといえば、カレー粉を小麦粉と炒《いた》め、とろみをつけただけのもので、具材は野菜だけ。それでも滅多《めった》なことでは口にすることもできない大変なご馳走《ちそう》であったらしい。

ところが、東京で食したカレーは、肉も入っていれば、ルーそのものの味が全く異なる。

この世にこんな美味《おい》しいものがあったのか。

その味が忘れられず、失業を機に料理人の道に進むことを決意したのだ。

そして十年。その間に結婚した妻と共に、埼玉に小さなカレー屋を構えたのが三十五歳の時。味は評判を呼び、二号店、三号店と店を増やし、気がつけばイカリ屋は巨大カレーショップチェーン、それも上場企業となっていた。

それが、篠原が立志伝中の人物といわれる所以《ゆえん》である。

「お礼を申し上げなければならないのは、私の方ですよ」

篠原はいう。「今まで歩んでこられた道を捨て、新しい道に懸けるのは、大変な勇気と決断を要するものです。まして、フランチャイズ店のオーナー様は、みなさん背水の陣で臨《のぞ》んでいらっしゃる。その後の人生が、家族の生活が、全てこの商売ひとつにかかっているのです。だから、店の経営が順調なのは、私にとって何よりも嬉しいんです」

自らも失業というどん底から這《は》い上がり、成功を収めた篠原らしい言葉であった。上場と同時に巨万の富を手にしたはずだが、地味なインクブルーのスーツに身を包んだ篠原の姿からは、贅《ぜい》を尽《つ》くした生活を送っている気配は微塵《みじん》も漂《ただよ》ってはこない。それどころか、再出発をこの商売に懸け、まずは順調に一年を乗り切った安川に、かつての己《おのれ》の姿を重ね見ているかのように、目を細める。

「社長……私……」

安川は、ひと呼吸おいて続けた。「イカリ屋のフランチャイジーになって本当に良かったと思います。サラリーマン一筋、それも営業しか経験したことのなかった私が、たった二年の修業で店を持てたのも、家族を養《やしな》うのに十分な収入を得られているのも、全てイカリ屋のおかげです」

「それは、安川さん。あなたの勇気と、努力の賜物《たまもの》ですよ。私共はあくまでも、サポートをさせていただいているだけで、お店はオーナー様のもの。お客様に愛される店になるかどうかは、オーナー様の経営努力以外の何物でもないんです。だってそうでしょう。オーナー様はイカリ屋の看板を掲《かか》げているとはいえ、一国一城の主《あるじ》なんですから」

一国一城の主——。

その言葉が胸に沁《し》みた。

小さな店には違いないが、繁盛するもしないも己の才覚次第。イカリ屋のサポートは手厚いが、それを生かすも殺すもまた、自分次第だ。イカリ屋のサポートに頼り切るな。幸先《さいさき》のいいスタートを切ったことに安堵《あんど》するな。満足するな。この店を、さらに繁盛させられるかどうかは、全て自分の手腕ひとつにかかっていると、篠原はいいたいのだ。

「でもね安川さん、これははじまりに過ぎないんですよ。商売にはゴールはありません。だから、夢がある。いや、ずっと夢を持ち続けられるものなんです。どうかこれからも、ご精進《しょうじん》なさって、この店をさらに繁盛させていってください。私共も、できる限りのサポートをさせていただきますから」

篠原はそういうと、手を差し出してきた。

安川はその手を握り締めながら頭《こうべ》を垂《た》れ、

「社長のお言葉、肝《きも》に銘《めい》じて――」

決意を新たにした。

「閉店準備でお忙しいところ、失礼いたしました。私はこれで――」

篠原は丁重にいい、店を出て行く。

てっきり車が待っているのかと思いきや、篠原は駅へと向かう。

安川は篠原の後ろ姿に向かって頭を下げた。

「誰？　あの人――」

あとを追って、外に出てきた知美が背後から問いかけてきた。

「イカリ屋の社長さんだ。一周年のお祝いに花を持ってきてくださったんだ」

「社長さんって……そんな偉い人が、わざわざ？」

目を丸くする知美の声が高くなる。

「イカリ屋をやって、本当によかった」

いま安川は本心からいった。「あんな経営者は滅多《めった》にいるもんじゃないよ。あの人は、再出発を強《し》いられることになった人間の苦しみを知っている。お父さん、人生最大のピンチで、最高の人に出会った――」

小さくなっていく篠原の後ろ姿を見送りながら、安川は拝《おが》むように手を合わせた。

第一章

1

篠原の朝は早い。

起床は常に午前五時。それからジャージに着替えると、すぐに愛犬のボーダーコリーの『小鉄《こてつ》』を伴《ともな》って一時間ほど散歩に出る。

篠原に子供はいない。おそらくは、その寂《さび》しさを紛《まぎ》らわせるためもあったのだろう、「犬を飼いたい」といい出したのは妻の千草《ちぐさ》だったが、いつの間にか朝の散歩は篠原の役目になっている。

戻る頃には、朝食の準備が出来上がっており、早々に食事を済ませると、徒歩で十五分ほどのところにある会社に出向く。小鉄の散歩と合わせて一時間十五分。おかげでこの歳《とし》になっても、体にこれといった問題はない。

出社時刻は大抵が午前七時前後。通用口から社長室に入ると、すぐに仕事に取りかかる。

社長の仕事は激務だ。決裁を求められる書類に加えて、各部署からは様々なレポートが上げられてくる。昼間は会議もあれば来客もある。会合にも顔を出さなければならないし、店回りもある。午前九時の始業を迎えるまでの二時間のうちに、書類仕事を片づけてしまわないことには会社の業務が滞《とどこお》ってしまうのだ。

「おはようございます」

女性秘書の声に、篠原は書類と格闘していた顔を上げた。

ふと、傍《かたわ》らに置いた時計を見ると、早くも時刻は八時五十分になっている。

「本日の予定でございます」

そういいながら、秘書が朝の定番となっている熱い焙《ほう》じ茶と、一日のスケジュールが記された紙をデスクの上に置く。

篠原は焙じ茶を啜《すす》りながら、スケジュール表を手に取った。

今日は朝一番から経営企画室との会議となっている。

もちろん、議題は頭の中に入っている。

篠原は、すぐ脇に置かれたキャビネットを開けると、一冊のファイルを手に、立ち上がった。

会議の開始時刻は九時となっているが、五分前には全員が揃《そろ》っているはずである。別に篠原が命じたわけではない。昔の海軍ではないが、何事も五分前には準備を終えておく。それが仕事に対してあるべき姿だと、社員が自発的に行うようになったのだ。

果たして会議室に入ると、「おはようございます」と二名の部下が立ち上がって篠原を迎えた。

「おはよう」

篠原は窓を背にして座ると、ファイルを広げた。「じゃあ、はじめようか」

「本日の議題は、アメリカ出店についてです」

早々に切り出したのは、経営企画室長の山添和也《やまぞえかずや》だ。「起案するに至った背景は、先に提出いたしました企画書に記載しておりますが、改めて担当の堂上《どうがみ》からご説明申し上げます」

山添が隣に座った部下の堂上敬太《けいた》に視線を送った。

篠原が頷《うなず》くのを見た堂上は、

「起案の背景には、昨今、日本式のカレーが在日アメリカ人の間で、大変な好評を博していることがあります」

落ち着いた口調で話しはじめた。「ご承知のように全国に展開している店舗の中でもここ十年、売り上げナンバーワンは、常に沖縄の米軍嘉手納《かでな》基地前にある北北谷《きたちゃたん》店です。お客様のメインはアメリカ軍人で、チキンカツダブルとか、メンチカツダブルとか、日本人のお客様とは全く違ったオーダーのしかたをしますので、客単価が突出して高い上に、店内、テイクアウトのオーダー数は国内店舗の中でもトップレベル。こうした現状を踏まえて考えると、北北谷店はアメリカ人向けのアンテナショップともいえるわけでして、日本式のカレーは本国でも十分に受け入れられる可能性が極《きわ》めて高いと考えた次第です」

堂上の説明は、企画書に記されたことのごく一部に過ぎない。

「他の米軍基地近辺の店舗でも、同様の傾向が見られる。アメリカ人は日本式のカレーの見た目に最初は抵抗を覚えるが、一度食べれば虜《とりこ》になる。アメリカでも日本同様、国民食に成り得るといいたいわけだね」

全ての内容を頭に入れていた篠原は、話を先に進めた。

「実際、アメリカのネットを見ておりますと、日本式カレーに関する話題がラーメンと並んで非常に多いのです。帰国した米兵はもちろん、観光で来日したアメリカ人も、滞在中に口にした日本式カレーが忘れられない。また日本に行ってカレーを食べたい。しかも、その多くが嬉《うれ》しいことにイカリ屋のカレーをと書いているのです」

「しかし、どうなんだろう」

篠原は小首を傾《かし》げた。「私も何度か、北北谷店には足を運んだし、他の米軍基地の近くにある店も視察した。アメリカ人のお客様が複数のトッピングを注文なさって、カレーを喜んで食べる姿を目にしたが、訓練に明け暮れる軍人はともかく、普通のアメリカ人が、フライ物を二品、三品とオーダーするだろうか。それに、外国人が日本式のカレーの虜になっているというが、観光客が増えたとはいっても、アメリカの人口はおよそ三億二千万人。そのうち日本を訪ねたことがある人となれば、数は知れたものだ。市場は限定されてしまうんじゃないだろうか」

山添は創業以来はじめて採用した大卒社員で、今年四十歳になる。店舗での実習からはじまり、製品管理、フランチャイズ店に経営アドバイスを行うスーパーバイザーを経て、経営企画室に異動して十年。現在のイカリ屋の礎《いしずえ》を共に築《きず》いてきた間柄である。現場のことも熟知していれば、会社の繁栄《はんえい》のためなら労苦も惜《お》しまない。新メニューの開発、新食材の調達と、アンテナを常に張り巡《めぐ》らしているなかなかのアイデアマンだ。

一方の堂上は三十一歳とまだ若いが、端《はな》から外食産業、それもイカリ屋への入社を志《こころざ》してきただけに、仕事に対する情熱は山添に勝《まさ》るとも劣《おと》らない。

そのふたりが起案してきた案件だけに、趣旨は十分理解できるのだが、埼玉ではじめたたった一軒のカレー屋が、九百を数える規模になっただけでも夢のような話なのに、海外、それもアメリカとなると、篠原には自分の力量を超えているように思えてならない。

「社長。もはや、日本食は寿司、天麩羅《てんぷら》の時代じゃありませんよ」

山添はいつにも増して真剣な眼差《まなざ》しを向けてくる。「ネットを通じてあっという間に情報が世界中に拡散される時代です。外国人の日本食に対する興味は驚くべきもので、特に最近では所謂《いわゆる》B級グルメに向いているんです」

もちろん、その程度の知識はある。

「確かにラーメン、たこ焼きなんかで、海外に進出しているチェーン店が相次《あいつ》いでいることは知ってるよ」

篠原はこたえた。

「ニューヨークに進出したラーメン屋には、一杯十五ドルもするのに連日もの凄《すご》い行列ができてるんですよ」

山添の口調に熱が籠《こも》りはじめる。「しかもトンコツですよ。信じられますか？　アメリカ人が豚の骨を煮出したスープを飲んで、バスタブをこのスープで満たしてずっと浸《つ》かっていたい。そんな感想を漏《も》らすんですよ」

「私も、かつてアメリカに駐在していた方に聞いたことがありますが、ニューヨークでさえ、つい三十年前までは、生《なま》の魚を使った寿司を食べるなんてとんでもないというのがアメリカ人の反応だったといいます」

堂上が山添の言葉を継《つ》いだ。「海苔《のり》に至っては、紙を食べているようだといって、ひと切れ口にして残したものだったとも……。ところがいまや海苔巻きは、立派なファストフードです。これは、日本人が美味《おい》しいと思うものは、時間がかかれども最終的には受け入れられるということの証《あかし》ではないでしょうか」

堂上の言葉に、三年前に視察旅行で訪れたニューヨークの街の光景が篠原の脳裏《のうり》に浮かんだ。

マンハッタンのあちらこちらに点在するファストフード店のショーケースに、ところ狭しと並ぶ海苔巻き。もちろん、日本のそれとは違う所謂カリフォルニアロールと呼ばれる代物《しろもの》だが、海苔を『紙』のようだといっていた時代とは隔世《かくせい》の感がある。

「しかしねえ、君たちはカレーにもラーメンやたこ焼きのようになる可能性があるというが、アメリカのスーパーでは、随分《ずいぶん》前から日本のインスタント・カレールーが売られているんだよ。ならば、もっと早くにアメリカ人が日本式のカレーに目覚めていてもおかしくないんじゃないかな」

「その点に関しては、米を食べる文化が根づいていないのが最大の理由だと思います」

疑念を呈《てい》した篠原に、待ってましたとばかりに山添がいった。「アメリカには米を主食とする東洋系がたくさんいますが、そのほとんどは、日本のような粘《ねば》り気のある米を食べません。第一、炊飯器《すいはんき》が一般家庭に普及していないのです。日本式のカレーといえば、やはりジャポニカ種の米があってこそ。一般家庭で、それを食べる習慣がないのでは、インスタント・ルーも売れるわけがありません」

「だからこそ、来日したアメリカ人が、イカリ屋のカレーを食べてびっくりするんです」

堂上が身を乗り出して畳《たた》みかけてくる。「まして、トッピングのバリエーションも豊富ですし、何を具材にするかによってルー自体の味も変われば、辛さもお好み次第。仮に日本式のカレーの味を覚え、インスタント・ルーを使えば家庭でも作れるとなったとしても、これだけは家庭でそう簡単には再現できませんし、家でカレーを食べるためにアメリカ人が炊飯器を買うなんて考えられませんよ」

なるほど、堂上の言《げん》には一理あるかもしれない。

しかし、アメリカに進出するためには、解決しなければならない問題が幾《いく》つもある。

「じゃあ、ひとつ訊くが、我が社がアメリカに進出するとなると、ルーや具材を店舗に供給しなければならなくなるわけだが、その点についてはどう考えるのかね」

篠原はそのひとつを口にした。

イカリ屋は、日本国内に四カ所の加工工場を持つ。店舗で使用されるルー、米、具材といった全ての食材は、イカリ屋が一括《いっかつ》して仕入れ、下準備をした上で専用車両が配送することになっている。店舗では、袋づめされたルーを鍋《なべ》で温め、一人前ずつ小分けされた具材と合わせ煮込むだけ。トッピングのフライ物の食材もまた工場で下準備がなされ、冷凍の後店舗へ送られる。つまり、店舗での調理は、米を炊《た》く、ルーと具材を合わせて温める、トッピングを揚《あ》げることしか発生しない。だから、調理の経験がない人間やバイトでも、味、品質共に常に一定。全国どこでもイカリ屋のカレーをお客様に提供することができるのだ。

「同じオペレーションをアメリカでやろうと思えば、工場も建設しなければならないわけだが、いきなり、何十もの店を出すわけにはいかない。かといって、一店二店じゃ、とても採算が合わんよ」

篠原の指摘に、堂上はニヤリと笑い、

「もちろん、その点についての考えはあります」

数枚の紙をテーブルの上に置いた。

「これは?」

雑誌の記事のコピーである。綺麗にレイアウトされた文字と共に、はじめて見る男の写真が掲載されている。

「宮城県の緑原町《みどりはらちょう》というところで、実に興味深いビジネスが行われておりまして、これはその紹介記事です」

記事に目を走らせはじめた篠原に向かって、堂上は続けた。「ご存じかと思いますが、緑原町は定住型高齢者施設、『プラチナタウン』を開設することで、過疎《かそ》化を食い止め、多くの雇用を生み、町の経済を活性化させることに成功したことで全国に名を馳《は》せました」

もちろん、プラチナタウンのことは知っている。

「ああ、あの町か」

「プラチナタウンを誘致することで、町を再生することに成功したのは、前町長の山崎鉄郎《やまさきてつろう》さんという方ですが、彼は二期八年で町政を後進に委《ゆだ》ね、いまはミドリハラ・フーズ・インターナショナル、ＭＦＩという会社を経営なさっているのです」

山崎が手がけたプラチナタウンは、これまでの日本人の老後に対する概念を一変させ、いまやアクティブシニア向けのモデル事業といわれるまでになっている。それだけの大成功を収めたというのに、既《すで》に町政を離れ、ビジネスの世界に転じていたとは意外である。

「あれだけの成果を挙げた人がたった二期八年で町長を辞めて、今度はどんな事業をはじめたんだ？」

篠原は問うた。

「詳《くわ》しくは記事に書いてありますが、手短にいいますと、このままでは日本の人口が減少するのは避けられない。それすなわち、日本の内需が細るということを意味する。人口を維持、あるいは回復させるためには、若い世代が安心して働け、かつ確実に収入が得られる産業基盤の整備が必要だ。それを可能にするのは一次産業、特に農漁業の活性化なくしてあり得ないと、山崎さんはお考えになったんです。そこで、緑原町近辺の農産物を加工し、海外に輸出する事業をはじめられた。それがＭＦＩです」

「日本の人口は減っていく。それすなわち、内需が細るか——」

確かにその通りだ。それは、イカリ屋のビジネスにとっても通じる話だ。

篠原はコピーをテーブルの上に置くと、天井を仰《あお》ぎ、いま聞いたばかりの言葉を繰《く》り返した。

堂上は続ける。

「MFIのビジネスモデルが興味深いのは、緑原及び周辺地区で生産される野菜や肉を、コロッケ、メンチ、ハンバーグやトンカツといった食品に加工、冷凍し、海外に輸出している点です。この事業がはじまったことによって、周辺の農畜産品に安定した需要が発生し、定収が得られる目処《めど》が立った。結果、農業従事者も増加しはじめ、最近では農業経験のない若い世代の移住者も増え、空家も埋《う》まり、休耕地も農地として再活用されるようになったというのです」

「住む場所もあれば、収入にも目処が立つとなれば、家庭を持ち、子供も持てるようになるからね。このモデルが全国に広がっていけば、日本の人口減にも歯止めがかかるというわけか」

プラチナタウンといい、加工品の海外輸出といい、大したビジネスセンスだ。いずれもいわれてみればというやつだが、成功するビジネスというのはそもそもがシンプルにして誰もが思いつきそうなものである場合が実に多い。

しかし——と篠原は思った。

「いったいどうやって、緑原産の食材をアメリカに輸出できたんだ。片田舎の会社が、こんなビジネスをものにできたのも、販売ルートの開発に成功したからだろう。日本には優《すぐ》れた食材がごまんとあるが、みんな頭を悩ませているのはそこだろ？」

篠原は素直に疑念を口にした。

「それが、緑原の出身者に、アメリカで手広くレストラン経営とソースの製造販売を手がけている人がいたというんです」

こたえたのは山添である。「その方が経営するレストランにテイクアウトの窓口を設《もう》け、そこで冷凍したトンカツやメンチを揚げ、サンドイッチにして販売してるんです。レトルトにしたハンバーグも店頭で併売しているのですが、こちらはレストランで召《め》し上がったお客様に大評判だそうでして、お帰りの際にまとめ買いをする方がかなりいらっしゃる。特に、お子様には大変な人気だそうで、評判を聞きつけたスーパーが取り扱いをはじめて、いまのところ大都市近郊でのテスト販売の段階ですが、これが全米規模に広がればとてつもないビジネスになると——」

「なるほどなあ。そういう人がいたのか……」

人生も人との出会いで大きく変わる。それはビジネスもまた同じだ。

多くの場合、それは『運』という言葉で称されることが多いのだが、山崎は間違いなくその運に恵まれたひとりであるようだ。

「社長。実は、アメリカに進出するにあたっては、このMFIの流通を使えないかと考えておりまして――」

山添はいう。「我が社が各店舗に配送している食材は、そのほとんどが冷凍品です。MFIがアメリカに持ち込んでいる食品もまた百パーセント冷凍品。つまり、MFIはアメリカ国内に冷凍品の保管施設を持っている。そこで、我が社の食材の保管、配送を任せることができれば――」

「しかし、それはいくらなんでも虫が良過ぎやしないか」

「もちろん、保管料、配送費はお支払いします」

「それじゃ、販売価格が跳《は》ね上がるだろう。カレーはご馳走《ちそう》じゃないんだ。ファストフードとはいわんが、誰もが気軽に食べられるからこそ、万人《ばんにん》に愛されているんだよ」

篠原は慎重にいった。直営店、フランチャイズ店のいずれを問わず、イカリ屋の出店は集中出店方式、所謂ドミナント方式を取っている。店舗が点在していたのでは、配送効率が落ち、コストがアップしてしまうからだ。それは、店舗数がここまで増える過程で確立された経営ノウハウのひとつであり、特に一号店、二号店と店を増やしていった時代に散々頭を悩ませたことでもあった。

つまり、フランチャイズビジネスは、スケールメリットが生ずるまでの、初期の段階が最も苦労が多く、高リスクを伴うものなのだ。

「マーケティングリサーチと考えれば、安い投資だと思いますが」

しかし、山添に一歩も引く気配はない。「アメリカで我が社のカレーが受け入れられれば、巨大な市場を手にすることができます。十、二十と店舗が増えれば、自社で保管施設、配送網を持つことも可能になるでしょうし、やがては工場を建設することもできるでしょう。それに——」

「それに、なんだ?」

「私、山崎さんがいった、日本の人口が減少するのは避けられない、それすなわち、日本の内需が細るということを意味するという言葉は、そのままうちの会社にも当て嵌《は》まると思うんです。国内市場に依存している限り、市場が細るのは目に見えています。特にこれからは、どんどん生産人口が減っていくんです。イカリ屋の将来を考えれば、海外に打って出るしかない。どう考えても結論はそこに行きつくんです」

「社長。これはやるべきですよ」

堂上が断固とした口調でいう。「いや、やらなければならないと思います」

確かに、ここにきてイカリ屋の出店数は頭打ちになっている。

フランチャイズ店の出店希望者は後を絶たないが、出せばいいというものではない。まして、開業希望者の多くは脱サラ組で、今後の人生を懸《か》けてくるのだ。繁盛《はんじょう》店の近くに出せば、共食いとなる可能性は大きいし、かといって商売になる場所は、ほとんどがすでに出店済みだ。イカリ屋のさらなる成長ということを考えれば、確かに海外進出に道を求めるしかないかもしれない。

篠原はテーブルに置いた記事のコピーを手に取った。

『和僑《わきょう》として生きる』

記事のタイトルが目に飛び込んできた。

次に山崎鉄郎のバストアップ写真に目がいった。

六十九歳。七十四歳になる自分と見た目は然程《さほど》変わらないといってもいいだろう。七三に分けた頭髪には白髪が目立つが、まだ豊かである。理知的な顔、着ている服のせいもあるのだろうが、田舎町の町長にしては、醸《かも》し出す雰囲気がどこか洗練されている印象を受ける。

それも道理だ。経歴には、元四井《よつい》の穀物取引部部長で、ロンドン、シカゴへの駐在経験もあるとある。優しげな笑みを浮かべ、目元を緩《ゆる》ませてはいるが、その瞳は年齢を感じさせないほどの輝きに満ちている。

――和僑として生きるか……。

その言葉が、妙に胸に沁《し》みた。

一度会って話をしてみたいものだ。

篠原はふと思いながら、

「話は分かった。だが、ことは社の命運がかかるものだ。少し考えさせてくれ」

ふたりに向かって告げると、記事のコピーを手にしながら席を立った。

2

豊かな緑に覆《おお》われた山並みが暫《しばら》く続くと、突如《とつじょ》視界が開け、巨大な集合住宅の群れが現れた。

プラチナタウンである。

かつて緑原町の人口が減る一方だった時代には、最寄り駅の仙台《せんだい》とを結ぶ路線バスは日に三本しかなかったというが、プラチナタウンの開設による人口増加で、一時間に一本にまで回復した。

仙台を発《た》って三十分。いま車内は、居住者と思われるシニア世代と、夏休みのひと時を祖父母のもとで過ごすと思《おぼ》しき、リュックサックを背負った子供たちでいっぱいだ。

田んぼを覆い尽《つ》くした稲が眩《まぶ》しい。まさに緑の絨毯《じゅうたん》だ。

昼を過ぎたこの時間、農作業に勤《いそ》しむ人の姿こそ見えないが、畑も休耕地は見当たらず、一面が青々とした葉を宿《やど》した作物で覆われている。

川辺には釣りを楽しむ人の姿がある。田んぼのあぜ道を駆《か》けながら捕虫網を振り回し、夢中になってトンボを追う子供たち。それを見守る高齢者は満面の笑みを浮かべている。

都会ではすっかり消え失《う》せてしまった懐《なつ》かしい光景に、篠原の顔も自然と緩む。

バスが緩やかな上り坂に差しかかると左手に中学校らしき建物と広大な校庭が見えてきた。

一角には金網で囲まれた四面のテニスコートがあり、シニア世代の男女がプレイを楽しんでいる。水飛沫《みずしぶき》が真夏の日差しに煌《きらめ》くプールは子供たちでいっぱいだ。

老いも若きも大自然に囲まれた環境で、夏のひと時を存分に楽しんでいる。

まさに、ここは桃源郷《とうげんきょう》だ、と篠原は思った。

やがてバスは、緑原町の中心部に入る。

軒《のき》を連《つら》ねる商店はどこも品揃《しなぞろ》えが豊富で、活気づいているようだ。

赤いカフェパラソルに真っ白なテーブルと椅子《いす》。

真新しい喫茶店のテラスに置かれたテーブル席はほぼ埋まっていて、老夫婦が昼のひと時を楽しんでいる。

東北の空気は、やはり都会とは透明感が違う。まるで、高級避暑地さながらの優雅ささえ感じる光景が、ここでは当たり前となっているのだ。

「次は緑原中央です」

車内にアナウンスが流れた。

篠原は停車ボタンを押すと、席を立った。

バスがゆっくりと停車する。

後に続く者はひとりもいない。

バスを降りた篠原の前に、ひとりの男が歩み寄った。

雑誌に掲載されていた写真と寸分違《たが》わぬ顔だ。

「山崎さんでいらっしゃいますね」

篠原はいった。

「はい。ミドリハラ・フーズ・インターナショナルの山崎です」

山崎は顔に笑みを浮かべると、「仙台までお迎えに上がれずに申し訳ありません。お暑い中、大変でしたでしょう」

名刺を差し出してきた。

「いやあ、東京に比べれば快適なんてもんじゃありません。日差しが強くても、風が乾いていますし、何といっても空気が美味《おい》しい」

篠原もまた名刺を差し出すと、「改めまして、イカリ屋の篠原でございます」

改めて名乗った。

「さっそくですが、事務所にご案内します。車の方へどうぞ――」

山崎は、そういうとすぐ傍《そば》に停めてあった軽自動車に向かって歩きはじめる。

「本当にいいところですねえ」

助手席に乗り込んだところで、篠原はいった。「バスの中から、シニア世代がテニスをやっている姿が見えましたけど、あれ、プラチナタウンの居住者でしょう?」

「ええ」

山崎は車を走らせながらこたえる。「テニスコートは他にもあるんですが、なんせ皆さんお元気ですから常に満杯でしてね。中学校のコートも平日、休日を問わず、生徒の部活以外の時間は、プラチナタウンの居住者の方々に開放してるんですが、それでも数が足りなくて……」

「そりゃあ、毎日住人同士で好きなことをやってれば、健康でいられるでしょう。町も随分賑《にぎ》わっているようで」

「町の商店街も息を吹き返しました。それに、夏休み、冬休みの間は、町が一番活気づく時期ですから」

「バスの中でも、リュックを背負った子供さんでいっぱいでした」

「明後日《あさって》から、サマースクールがはじまるんですよ」

山崎は前を見据《みす》えたままこたえた。「プラチナタウンの職員が、居住者の有志の方々と相談しながら様々なプログラムを組むんです。海、川、山で遊ぶ。キャンプをする。宿題や勉強をみる。居住者の中には、教職者だった人もいますし、アウトドアを趣味としている人もいます。それぞれの得意分野を生かして、子供たちに楽しい夏休みを過ごしてもらおうってわけです。しかも、基本的に全部無料ですからね。ですから、親も積極的に子供をここに送ってくるんです。居住者の方々も、お孫さんたちと長期間一緒にいられるというので、この時期を物凄く楽しみにしてるんですよ」

「無料って……」

篠原は思わず山崎の顔を見た。「都会で、そんなプログラムに参加させようと思ったら、結構なおカネがかかりますよ」

「宿泊費、食事代がかかりませんから」

山崎はこともなげにこたえる。「プラチナタウンの間取りは2LDKが基本です。お祖父《じい》ちゃん、お祖母《ばあ》ちゃんの部屋に泊まるわけですし、職員のほとんどは介護士の資格を持ってますけど、居住者の圧倒的多数はご覧の通りお元気な方々ですからね。皆さんにいかにして、快適な毎日を過ごしていただくか。それを考え、お手伝いして差し上げるのが目下のところメインの仕事なんです」

「なるほどねえ――」

「だから、開設以来辞めた職員はいまのところひとりもいません。介護士のなり手がいない、離職率が高いといいますけど、介護士の職場環境を考えると、それも無理はないと思うんです。自分では身の回りのことができなくなった高齢者に、ご飯を食べさせ、体を拭《ふ》き、おむつを替える……。若くしてそんな仕事が一生続くのかと思ったら、どんな高い志《こころざし》を抱《いだ》いていても、モチベーションを保つのは難しいですよ。その点、プラチナタウンは違うんです。もちろん介護の仕事はありますが、居住者の皆さんにいかにして楽しい日々を送ってもらえるか。様々な企画を立て、お手伝いをして差し上げる仕事もある。つまりジョブローテーションを重ねながら、キャリアも身につく。仕事の内容に変化があるんです」

確かにいわれてみればというやつだ、と篠原は思った。

従来型の介護施設に入居する高齢者は、自分で日常生活が困難になった頃にやってくる。同じような状態の人間が一カ所に集まってくるのだから、介護士の仕事内容もおのずと決まったものになる。誰を世話するにしても、同じことの繰り返しでは、全ての介護士にモチベーションを維持しろというほうが難しい。

元気なシニアを一カ所に集めるというのは、そんな効果もあったのか――。

大商社に勤めていたとはいえ、自分では起業したこともない人間が、それも、町長という職にありながら、これほどのビジネスモデルを生み出すとは――。

篠原は、内心で舌を巻いた。

車が商店街を出ると、田畑に囲まれた中に古くからの家が点在する光景に変わる。それも僅《わず》かな間だけで、行く手に平屋建ての工場らしき建物が見えてくる。

海上輸送用のコンテナが出荷口につけられているところからすると、どうやらそこがミ《M》ドリハラ・フ《F》ーズ・イ《I》ンターナショナルであるらしい。

「到着しました。まずは、事務所で冷たいものでも召し上がって一休みしてください。工場はそれからご案内いたしますので」

山崎の先導で、篠原は事務所に入った。

三十畳ほどはある室内では、六人の従業員が働いている。

「香奈恵《かなえ》ちゃん。冷たいものをお出ししてくれるかな」

山崎はひとりの女性事務員にいい、「どうぞ、おかけください」

接客スペースに置かれた椅子を勧《すす》める。

「事務処理は全部こちらで？」

篠原は訊《たず》ねた。

「ええ。食材の調達、在庫管理、生産計画、工場管理、インボイス等の輸出書類の作成、給与計算、その他諸々《もろもろ》。業務は多岐《たき》に亘《わた》りますが、それをこの六人で全部やってます。まだ、若い会社ですから」

山崎は、目元を緩ませる。

まだ、若い会社――。

そのひと言に、篠原はイカリ屋の黎明《れいめい》期を思い出した。

そういえば、懐かしい光景だ。

いまでこそ自前の本社社屋を持ち、工場を持ちと、企業としての体《てい》をなしているものの、店舗が増えはじめた頃は、一号店の近くに事務所を借り、従業員をひとり、またひとりと増やしていったのだ。

新たに店舗を増やしても、客は入るだろうか。出店場所をどこにするか。資金繰りは、食材の調達は、店舗管理は——。

考えなければならないことは山ほどあった。不安の種も尽きなかった。

まさに、暗中模索《あんちゆうもさく》。一歩一歩手探《てさぐ》りに等しい日々を送りながら事業を拡大していった時期が、確かに自分にもあったのだ。

「工場の従業員は何人いらっしゃるんですか?」

「食材の入出荷は三人。調理場は三十名。パッキングに三名。全部で三十六名。入出荷以外は、全部パートです」

「パートの確保にはご苦労なさいませんか?」

篠原は問うた。

過疎《かそ》高齢化に悩まされてきた町だ。プラチナタウンが開設されて、活気づいたとはいえ、生産年齢にある人間は、プラチナタウンの従業員か商店の経営者が大半を占《し》めるはずだ。ましてMFIの創設によって、農業従事者も増えているとなれば、パート仕事に出られる人間は限られるのではないかと思ったからだ。

「いや、パートさんには困らないんです」

ところが山崎は意外なこたえを返してくる。「かつては町の近隣に、中央資本の工場が幾つもあったんですが、製造拠点の移転で閉鎖が相次ぎましてね。存続している工場はあっても、外国人の研修制度ができたお陰で、人件費の安い外国人労働者に取って代わられてしまったんです。町民のほとんどは自宅を持っていますが、世帯主の収入だけでは食べていくのがやっと。高校はまだしも、子供を大学に行かせるだけの収入には至らない。そんな人たちが大勢おりましてね。それは、高齢者も同じで、年金だけでは心細い。まだ十分働けるのに、雇用してくれる先がないって人たちが、たくさんいるんです」

「しかし、生活コストは、都会よりも遥《はる》かに安いわけですよね。鳥取県では三百七十八万円払えばできる暮らしが、東京の杉並《すぎなみ》だと八百九十九万円かかるというデータを見たことがあります。それを考えれば年金だけでもなんとかやっていけるんじゃないですか」

「プラチナタウンの居住者は別ですが、元々緑原に住んでいる人たちは、義理がけの出費が馬鹿になりませんでね」

「義理がけ……といいますと？」

「冠婚葬祭ですよ」

山崎はいう。「もっとも、結婚する地元の若者が激減したわけですから、祝儀の出費はほとんどありませんが、高齢化が進んでいた町ですからね。香典を出す機会は頻繁《ひんぱん》にあるんです。それに入院すれば、見舞いとしておカネを包むというのがこの辺の習慣でしてね。貰《もら》った相手になにかあったら、返さなければならない。それも同額が決まりなんですね。しかも、葬式にせよ入院にせよ、香典返しに見舞い御礼を都度《つど》渡すんですから、これが本当に馬鹿にならなくて、年金生活者には重い負担になってるんです」

「すると、ＭＦＩは、そうした人たちの救済策となった一面も持ち合わせているわけですね」

「この事業をはじめようと思った時には、そこまでは考えませんでしたけど、結果的には――」

山崎は、苦笑しながら控《ひか》えめな口調でいう。

香奈恵と呼ばれた事務員が、

「どうぞ」

氷が浮いた赤紫色の飲み物が入ったグラスを置いた。

「恐縮です」

篠原はグラスを持ち上げると口に運んだ。

仄《ほの》かな甘味と、野性味溢《あふ》れる懐かしい香りが鼻腔《びこう》に抜ける。

「これは？」

　篠原が訊ねると、

「紫蘇《しそ》ジュースです」

　山崎はこたえた。「この辺では、放っておいても庭に紫蘇がいっぱい生《は》えましてね。昔は、どの家でも自家製の梅干を作ってましたけど、いまはそんなことをする人はほとんどいません。だから大抵が放置されたままになっているんです。それじゃもったいないってんで、赤くなった紫蘇を摘《つ》み取って、エキスを搾《しぼ》り取る。そこに砂糖を加えて濃縮すると、シロップができあがるんです」

「これも販売なさってるんですか？」

「いやいや」

　山崎は顔の前で手を振った。「いっぱい生えるといっても、量産するほどは採《と》れませんし、素朴《そぼく》な味ですからね。田舎で味わえばこそってやつですよ。これも、町のお年寄りが自家用に作ったものを分けてくださったものなんです」

「いや、私なんかには、懐かしさを覚える味ですよ」

　篠原は本心からいった。「私は、山形の生まれでしてね。そういえば、実家の庭にも紫蘇がいっぱい生えてましたねえ」

「お気に召したなら、帰りに少し持っていかれますか？　冷蔵庫に入れておけば、日保《ひも》ちしますから」

「ぜひ……」

篠原は頭を下げると、「ところで山崎さん、お電話でも申し上げましたが、私が是非《ぜひ》とも お目にかかりたいと思ったのは、雑誌に掲載された『和僑として生きる』という記事を読んだからなんです。日本のB級グルメを冷凍加工して世界に販路を求める。その発想に感銘《かんめい》を受けまして——」

グラスをテーブルに置き、姿勢を正した。

「篠原さんのような経営者からすれば、現地に工場を造った方が、輸送費もかからなければ、食材の調達コストだって安くつくのにと思われたでしょうね」

「それは否定しません。実際、アメリカでこちらの製品を扱っているのは、緑原出身の在米一世の方、しかもご自身でソースの工場を持ってらっしゃるそうですし、レストランも経営なさってる。御社が製造なさってる製品の原料は、全て現地で調達することが可能ですからね」

山崎は笑みを消すと、少しの間を置き、

「それは、私たちがこの国の将来を本気で憂《うれ》えてるからなんです」

静かにいった。「田舎町の町長だった私がこんなことをいってもどうなるものではないのですが、若者は仕事を求めて都会に出て行く一方です。しかし、首尾よく仕事に就《つ》いたとしても、ビジネス環境の変化には加速度がつくばかり。いま現在、社会になくてはならない技術だって、いついらなくなるか分からない。どんな大きな企業だって、十年、二十年というスパンでみれば、消えてなくなったって不思議じゃない時代になってるんです。仮に会社が残ったとしても、社員でいられるかどうかは分からない。職はあっても、増えているのは時給制の非正規雇用者じゃあ、結婚して子供を持つなんて、リスク以外の何物でもないってことになるじゃないですか。つまり、雇用への信頼性と将来への不安を解消しない限り、日本の人口は今後も減り続けるんじゃないかと――」

「それはいえていますね」

篠原は大きく頷いた。「経営者、特に上場企業の経営者は、いかに利益を上げるか。好業績を維持し、株価を上げ、高い配当を出すことを株主から常に要求されています。利益を確保するためには、事業を拡大する一方で、とことん業務の効率化を図らなければなりません。その時、真っ先に目がいくのは固定費の削減。人件費はその最たるものです。正社員でなくても済む仕事なら、常にコストが低く抑えられる派遣やパートで賄《まかな》おう。正社員は、極力抱えないようにしようとするものですからね」

「実際、すでに賃金労働者の約四割が非正規雇用者です。年代別にみると、二十五歳から三十四歳では、非正規雇用者の割合は約三〇パーセントに達しています。一度非正規社員になってしまえば、正規社員になるのは容易なことではありません。それに、地方出身者が都会に出れば、まず家賃という固定費がかかってきます。時給で働いている限り、年収は何年経《た》っても変わらないという人たちが増加している時代に、どうして家庭を持つことができますか。まして子供を持つなんて不可能ですよ。それじゃあ、この国の行く末は見えたも同然ってことになってしまうじゃないですか」

落ち着いた口調だが、山崎の声にはやるせなさが籠《こ》もっている。

「その点、農畜産業は違う。確たる販路さえものにできれば、絶対に廃《すた》れることはない。安定した収入が得られる上に、生活コストが安い地方で暮らせば、家も家庭も持てるとお考えになったわけですね」

「希望的観測に過ぎないかもしれませんが、私たちはそう考えています」

「しかし、この取り組みが成功しても、すぐに人口が回復するわけではありませんよね」

篠原はいった。「人口減が回復基調に乗るまでには時間がかかります。その間の空白期間をどう凌《しの》ぐか。現実的に考えると、昨今議論されている移民を受け入れるしかないようにも思えるのですが？」

人口の減少は、市場の縮小を意味する。深刻な事態であることは、イカリ屋にとっても同じだ。市場規模を維持するためには、その手しかないように篠原には思える。

「移民の受け入れは、単に人口を維持する、あるいは増やすという点では特効薬には違いありませんが、それは劇薬でもあると私は思います」

「といいますと？」

「問題は、どんな人が日本にやってくるかです」

山崎はいう。「祖国で十分な暮らしを送れている人が、自ら進んで移民してくるとは私には思えないんです。祖国にいるよりも、日本に行けばいい暮らしが送れる。高い収入が得られる。やってくる人の大半は、そういう人たちになるんじゃないでしょうか。そして、その人たちは、まず日本語はおろか、英語すら喋《しゃべ》れないかもしれません。だとしたらですよ、そんな人たちが、日本に来て就ける仕事って何でしょう？」

篠原は、はっとして言葉を呑《の》んだ。

山崎は続ける。

「意思の疎通《そつう》を必要としない単純労働。そうはなりませんか？」

「確かに――」

篠原は頷いた。

「そうした仕事の多くは非正規です。しかし、彼らにとっては、祖国にいるよりも、遥かに高い報酬《ほうしゅう》を得られる。企業、移民の双方にとっては、まさにウイン・ウインの関係が成立するわけですが、肝心の日本人だって、派遣でしか働けない人が増加してるんです。それじゃあ、日本人の職場が移民に奪われるってことにはなりませんか？」

「ですが、その語学を必要としない職種でも、労働力が不足しているのが現実ではありませんか」

「いまはそうです」

「いまは、とおっしゃいますと？」

篠原は問い返した。

「派遣社員を使う最大のメリットは、仕事量に応じて適宜《てきぎ》労働力を調整できるという点にありますが、企業の側に長期に亘って業績が維持できる、あるいは事業が拡大し続ける見通しがあるのなら、派遣でなくともいい。賃金を上げてでも労働力を確保しようとするはずなんです」

山崎の言葉が、胸に突き刺さる。

イカリ屋の店舗で働く従業員は、フランチャイズならオーナー、直営店なら店長以外はもれなくバイトだ。例外はフランチャイズ店に加盟するにあたって、二年間の現場実習を行っているオーナー予備軍だけである。労働者を搾取《さくしゅ》しようという気はさらさらないし、バイトのほとんどは学生か主婦で、イカリ屋で正社員として働くことを考えてはいない人たちばかりだが、各店舗の収益に目処を立てられるのも時給制で働くバイトの存在があればこそだ。

「業態にもよるでしょうが、ご指摘の通りですね……」

篠原は低い声で同意した。

「ところが、企業にしても何十年にも亘って従業員の雇用は保証できない時代になっている。それが非正規労働者が増加している最大の要因のひとつだと思うのです。もちろん、派遣といっても単純作業だけではありません。技能を必要とされる仕事もあるでしょう。ですが、時給制、かつ安定的な雇用が約束されないことに変わりはありません。おそらく、職に就こうにも時給制の派遣ばかり。こうした傾向は今後ますます顕著《けんちょ》になるでしょう。となったら、生活の糧《かて》を得るためには仕事の内容云々などといっている場合ではなくなるでしょう。いまはそうですと申し上げたのはそういう意味ですが、それじゃあ、日本人の人口が増加に転ずるなんてあり得ないということになってしまいますよね」

その先の日本を考えると、篠原は暗澹《あんたん》たる気持ちに襲われた。

「……そうなります……ね——」

「それがどんな事態を招くかは明白です」

山崎は断言する。「まず最初にはじまるのは『知の崩壊』ですよ」

「知の崩壊？」

「メディアが業として成り立たなくなるからです。だってそうじゃないですか。日本語を使う人口が減少するんですよ。言葉を使う産業は、内需依存の最たるものです。日本語を解さない人間が増えたところで、新聞や本の売り上げには繋《つな》がりませんし、テレビだって見る人間は減るでしょう。日本語を理解できる人が減少するんですから、スポンサーになって広告を打つ意味がなくなるんです。テレビ局だって経営できなくなりますよ」

そんなこと考えたこともなかった——。

篠原は、背筋に冷たいものが走るのを感じながら、

「移民が就ける仕事が単純労働だとすればですよ、収入だってそれほどの額にはならないはずです。まして、仕事があるのはやはり都市部でしょうから、生活コストは高い上に、家賃だって支払わなければなりません。彼らにとっても、苦しい生活を強いられることに違いはないと思うのですが、それでも、日本に来ますかね」

すがる思いで反論した。

「日本の一万円が、途方もない価値を持つ国は、世界にたくさんありますからね」

山崎はいう。「中国にしたって、賃金が高くなったといっても、まだまだ日本の比ではありません。いま中国に代わって注目を浴びている国のひとつ、バングラデシュの平均賃金は中国の三分の一から五分の一です。ワンルームのアパートにベッドを重ねてすし詰《づ》めで暮らすのは、日本人からすれば劣悪な住環境以外の何物でもありませんが、雨露《あめつゆ》が凌《しの》げ、エアコンもあるとなれば、彼らにとっては天国です。月に一万、二万でも、仕送りして、祖国で待つ家族が十分過ぎる暮らしができるとなれば、目指せ日本ってことになりますよ」

そこまで聞けば、山崎がいわんとするところが見えてくる。

「人口減少に歯止めがかかっても、日本語を解さない人間が増えるだけならば、もはやメディアは業として成り立たない。当然、情報や知識を発信する仕事も成り立たなくなる。それが知の崩壊を招くとおっしゃるわけですね」

「その時、日本人はどこに情報や知識を求めたらいいのでしょう」

山崎は、悲愴《ひそう》な表情を浮かべた。「英語？　中国語？　もちろん、理屈の上ではそれも可能かもしれません。でも、それは日本語を捨てるということです。悲観的に過ぎるといわれればその通りかもしれませんが、もしそんなことになれば——」

思わず生唾《なまつば》を飲み込んだ篠原に向かって、山崎は続けた。

「将来的には、日本語で書かれた過去の文献を読めない。理解できない日本人が、ほとんどということになってしまうんじゃないでしょうか」

いわれてみれば、前例がないわけではない。

漢字を捨て、ハングルのみでの教育を行っている韓国がそうだ。

「もはやそうなると、日本ではないというわけですね」

山崎は憂いを帯びた目を向けながら、静かに頷いた。

「私は、国粋《こくすい》主義者ではありません。でも、この国の姿、形、文化、風習といったものを大切に思っています。テクノロジーの進歩や世代の交代によって、社会が変わっていくのは当然だとしても、やはりこの国には失ってはならないものがあると思うのです」

山崎の思いに異論はない。

「それで、この事業をおはじめになったわけですか」

篠原はいった。

「企業のありかたも、私が社会に出た頃とは様変わりしましたからね。就職は将来を約束するものではありません。産業、企業の淘汰《とうた》はますます加速するでしょう。もちろん、それに取って代わる産業、企業が出てくるわけですが、それだって厳しい競争を勝ち抜かなければ消え去る運命にあるんです。将来に不安を覚えている限り家庭も持てない、子供も持てないというなら、将来が見える仕事を生み出すしかない。それがこの事業だったのです」

「人がいる限り、食料は必要不可欠。農畜産業、漁業は永遠になくならない産業ですからね」

山崎は紫蘇ジュースに手を伸ばすと、

「だからこの事業は絶対に失敗できないのです」

汗をかいたグラスを傾《かたむ》けた。「幸い、私はこの町出身のアメリカ人実業家に巡り会いました。現在の国籍はアメリカでも、やはり彼も日本の将来を憂えている人のひとりです。アメリカに工場を造れば、製造原価が遥かに安くつくことは百も承知です。ですが、それをやったんじゃ、日本のためにはならない。そう考えてくださったからこそ、共同でこの会社を立ち上げたわけです」

なるほど、そういうことだったのか――。

篠原は胸の中に熱い思いが込み上げてくるのを覚えた。

同時に、これまで事業に邁進《まいしん》するばかりで、この国の将来のことなど、ただの一度も考えたことのなかった己《おのれ》を恥じた。

イカリ屋の事業が順調であるのも、市場があればこそ。それすなわち、人がいればこそだ。

どうしてそこに考えが至らなかったのか――。

「でもね、篠原さん」

山崎は表情を緩ませる。「現地で製造すればといいましても、肉は肉。野菜は野菜と考えればの話ですよ」

「どういうことです？」

「日本の肉はやっぱり美味しいんですよ。野菜にしたって、たとえばジャガイモなんて、これだけ種類が豊富な国なんてそうはありません。サシがびっしり入った牛肉を見ると、大抵アメリカ人は体に悪いって引いちゃいますけど、ミンチになれば抵抗なく口にします。そして、みんなその味の虜になる。食材そのものがアメリカでは手に入りませんし、現地の食材を使った後発企業が出てきたとしても、十分差別化できるというわけです。それに、B級グルメはどんどん進化していますからね。新しいものは次から次へと現れる。ビジネスの種には、事欠《ことか》きませんから」

山崎は、白い歯を覗《のぞ》かせて顔に笑みを宿すと、「じゃあ、そろそろ工場の方にご案内しましょうか」

グラスを置き席を立った。

3

「いいですねえ」

大垣宗則《おおがきむねのり》は、手にしていたコーヒーカップを皿の上に置くと、「やるべきです。アメリカに進出するならいまがチャンスですよ」

大きく頷きながら、満面の笑みを浮かべた。

大垣はイカリ屋にカレールーを供給する総合食品メーカー、ドリーム食品工業の社長である。創業家の四代目で、まだ四十二歳と若いが、大学を卒業してすぐに銀行に就職し、十年間みっちり修業を積んだだけあって、なかなかのしっかり者だ。在行中はニューヨークに三年ほど駐在した経験もあるからアメリカの情勢にも明るい。

「実は、私の方からも海外進出をお勧めしようと思っていたところなんです」

大垣はいう。「イカリ屋さんは、国内店舗数では断トツの日本一なのに、海外には全く出店していませんからね。その間に同業他社の海外進出が相次ぎ、『トップカレー』なんて、日本国内よりも中国、東南アジアの店舗数の方が遥かに多くなっているんです。それに、アメリカにも出店し、すでにマンハッタンで三軒もの店を出している。市場はあるのに、このままではアメリカ市場も『トップカレー』に牛耳《ぎゆうじ》られてしまうなんて、あまりにももったいないですよ」

「いまとなっては、己の不明を恥じるばかりです」

篠原は本心からいった。「会長が、中国、東南アジアへの進出をいち早く勧めてくださったのを、私は断ってしまったんですからね。まさに、逃がした魚は大きいというやつです」

会長とは、大垣の父親の大輔《だいすけ》のことだ。

イカリ屋のカレーは、創業当初から一貫してドリーム食品のルーをベースとしている。もちろん、トマトやチョコレート、チャツネといった食材を加えて独自の味に仕立てたものだ。

大輔と親交を深めるようになったのは開業から五年経った頃のことで、店舗が増えるに従って、ルーの製造が追いつかなくなり、レシピを元にオリジナルのルーの供給を委託するようになって以来のことだから、もう三十年以上にもなる。

「日本の国民食であるカレーは、海外でも通用するはずです。篠原さん、海外に出店しましょう。きっと大きなビジネスになりますよ」

いつのことだったか記憶は曖昧《あいまい》なのだが、そう勧められたのはこの部屋、ドリーム食品の社長室でのことであったことははっきりと覚えている。

「まあ、篠原さんが当時、海外展開を躊躇《ちゅうちょ》なされたお気持ちは、分からないでもありませんがね」

大垣は理知的な眼差《まなざ》しを向けてくる。「東南アジアには独自のカレー文化がありますし、中国はあの通りの国ですからね。政府の方針ひとつで、法律や制度も簡単に変わるし、衛生管理の問題もあります。それに、海外ではフランチャイズってわけにはいきませんから、投資の額だって莫大《ばくだい》なものになる。第一、事業が拡大していけば、現地に工場を造らなければなりません。食材を調達するにしたって、現地でとなるとどこでなにをやっているか分からない。品質、安全性という問題がでてきます。実際、それで痛い目に遭っている企業はいくつもありますからね。その点、アメリカは違います。篠原さんが決断なさったとあれば、我が社も全面的にバックアップさせていただきますよ」

「そうおっしゃっていただけるのは心強いのですが――」

篠原はコーヒーに口をつけると、少しの間を置き、「実は、社長。アメリカに進出するにあたって、私、経営から身を引こうかと考えておりましてね」

本題を切り出した。

「経営から身を引かれる？」

大垣は耳を疑うかのように、体を起こす。

「引退しようと思いまして」

「引退って……。これからアメリカに出ようって時にですか？」

「私ももう七十四歳。いまのところ体にこれといった問題はありませんが、考えてみれば随分な歳です。ましてや、はじめての海外進出ですからね。大変な労力を必要とする大仕事になりますからね。それも会社の将来がかかった事業になるんです。ならば、この先会社を背負っていく人間に道を譲《ゆず》り、一からこの事業を任せた方がいいのではないか。そんな気持ちになりましてね」

「お歳のことなんか気にすることはありませんよ」

大垣はすっかり慌《あわ》てた様子で異を唱《とな》える。「七十四歳の現役経営者なんていくらでもいるじゃないですか。イカリ屋さんがここまで大きくなったのは、篠原さんの経営手腕があればこそ。これまで培《つちか》った経験は、アメリカ進出でも十分に生かせるはずです。篠原さんがいるといないとでは、大違いですよ」

「そうおっしゃっていただけるのは、嬉しいのですが……」

篠原は視線を落とし、テーブルの一点を見つめた。「そりゃあ、私にもイカリ屋のビジネスモデルを確立したという自負はありますよ。ですがねえ大垣さん、それが通用するのも日本国内での話だと思うんです」

「イカリ屋さんのビジネスモデルは、アメリカでも立派に通用すると思いますが？」

「いや、そうとは思えませんね」

篠原は首を振った。「直営、フランチャイズ、どちらをやるにしても、海外でとなると、法律も衛生基準も変わります。従業員にしたって当然現地の人を雇《やと》うわけですから、教育の問題もある。店舗の内装や設備にしたって、イカリ屋には統一基準がありますが、海外となれば全面的に見直さなければなりません。つまり、アメリカ進出は全く新しい事業を一から立ち上げるのも同然なんです」

「確かに、多店舗展開をする事業というのは、マニュアルが命ですからね。長年かかって確立されたマニュアルを国情に合わせて変更していくというのは大変な作業ではありますが——」

「大変なんてもんじゃありませんよ」

篠原はカップを持ち上げると、「出店場所にしたって、現地の事情に通じていなければ判断できません。言葉が違えばライフスタイルだって違いますからね。アメリカ進出を成功させるためには、大きなビジョンと確固たる信念、そして卓越《たくえつ》した経営能力と時間を持ち合わせている人間が指揮を執るのが絶対条件なんです」

コーヒーに口をつけた。

「だったら語学堪能、現地の法律に精通した人材を招き入れればいいじゃないですか。篠原さんには、ビジョンを描く力は十分備《そな》わっていますし、卓越した経営能力だっておありになる」

大垣が『時間』を口にしなかったのは、それだけは異議を唱える余地がないからだ。

篠原は、そこに触れずに、

「いや、今回の事業をつつがなく遂行する資質は、私にはありません。最近、それを痛感いたしましてね」

カップを皿の上に戻した。

「といいますと?」

「大垣さん、プラチナタウンってご存じですか。宮城県の緑原町の――」

「ええ、日本人の老後を変えたといわれるシニア向けの施設ですね」

「この間、そのプラチナタウンを実現した、前町長の山崎さんにお会いしましてね。彼、町長を辞めて、いまはミドリハラ・フーズ・インターナショナルという会社を経営なさっているんですが――」

篠原は、それから暫くの時間をかけて、山崎がなぜそんな事業をはじめたのか、それがこの国の将来にどういう影響を及ぼす可能性を秘めているのかを、順を追って話して聞かせた。

「なるほどねえ。日本の食材を海外に。それも、農畜産業の六次産業化を実現することで、日本の人口減少に歯止めをかける、か――」

大垣は、腕組みをしながら唸《うな》ると、「いわれてみればその通りなんですよね。うちの会社だって、海外に出ているとはいっても、メインの市場はやはり国内ですからね。人口が減ることとイコール、市場の縮小って論は絶対的に正しい。食品産業にとっても、深刻な問題ですね」

感心したように頷いた。

「山崎さん、こうもいってましたよ」

篠原は続けた。「日本の食材は質、味ともに世界一だが、問題は販売戦略にある。たとえば一粒千円のイチゴを作っても、どれだけのビジネスになるのか、どれほどの市場があるのか――」

大垣は背もたれに体を預けると、天井を仰《あお》いだ。

「食材の海外輸出となれば、真っ先に思い浮かぶのは野菜や果物といった農産物。新鮮さが命の食品ですもんね。当然空輸するしかありませんからコストが嵩《かさ》む。日本人でさえ、そう簡単に買えない値段の商品が、海外でどれほどの需要があるのかといえば、確かに疑問ですね」

「一粒千円のイチゴを飛行機で海外に送ったら、いったい幾らになりますか。一万円のメロンは？　いくら質、味が違うといっても、そんな値段のものに安定需要が生ずると思いますか？」

「あったとしても、ごく一部の超富裕層に限られるでしょうね」

大垣は同意する。「いくら、素晴らしい味だとはいっても、価格差があり過ぎますからね。アメリカなんかじゃ考えられませんよ。トリュフがなぜ、あんなに高いのか、大抵の日本人には理解できないのと同じです」

「トリュフ……？」

「大分前の話ですが、デパートの食品売り場でフランス産のトリュフを笊《ざる》に入れて売ってたんですね」

大垣は苦笑いを浮かべる。「価格は七万円。そこに初老の男性がやってきましてね。トリュフを手に取ってしげしげと見詰《みつ》めたと思ったら、『なんだこりゃ』って、ポイと投げ戻したんです。チョコレートの塊《かたまり》みたいなものが、たった数個で七万円もするなんて、庶民には理解できませんよ。まして、イチゴやメロンですからね。外国人に理解しろっていうのは無理な話です」

「ならば冷凍食品で、それもB級グルメで勝負に出ようという山崎さんの発想に、私、舌を巻いたんです。しかも、それが地場の農畜産業家に安定的な収入を齎《もたら》すことになり、地域の活性化に結びつく。単に事業として大きなビジネスチャンスをものにしただけではなく、緑原町、ひいては日本が抱えている人口減少という問題をも解決しようとしているんです」

「確かに、凡百《ぼんぴやく》の経営者では思いつかない発想ですな」

大垣は、唸《うな》りながら頷いた。「普通の経営者なら、いかに食材の調達コストを抑えるか。製造コスト、つまり人件費を抑えるかを真っ先に考えるものです。食品産業に限らず、数多《あまた》の日本企業が生産拠点を海外に移した最大の理由はそれですからね」

「その結果、日本国内、特に地方の雇用基盤は脆弱《ぜいじやく》になり、それが地方の過疎高齢化、大都市への人口集中につながったわけです。しかし、山崎さんの事業が成長を続け、国内産の農畜産物の価値が海外で認められれば、製造拠点を海外に移した大手企業も戻ってくる可能性は十分にあります。その時、どこに目がいくかとなれば、都市部じゃない。原材料の生産地。地方です。となれば、製造の現場にも雇用が生まれるでしょうし、農畜産業、いや漁業従事者だって増加することが期待できるじゃありませんか」

「アメリカ進出にあたっては、そのモデルを手本にしようとお考えなんですね」

大垣は、真摯《しんし》な眼差しを向けてきた。

「そうしたい、いやそうせねばならないと思います」

篠原は、きっぱりと断言した。

「そうお考えなら、やはり篠原さんが陣頭指揮を執られなければ――」

「私もその凡百の経営者のひとりですよ」

篠原は静かに首を振った。「イカリ屋が使う食材、特に肉は全て輸入品です。牛肉はオーストラリア産、豚肉はメキシコ、鶏はブラジル。確かに調達コストは安い。お陰で、製造原価も低く抑えられれば、手頃な値段でお客様に商品を提供することが可能になったのは事実です。経営者としては、正しい判断だったとは思いますが、国のためになったのかといえば、こたえは否《いな》です」

「篠原さん、それは考え過ぎというものですよ」

大垣は、あからさまに困惑した表情を浮かべる。

「いや、私、山崎さんとお会いして気がついたんです」

篠原は、大垣の目を見詰めた。「企業が存続し得るのも、安定した社会があればこそ。肝心のその社会が、弱体化していったのでは企業だって存続できません。日本の雇用体系が危機的状況に陥《おちい》りつつある大きな原因のひとつは、とことん利益を追求してきた経営姿勢です。迂闊《うかつ》にも私は、そこに考えが至らなかった――」

「しかしですねえ、消費者というものは、価格に敏感に反応するものです。値頃感というより、『買い得』な商品を常に探しているんですよ。国産品を使うのは簡単ですが、それで売値が高くなったのでは客は寄りつきません。それじゃあ、経営がもちませんよ。肝心の従業員の雇用だって守れなくなってしまうじゃありませんか」

大垣の見解はもっともだが、その問題を解決してみせたのが山崎だ。

「MFIは、生産者から直接食材を仕入れることで、コストダウンを図っているんです。野菜は農協、市場を通さず、契約農家から直《じか》に仕入れる。生産者は、工場周辺の市町村の農家ですから、輸送費も然程《さほど》かからない。肉もまた同じです。流通の過程で抜かれる利鞘《りざや》をカットし、生産者の利益を確保しながらコストダウンを図り、さらに安定した需要をも創出したんです」

「しかし、それだって、MFIが地方の、それも農畜産業が盛《さか》んに行われている町に拠点を置けばこそのことじゃないですか。その点、イカリ屋さんは違います。工場はいずれも都市部近郊にあるわけで――」

「私がいいたいのは、よりよい品質の商品を、お客様に納得していただける価格で提供しようと思えば、幾らでも策はあったということです」

篠原は、大垣の言葉を遮《さえぎ》ると、「イカリ屋も、変わらなければなりません。国内で販売するカレーに使われる食材の調達方法を見直し、アメリカに進出するにあたっても、国産食材を使用する。それも、業績を落とすことなくです。これは、大変な仕事です。ですから、このビジョンを共有できる有能な人材をトップに据え、この大改革、大事業を託《たく》したいのです」

決意を新たに、大垣に告げた。

大垣は、ふうっと大きな息を漏らすと、

「確かに、それをやるとなると、大変な仕事になりますね……」

複雑な表情を顔に浮かべた。

「かといって、社内に経営を任せられるだけの人材はまだ育ってはいません。いずれ、生え抜きを社長に就かせるにしても、この改革とアメリカ進出は、早いうちに取りかかるに越したことはないのです。となれば、方法はひとつしかありません」

篠原は自ら結論を告げた。「外部から、プロの経営者を招聘《しょうへい》することです」

4

「お初にお目にかかります。相葉《あいば》でございます」

ホテルの料亭の一室で相葉譲《ゆずる》と会ったのは、大垣に引退の決意を告げた二カ月後のことだった。

相葉は五十歳。大学卒業と同時に大手総合商社に入社し、食品部門で四年間働いた後、アメリカの経営大学院に学びＭＢＡを取得。そのままアメリカのコンサルティング会社に五年間勤めたところで外資系企業の部長に転じ、その後、外資系のファストファッションの役員、日本のコンビニチェーンの社長と二度の転職を繰り返し、現在はアメリカ最大級のハンバーガーチェーンの日本法人の社長をしている。

濃紺の地にグレーのチョークストライプが入ったスーツを身につけ、ブルーのボタンダウンのシャツに真紅のネクタイを締めた相葉の服装は、まさに外資系企業で働く人間に抱く日本人のイメージそのものだ。

「篠原でございます」

名刺を交換した篠原は、「どうぞお掛けください」

椅子を勧めた。

「相葉さん、お酒は普段なにを？」

この場を設けた、大垣が訊ねた。

「プロの経営者を招聘することです」と大垣にいったものの、篠原にはイカリ屋の経営を託せる人材に心当たりはない。

ドリーム食品工業は外食産業界に多くの顧客を持つ業界最大手のひとつだ。経営者同士のつき合いもあれば、業界の事情にも明るい。そこで、後任にふさわしい人物を推薦してもらうことにしたのだ。

大垣は、三人の人物を候補に挙げてきた。

いずれもキャリア、実績ともに遜色《そんしょく》なかったが、アメリカ系企業での勤務経験が長く現地の事情にも通じている上に、語学能力にも長け、総合商社時代に食品部門で働き、ハンバーガーチェーンという外食産業、それもフランチャイズ制を取り入れている企業の現職の社長という相葉が要件の全てを兼ね備えているように思われた。

その選択に大垣も異存はなかった。

そこで、大垣を通じ相葉に打診をし、交渉を重ねてもらったのだが、正直、受諾《じゅだく》の意向を示してきたのはふたりにとって意外であった。

というのも、相葉はプロ経営者として名の知れた人物であったからだ。

ファストファッションという激烈な競争が繰り広げられている業界に、米国企業としては初めての店舗を東京に構えるや、瞬《また》く間に店舗数を拡大し、一大旋風《いちだいせんぷう》を巻き起こした。その実績が買われ、コンビニチェーンの社長、そしてハンバーガーチェーンの社長に就任すると、日本独自の商品を次々に開発。同時に徹底したコスト削減と組織改革を行い、収益率を劇的に高め、日本法人はじまって以来の高収益を上げるまでにした、プロ経営者中のプロ経営者である。

そんな人間が、企業規模では遥かに劣るイカリ屋に興味を示すとは思えない、謂《い》わば駄目元《だめもと》の打診であったわけだが、まさに瓢簞《ひょうたん》から駒《こま》。相葉は、イカリ屋の経営に大変な興味を示したのだ。

今日は会食をしながらの篠原による人物確認の場であると同時に、後任を任せられると判断した場合には、報酬を含めた条件を話し合う場となる。

「私、酒は止《や》めておりまして……。ウーロン茶をいただきます」

相葉は愛想笑いのひとつも浮かべることなく、あっさりとこたえた。

「止めておられる？」

大垣が拍子抜けしたように問い返した。

「ええ。外資の社長に就任してからはきっぱりと」

「どうしてまた」

「日本が夜でも、本社は昼間ですからね。まして、誰もがスマホを持つのが当たり前の時代です。どこにいようが、何時だろうが、仕事は追いかけてきますからね。酔っ払っているわけにはいきませんよ」

「それで……ですか？」

「酒はいつでも呑めますが、仕事はそうはいきません。まして、日本法人とはいえ経営を任されているんです。私が間違った判断を下せば、それが指示となって組織は動き出す。アメリカ企業では酒が入っていたので、なんていい訳は通らないんですよ。お酒は引退後にでも十分楽しみますよ」

相葉は薄く笑うと、「あっ、どうぞお気になさらずに。これは、あくまでも私の主義ですから」

こういう状況は慣れているのか、慌《あわ》てる素振《そぶ》りも見せることなくいった。

大垣が目を丸くして「どうします?」とばかりに篠原を見る。

「では、遠慮なく」

篠原はこたえると、「私は生ビールを……」

仲居に告げた。

「私も同じものを……」

大垣の注文を聞いた仲居が引き下がり、部屋の中が三人だけとなったところで、

「今回の申し出を前向きにお考えになっていただけたこと、改めて御礼申し上げます」

篠原は頭を下げながら切り出した。「つきましては、私の方からいくつかお訊ねしたいことがございまして……」

どうぞ、とばかりに相葉は頷く。

「最初にお訊きしたいのは、なぜイカリ屋の経営に関心を持たれたのか、です。現在お勤めになっているのは、世界中でビジネスを展開しているグローバル企業です。イカリ屋はカレーチェーンとしては、日本のトップ企業ですが、国内でしかビジネスを行っておりません。店舗数にしたって、現在お勤めの会社には遠く及びません。相葉さんのような方からすれば、魅力に乏《とぼ》しい会社と映るのではないかと思うのですが」

「単純に面白い、と思ったからです」

相葉は間髪《かんはつ》を容《い》れず返してきた。「こういっては失礼ですが、企業規模ではイカリ屋さんは弊社の比ではありません。ですが、外食産業としてのハンバーガービジネスはすでに成熟の域に達しています。つまり、どうやって新しい市場を開拓するかに知恵を絞るのではなく、どうしたらいまの市場規模を維持できるか。業績を落とさないようにするか。そこに知恵を絞るのが経営者の仕事になっているんです。その点、カレーは違います。まして、海外展開をこれからはじめられるというんですからね。実に夢のある話じゃありませんか。国内企業をグローバル企業に仕立て上げる。その指揮を執れるなんて機会は滅多《めった》にあるものではありません。それに——」

「それに？」

「会社の規模が違うのに、と篠原さんはおっしゃいますが、会社は大きければいいというものではありません。組織が大きくなればなるほど、仕事は分業化されます。経営を任される人間も、会社の隅々《すみずみ》に至るまで目を配るのは不可能になる。その結果、どうしても動きが鈍《にぶ》くなる。つまり経営者の意思を反映させようにも、万事において時間がかかってしまうんです」

「イカリ屋さんも、十分大きな組織ですが？」

大垣が怪訝《けげん》な表情を浮かべながら口を挟《はさ》んだ。

「確かにそうですが、国内に限っていえばです。篠原さんが一代でここまでにしたイカリ屋さんには、ノウハウも蓄積されていれば、マニュアルも完成の域に達しているでしょう。しかし、これから手がけられる海外進出は、一からビジネスを立ち上げるようなものです。つまり、篠原さんがお築きになったイカリ屋をベースに、海外に通用するビジネスモデルを確立していくのが任務になるわけです。これは、経営者としては実に魅力的な話ですよ」

「では、単にイカリ屋の経営をお願いしたいといったのなら、興味を抱かなかったと？」

篠原は問うた。

「組織、オペレーション、どれを取っても完成されている。収益もきっちり上がっている優良企業。まして、イカリ屋さんの店舗は全国に九百軒。これ以上店舗を増やすのも限界でしょう。となれば、社長の任務は、いかにして売り上げを維持し、利益を確保するかだけでしょう。それじゃ、いま私がいる会社と何も変わりませんからね」

大した自信だ。

しかし、それも篠原にとっては決して不愉快なものではなかった。

なにしろ相葉には実績がある。むしろ正直でいいとさえ思った。

「カレーチェーンのビジネスについてはどうお考えになります？　アメリカでも受け入れられるとお思いですか？」

さらに質問を続けた篠原に向かって、

「もちろんです。そうでなければ、お断りしていますよ」

相葉は愚問だとでもいいたげに、軽く目を閉じると苦笑する。「私がはじめてアメリカで暮らしたのは、かれこれ二十三年前、場所はニューヨークでしたが、その当時の日本食といえば、寿司、天麩羅が精々《せいぜい》でした。それがいまや、うどんや定食だって食べられる。それも日本で供《きょう》されるのと、遜色《そんしょく》ないレベルのものがです。それがまた現地の人を虜にしている。こんなこと、あの当時では考えられなかったことです。日本食は、まだまだ大きな可能性を秘めている。それは間違いありません。カレーは必ずアメリカ人を虜にすると確信しています」

仲居が注文した飲み物を運んでくると、前菜とともにそれぞれの前に置く。

まだ、話が決まったわけではないのに「乾杯」を促《うなが》すのも変な話だ。

そこに一瞬の間が空《あ》いた。

「頂戴《ちょうだい》します」

相葉はウーロン茶を持ち上げ、ひと口飲むと、「ところで篠原さん。私の方からもお訊ねしたいことがあるのですが」

まるで、その間隙《かんげき》を突くかのようにいった。

「どうぞ。何なりと……」

「篠原さんは、経営から身を引かれた後は、どうなさるおつもりですか」

「とおっしゃいますと？」

相葉の質問の意味が分からない。

篠原は問い返した。

「会長として会社に留《とど》まられるおつもりなのか、それとも経営からは、きっぱりと身をお引きになるのか、ということです」

驚いた。

初対面の場とはいえ、事実上の最終面接であることは相葉も承知しているはずだ。それが、逆に質問をしてくる、それも身の処しかたについてとは……。

しかも、相葉の口ぶりからは、すでに自分がイカリ屋の社長に就くのは決まっているかのようなニュアンスすら感じられる。

呆気《あつけ》に取られた篠原に向かって、相葉は続ける。

「創業者が経営の第一線を退《しりぞ》く場合、大抵は代表権を持ったまま、会長職に就任するものですが、やはり篠原さんもそのようにお考えなんでしょうか」

「代表権も含めて経営は全て後任に託したいと考えています」

隠し立てする必要もない。

篠原は正直にこたえた。

「必要に応じて社内の組織改革、あるいは店舗運営の見直しを行っても、一切口を出さないと？」

「それは、どういうことでしょう」

「たとえばの話ですが――」

相葉は前置きすると続けた。「今回の海外進出は、イカリ屋さんの社運がかかった事業だと、大垣さんから伺《うかが》いました。成功に導くためには、まずは確実に任務を遂行できる能力を持った人材が必要不可欠です。外部から人を招かなければならないかもしれませんし、新しい部署を設けねばならなくもなるでしょう。当然、組織は大きく変わります。状況次第では、国内事業と海外事業を分け、それぞれ別会社にするといったこともあり得るわけです」

そこまで考えはしなかったが、自分を含めて海外進出を円滑《えんかつ》、かつ迅速《じんそく》に行えるだけの能力を持った人材は、いまのイカリ屋にはいない。だからこそ、外部に人材を求めることにしたのだ。

「おっしゃる通りでしょうな」

篠原は同意した。「しかし、それはイカリ屋が成長していくことなんですから、悪いことじゃないでしょう」

その間に、ウーロン茶を口にした相葉は、

「成長といえば、国内事業についても同じことがいえるかもしれません」

畳み掛けるようにいう。「イカリ屋さんに限らず、日本の外食産業は、今後人口減による市場の縮小という問題に直面します。この難局を乗り切るためには、海外に出るしか手段はないのですが、だからといって国内事業の業績が悪化していくのを放置しておくわけにはいきません」

これも否定のしようがない正論である。

「おっしゃる通りです」

篠原は頷いた。

「実際、上場以来のイカリ屋さんの決算書を見ますと、売り上げの増加は店舗数の増加によるもので、一店舗当たりの売り上げは、頭打ちにあるように思うのですが？」

そんなものにまで目を通していたのか。

さすがにプロの経営者だ。トップ就任への打診を受ける受けないは、相手の経営状態を分析してからというわけだ。そして、前向きな姿勢を示すのも、己に策があればこそ。つまり、相葉の頭の中には、すでにビジョンができあがっているに違いない。

「お客様は、やはり昼食時と夕食時に集中しますので、席数は決まっていますし、お客様が食事を終えるまでは一定の時間がかかります。ですからピーク時の回転率を上げようにも限界があるんです。売り上げを伸ばすべくテイクアウトやデリバリーサービスに力を入れているのですが、これもなかなか難しいところがありまして――」

篠原は語尾を濁《にご》した。

「同じファストフードとはいっても、ハンバーガーのように席が空いてなければ公園で、というわけにはいきませんし、車を運転しながらなんて無理ですからね。つまり、今後、国内店舗の売り上げを向上させるといっても従来の方法では限度がある。となると、業績を向上させ、収益率を高める方法はただひとつ。見直すべきところは見直し、徹底的な合理化を図る以外にありません」

相葉は、篠原の目を見据え断言する。

まさかこんな展開になるとは想像だにしなかったのだろう。それまで、困惑した表情を浮かべ、ふたりの話の成り行きを黙って聞いているだけだった大垣が口を挟んだ。

「ということは、相葉さんにはその青写真はすでにおありになるということですか？」

「もちろんです」

相葉は断言する。「私がこれまで、経営陣のひとりとして勤めた業界は、みんな同じ問題に直面していますからね。コンビニは飽和状態で店同士の食い合いがはじまっていますし、ハンバーガーチェーンだって同じです。店舗数は増やせない、客単価を上げるのも容易なことではないとなれば、徹底的な合理化によって収益率を上げるしか術《すべ》はない。私にはそうした中で培《つちか》ってきたノウハウがありますから」

もはや、完全に相葉のペースだ。

この自信。この押しの強さ――。

ひとたび、乗り気になると、自分の能力をとことん売り込みに出る。

これがプロ経営者というものか。

経営者とはいえ、サラリーマンには違いないのに、こんな人間にははじめて会った。

しかし、相葉のいうことはいちいちもっともだし、何よりも実績がある。

いや、むしろ、厳しい市場環境の変化に晒《さら》されることになるイカリ屋の将来を考えれば、確たるビジョンと、豊富な経験を持つ相葉こそが、経営を託すのに相応《ふさわ》しい人間と思えてくる。

「私は、経営に口を挟むつもりはありません」

篠原はいった。「相葉さんがおっしゃるように、日本の人口はこれからどんどん減っていきます。それは市場が縮小していくということと同義ですからね。イカリ屋もいまのうちからその時に備えておかねば、事業規模を維持できなくなるのは明白です。それだけは、断じて避けなければなりません」

相葉は満足そうに大きく頷きながら、

「ならば、もうひとつお訊きします」

すかさずいった。「篠原さんの後継者を外部から招聘することについて、社内のコンセンサスは取れているんでしょうか」

「役員会の合意は取りつけてあります」

篠原はこたえた。「反対する者は、ひとりもいません」

もっとも、創業者の篠原の意向である。異を唱える者などいようはずもない。まして、役員は全員イカリ屋が急成長していく過程で転職してきた者ばかりで、生え抜きはひとりもいない。それに、海外進出を睨《にら》んでの社長交代である。その任を果たせる人材がいないからこそ外部から招聘するということは、彼らにも十分説明してある。

だが、相葉にはいっておかなければならないことがある。

「ただし、ひとつだけ後任の方には、考えていただきたいことがあるのです」

篠原はいった。

「それは、なんでしょう?」

「国内はもちろん、アメリカに展開する店舗で使用する食材のことです」

篠原はそれからしばらくの時間をかけて、このまま人口の減少に歯止めがかからなければ、日本にどんなことが起きるかから説《と》き起こし、人口の減少に歯止めをかけるには、まず安定した収入が見込める産業を起こさなければならないこと。それが農畜産漁業の六次産業化であり、山崎の行っているビジネスがいかに重要なものであるかを話した。

「なるほど。ただ単に、アメリカ進出を成功させるだけではなく、日本の人口減少に歯止めをかけるべく、国内の一次産業を六次産業化するビジネスモデルを確立しろとおっしゃるわけですか……」

　肯定的に取ったのか、否定的に取ったのか。鼻で息を吸い込みながら、考え込む相葉は、どちらともとれる表情を浮かべる。

「もちろん、イカリ屋一社が頑張ったところで、農業の六次産業化が一気に加速するというわけではないことは承知しています。でも、アメリカでカレーが受け入れられ、店舗が二つ、三つと増えていくごとに、食材への需要量は確実に増えていくのは間違いないんです。それが、人口減少という日本が直面している危機を救うことに繋《つな》がるなら、それこそ経営者冥利《みょうり》につきるというものではありませんか」

　相葉は無言のまま腕組みをし、テーブルの一点を見詰める。

　篠原は続けた。

「相葉さんは、商社時代に食品部門におられた。食品流通の仕組みにはお詳しいはずだし、経営能力もおありになる。明確なビジョンもお持ちのようだ。これまで身につけた知識、経験を生かせば、日本産の食材を使ったカレーショップをアメリカに、いや世界に展開することも夢ではないと思うのですが、どうでしょう」

　篠原は声に力を込めて迫《せま》った。

　しばしの沈黙があった。

　やがて相葉は視線を上げると、

「分かりました。考えてみましょう」

篠原の視線を捉《とら》えていった。「いささか高いハードルのようにも思えますが、その分だけやりがいのありそうな課題です。まして、それが日本の一次産業に新しい道を開き、国が活気づくとなれば、なおさらのことです」

「それでは──」

「それは、篠原さんが判断することじゃありませんか」

結論を求めようとした篠原を相葉は遮ると、「私は見定められる立場の人間ですよ」

目元を緩ませた。

「ぜひ、イカリ屋の経営をお任せしたいと思います」

篠原は頭を下げた。

「よ〜し、決まった」

大垣が、ぱんと掌《てのひら》を合わせた。「となれば、改めて乾杯といきましょうか」

場の雰囲気が和《なご》やかになる。

三人のグラスが涼やかな音を立てて触れ合った。

いままで、テーブルの上に置かれたままになっていたグラスの表面を覆っていた汗が、雫《しずく》となって滴《したた》り落ちた。

5

妻の千草に引退を切り出したのは、翌日の朝食の席でのことだった。

「そう……」

千草は何も語らずに篠原の話を聞き終えると、静かに微笑《ほほえ》んだ。「いいんじゃない。あなたも七十五歳になるんだし、いつまでも社長を続けるわけにはいかないもの。潮時《しおどき》よ」

「一緒にやってきたお前に、こんな大切なことをひと言の相談もなく、独断で決めてしまって申し訳ないが、話してしまうと決心が鈍る気がしてね――」

「私はとっくに、会社からは身を引いていますから」

千草は淹《い》れたてのコーヒーをふたつのカップに注ぎ入れると席についた。「それに、歳を考えればそろそろ終活にとりかかってもいい頃よ。代を継がせるなら元気なうち。あなたの身に何かあってからじゃ、社員さんだって困るじゃない」

千草らしいな……と篠原は思った。

創業家の人間が、会社の重要ポストに長く、時には終身に亘って居座るのはよくある話だ。元々イカリ屋は夫婦ふたりではじめたカレー屋だ。店舗が増えるにつれ会社となり、経営全般を見るのが篠原なら千草は経理と、自然と役割が決まり、それに相応しい肩書きもつくようになった。

しかし、上場を果たした頃になると、こと経理に関しては、十分な知識と能力を兼ね備えた人材も育ちはじめる。

「私がいつまでも役員に就いているのは、会社の将来を考えるといいことじゃないと思うの」

財務担当の取締役だった千草がそういい出したのは、取引先の銀行から人を迎え入れた八年前のことだった。

創業家がいる限り昇進には天井がある。社長はまだしも、頑張れば役員になれるポストはひとつでも多い方が社員の励みになる、というのがその理由だった。

上場で十分な財を手にしたせいもあるだろう。子供がいなかったせいもある。以来、千草は友達と連れ立って頻繁《ひんぱん》に数泊の小旅行に出かけたり、趣味と健康維持を兼ねたダンス教室に通ったりと、会社にただの一度も足を踏み入れたことはない。

それでも、篠原が退任するとなると、さすがに会社の今後が気になるらしい。

「それで、後任は誰になるの？」

珍しく千草が訊ねてきた。

「外から連れてくることにしたんだ」

「外から？」

千草は意外な顔をする。

「役員の中からとも考えたんだが、これから取りかかる事業をこなせる人間が見当たらなくてね」

「何をはじめるの？」

篠原はコーヒーカップを手にすると、アメリカ進出のことを、手短に話して聞かせた。

「そう……いよいよ海外に出るの――」

千草は感慨深げにこたえた。「たったふたりではじめたカレー屋さんがアメリカか……」

「俺は国内での経営しか経験がないからね。海外に出るとなれば、一から新しい事業をはじめるのも同然だ。それは、いまの役員も同じだし、第一、歳のことを考えると、俺にどれだけの時間が残されているだろうかと思ったりもしてさ」

「いいんじゃない」

千草はコーヒーを啜ると、皿の上に載せられたトーストに手を伸ばした。「いずれ、経営は誰かに委ねることになるんだし、いまの役員の中から後任を選んで欲しい気がしないではないけど、確かに海外で店を展開していくとなると、適任者は思い当たらないものね」

「実は、昨日その後任が決まってね」

篠原もまたトーストに手を伸ばした。

「そう。それはよかったじゃない」

篠原が相葉のことを話しかけたその時、フローリングの床をかさかさと引っ掻《か》きながら、小鉄が小走りに駆け寄ってくると、足元でお座りをする。

篠原が手を使って口に入れる食べ物は、自分もおこぼれに与《あずか》れると思い込んでいるのだ。

いつものようにトーストの耳の部分をむしり取り、小鉄に与えてやる間に、

「それで、御隠居《ごいんきょ》様はどうするつもり？　あなたにこれといった趣味はなし。会社一筋で来たんですもの、一日中部屋でボーっとしてたらボケちゃうわよ」

後任のことなど関心がないとばかりに、千草は話題を変える。

「まあ、それも含めてゆっくり考える時間を持ちたいと思ってさ」

篠原はトーストを頬張《ほおば》りながら切り出した。「どうだ。ちょっと長い旅に出てみないか」

「長い旅って？」

「ほら、お前いってたじゃないか。豪華客船に乗って世界一周してみたいって」

「本当に？」

千草は目を輝かせながら身を乗り出した。

「ああ、本当だ」

篠原は微笑んだ。「これまで会社の経営にかかりっきりで、一緒に旅行に出たことなん

てただの一度もなかったからな。それに、日本にいればやっぱり会社のことが気になると思うんだ。海の上じゃどうしようもないからね。未練を断ち切るにはもってこいだ」

「それなら、ダンスを習いましょうよ」

千草は声を弾ませた。「船の中ではダンスパーティーが頻繁にあるのよ。いまのうちからはじめておけば、十分踊れるようになるわ。それとも、私を壁の花にしておくつもり？」

「そうだな……」

篠原は、またパンの耳を引きちぎると、小鉄に与えた。「出発までには、まだ時間があるからね。暇つぶしには持ってこいかもしれないな。やってみるか」

「楽しみだわ」

千草は心底嬉しそうだ。「ドレスも作らなきゃならないし、あなただって、タキシードを仕立てなきゃ。それに、寄港地での観光の下調べ。そんなことやってたら一年半なんてあっという間だわ。忙しくなるわよ」

「なんだ、その一年半て」

「船旅は飛行機と違って、予約から実際に旅に出るまでそれくらいの時間がかかるのよ。あなた、そんなことも知らないで、船旅なんていい出したの？」

呆れながらも、声を弾ませる千草の姿を見ていると、経営から身を引く選択は、間違っていなかったのだと改めて篠原は思った。

今日《こんにち》のイカリ屋があるのも、千草という妻がいたからこそ。余生を過ごすのには十分過ぎる財を築き上げただけでも幸せな人生だが、その代償として仕事以外の全てのことを犠牲にしてきたのだ。

どれほど時間が残されているかは、神のみぞ知るというやつだが、余生は千草とともに過ごそう。これから本当の『ふたり』の人生がはじまるのだ。

篠原はコーヒーカップに手を伸ばしながら、一方の手で小鉄の頭をそっと撫《な》でた。

第二章

1

冷えたビールが喉《のど》を滑《すべ》り落ちていく。

久々に味わう爽快感《そうかい》がたまらない。

生ビールの中ジョッキを一気に半分ほど呑《の》んだ相葉は、顔をくしゃくしゃにしながら、「ぷうっ」と大きな息を吐いた。

「相葉さん、お酒呑《の》まれるんですね。はじめて見ました」

正面の席に座る矢吹雅弘《やぶきまさひろ》が目を丸くした。

居酒屋とはいっても、場所が西麻布《にしあざぶ》ともなると、やはり内装も洗練されていれば雰囲気も違う。薄暗いダウンライトの明かりが、落ち着いた雰囲気を醸《かも》し出す。

時刻は七時を過ぎたところだ。場所柄、混み出すにはまだ早い時間で、店内に客の姿はほとんどない。

「イカリ屋は、時差なんか関係ない会社だからな。残業している社員が俺に電話をしてくるはずもないし、会社を出ちまえばその日の仕事は終わりって緩《ゆる》い職場なんだ。それで酒を解禁したってわけさ」

相葉はそうこたえながら、またジョッキを傾《かたむ》けた。

「しかし、相葉さんがイカリ屋に移ると聞いた時は耳を疑いましたよ。グローバル企業からカレーチェーン。しかも国内でしか事業を展開していない会社にだなんて、ふつうあり得ませんからね。マスコミがこぞって記事にするのも当然ですよ」

「傍《はた》から見てりゃ、いったい何を考えてのことかと思うだろうな」

業界最大手のハンバーガーチェーンからイカリ屋の社長に——。

相葉の転職は経済紙のみならず、一般紙も報じる大きなニュースとなった。

加えて、イカリ屋のような会社で創業者が経営から身を引く場合、たいていは子供、あるいは身内を後継者とするのが常だが、篠原には子供がいない。役員の中にも、身内はひとりとしていないことから、篠原が次期社長に誰を据《す》えるのかは、かねてから注目されていたらしい。そこに、まさかの相葉である。

篠原が何を考えて相葉を次期社長に選んだのか。相葉はなぜイカリ屋に転じたのか。

篠原は引退にあたって会見を開いたが、「今後のイカリ屋をさらに発展させるためには最適の後任と考えた」と語っただけだったこともあって、様々な臆測《おくそく》が飛び交うことになったのだ。

「相当な好条件が提示されたのではないかと、もっぱらの噂《うわさ》ですが」

矢吹はジョッキを口に運びながら、上目遣《うわめづか》いに相葉の反応を窺《うかが》う。

「好条件って、報酬《ほうしゅう》のことか？」

それ以外に何があるとばかりに、頷《うなず》く矢吹に、

「報酬はこれまでとほとんど変わらない」

相葉はあっさりこたえた。

「えっ！　それでも受けたんですか？」

ジョッキに口を運びかけた矢吹の手が止まる。

「不思議に思うか？」

「そりゃそうですよ。相葉さんは、プロ経営者じゃないですか。実績だって十分におありになるし、それも経営なさった会社の収益は劇的にアップしてるんです。より高い条件が提示されたならともかく、ほとんど変わらないってんじゃ、安値で身売りしたも同然じゃないですか」

「当たり前に考えればな」

相葉は「ふふっ」と小さく笑った。

「当たり前に考えればって……それ、どういうことです？」

「実は、イカリ屋への話を持ってきたのは、ドリーム食品の大垣さんなんだが、ちょうどその頃、もうひとつ別のところから社長をやってみる気はないかって打診を受けてたんだ」

矢吹は、ジョッキを傾けながら話に聞き入る。

相葉は続けた。

「業種は違うが、グローバル企業の日本法人の社長だ。報酬も格段にアップする」

「いい話じゃないですか」

「だから、当たり前に考えればっていってるんだ」

矢吹は理由が分からないとばかりに小首を傾《かし》げる。

相葉は続けた。

「社長とはいっても、日本法人の社長なんて、本社でいえば精々《せいぜい》が常務クラス、下手をすりゃ事業部長あたりの人間がやることだ。達成目標にしたって本社が勝手に決めて、こっちはどうしたら数字が達成できるかに知恵を絞《しぼ》るだけの仕事だ」

「そりゃそうですが、相葉さんは、目標以上の数字を挙げてきたじゃないですか。だから、プロ経営者として引く手あまた。会社を替わるたびに、好条件が提示されるわけじゃないですか」

「だからって、本社の社長になれるわけじゃないだろ？」

相葉は有無をいわせぬ口調でいった。「日本人でアメリカ企業の社長になったやつがいるか？　逆の例はいくらでもあるが、こと外資に関しちゃ日本法人の社長は上がりのポジションだ。外資に籍を置く限り、それを延々と繰《く》り返すしかないんだよ」

「それにしたって、誰もがなれるというわけでは――」

矢吹は前の会社の経営企画部の部長の職にある。年齢は四十五歳。大学卒業と同時に外資系の精密化学メーカーに入社し、三年ばかり勤めたところで退社。アメリカの経営大学院でMBAを取得した後、相葉が働いていたアメリカのコンサルティング会社の日本法人に入社してきたのが知り合ったきっかけだ。

アメリカ企業では、本社でさえ外部から社長を招聘《しょうへい》することは珍しい話ではない。それは日本法人も同じなのだが、外部からの人間が組織の頂点に立って指揮を執《と》るとなると、必ず生え抜きの中から抵抗勢力が現れるのが日本人の組織のややこしいところだ。

その一方で、現地法人の運営に限っては、社長に与えられる権限は絶大で、特に人事に関しては、外部からの人材の招聘を含め思うがままになる。

自分の流儀で経営の舵取《かじと》りを行うには、しかるべきポジションを自分の腹心で固めてしまうのが最も早く、かつ効果的だからだ。

そこで、前の会社の社長に就任すると同時に、常々目をかけてきた人間を招き入れたのだが、その中のひとりが矢吹である。

能力は十分にある。人となりも熟知している。相葉が社長でいたならば、いずれ役員に名を連《つら》ねることになっていたろうが、イカリ屋に転じてしまったいまとなっては、新しい社長が矢吹に代わる人間を連れてくることは十分に考えられる。そんなことになろうものなら、下手をすれば馘《くび》。矢吹は新たな職を探さなければならなくなる。

「実はね、イカリ屋はアメリカに進出する計画を持っているんだよ」

相葉は声を潜《ひそ》めて切り出した。

「アメリカに？」

「日本国内の店舗数は九百。店舗増による業績拡大は、もう限界だ。その一方で日本式カレーの人気は、確実に世界に広まりつつある。東南アジアでは出遅れたが、アメリカはほとんど手つかずの市場だ。そこに活路を見出《みいだ》そうってわけなんだ」

「面白そうな話ですね」

矢吹は、今夜この席になぜ呼ばれたか、その理由を早くも悟ったらしい。

目を輝かせて、顔を近づけてきた。

「イカリ屋は、国内でしか事業を展開してこなかった会社だ。海外で事業をはじめようにも人材がいない。これまで経営の指揮を執ってきた篠原さんは結構な歳だ。これだけの大事業をやれるだけの時間はない。そこで、俺に白羽《しらは》の矢を立てたってわけだ」

「国内の店舗数はうちの二分の一にも満たなければ、売上高は四分の一しかありませんが純利益は三分の一。利益率はイカリ屋の方がかなり高い。この利益率を維持しながら、海外での事業を軌道《きどう》にのせれば——」

さすがに、コンサルタントの経験もあれば、現役の経営企画部長だ。販売品目は全く異《こと》なるが、飲食業界の大手企業の業績は頭に叩《たた》き込んでいると見えて、矢吹は即座にこたえる。

「いくら売り上げがでかくたって、儲《もう》けが出ないビジネスはペケだ。それすなわち経営者の評価につながる問題だからな」

相葉はニヤリと笑うと、ビールを口にした。

矢吹の片眉《かたまゆ》が、ぴくりと動く。

勘もいい。

何をいわんとしているのか、そのひとことで気がついたのだ。

だとすれば話が早い。

「俺が社長に就任して、ふた月が経《た》つ」

相葉はジョッキをテーブルの上に置いた。「会社の状況はおおよそ把握できたが、俺に社長を打診してきたのも無理のない話でね。アメリカ進出を図ろうにも、社員は国内事業しか手がけたことのない人間ばかり。つまりウルトラ・ドメスティックな連中ばっかりなんだ。いまの陣容を以《もっ》てしては、アメリカ進出なんて、とてもとても——。まさに絵に描いた餅《もち》そのものだ」

目元を緩ませながら頷く矢吹に、相葉は続けた。

「それともうひとつ。大垣さんから打診を受けて、イカリ屋の事業内容を調べるうちに気がついたことがあるんだ」

「それは、なんです？」

「イカリ屋はやり方を変えれば、国内だけでもまだまだ利益を上げる余地が残っているってことさ。つまり、篠原さんの経営は甘すぎたんだよ」

「無駄なコストを削り切れてないってことですか？」

「それもあるが、ここまで会社が大きくなったのは、自分の経営能力の賜物《たまもの》だけじゃない。イカリ屋に懸《か》け、苦楽を共にしてきたフランチャイジーの存在があればこそなんてことを真面目な顔をしていうんだ。まっ、日本人経営者、特に一代でチェーンビジネスをものにした創業者にありがちな話だが、ビジネスは持ちつ持たれつ。期待通りの儲けがなけりゃ、フランチャイジーなんてもんは、あっという間に離れていく。恩や義理なんてもんはビジネスには存在しないってことが分かってないんだ」

「なるほど」

その先はいわずとも分かるとばかりに、矢吹は不敵な笑みを浮かべた。「相葉さんが、うちで行った改革を、イカリ屋で再現しようというわけですね」

「再現とは違う。ケースによって使い分けるんだ」

「使い分ける?」

「矢吹君……」

相葉は改めて名を呼ぶと、ひと呼吸おいて続けた。「正直にいおう。俺はイカリ屋でプロ経営者としてのキャリアを終えるつもりはない。アメリカ進出は確かに魅力的な話だが、俺が手がけるのはそのモデルを確立するまでだ。アメリカだけじゃなく、世界のどこへ進出するにも即座に対応できるだけの体制を作りながら、国内事業の業績を飛躍的に向上させる。それが、やれる会社だと踏んだから、この条件でイカリ屋に転ずることにしたんだ」

「経営者の評価は、なんといってもどれだけ利益を向上させたかです。それを成し遂《と》げたとなれば、相葉さんの経営手腕はますます高く評価されるというわけですね」

「まっ、せいぜいが五年、いや、四年だろうな」

相葉は、鼻を鳴らした。「つまりだ、その間に国内事業体制を根本的に見直しながら、アメリカへ出す店を成功させ、彼《か》の地で確実に事業を拡大できる目処《めど》をつけなきゃならないってことだ。そのためには、何が必要になるか分かるだろ?」

「人ですね」

「そういうことだ」

相葉は人差し指を突き立てると、顔の前に翳《かざ》した。「だから今日、ここに君を呼んだんだ。どうだ、矢吹君。イカリ屋に来ないか。俺の下で働いてみないか」

「魅力的なお話ですが、条件は?」

矢吹は笑顔を見せたが、瞳は笑ってはいない。

「ポジションのことかね?　それとも報酬のことか?」

「その両方です」

「海外事業室を新設する。そこの室長兼取締役だ。ただし、年収はいまと変わらない」

「ポジションに異存はありませんが、報酬をなんとかしてもらえませんか」

「ちょっとの間の我慢だ」

相葉はいった。「日本式のカレーは間違いなくアメリカでも受け入れられる。オペレーションを確立し、マニュアルを作ってしまえば、あとは店舗を増やしていくだけだ。俺がイカリ屋の社長を務めるのはそこまでだ。となればだ、当然、後任を誰にするかということになるだろ?」

「それじゃ……」

矢吹の喉仏《のどぼとけ》が上下する。

「それを君にと考えているんだよ」

「しかし、そうすんなり行きますかね。イカリ屋には生え抜きの社員がたくさんいますし、創業者の篠原さんだって、ご健在なわけですし――」

「篠原さんはもう歳だ。だから引退したんじゃないか」

相葉は矢吹の言葉を遮《さえぎ》った。「まして、アメリカ進出の陣頭指揮を執るのは君だぞ。事業拡大の立役者だ。その間に、俺が国内事業を抜本的に見直し、収益率を格段に上げたとなれば、俺の意向に誰が異を唱《とな》えることができるんだ？　まして、これから先、日本の市場は人口減少によって縮小していくんだぞ。イカリ屋が生き残るためには、海外でどれだけ事業を拡大できるかにかかってくる。そんなことをやれるやつは、イカリ屋には誰もいやせんよ」

「空手形《からてがた》じゃ困りますよ」

「俺が、空手形を切ったことがあるか？」

相葉は矢吹の視線を捉《とら》えたまま、ジョッキに手を伸ばすと、「もっとも、期待通りの仕事をしてくれればの話だがね」

ビールを一気に呑み干した。

「やらせていただきます」

日本企業で働いたことしかない人間ならば、ひとまず回答は留保するところだろうが、矢吹は外資でのし上がっていくためには転職が、より高いポジションと報酬を手にする最も手っ取り早い手段であることを知っている。

　そして、経営トップとしての手腕が評価されれば、よりいい条件での誘いがいずれやってくる。職を転ずるごとに報酬もまた雪達磨《ゆきだるま》式に増えていくということもだ。次期社長の座を確約されたとなれば、乗ってこないわけがない。

「よし。決まった」

　相葉は、どんとテーブルに拳《こぶし》を打ちつけると、「そこで早々だが、君に頼みがある」

　もうひとつの本題を切り出した。

「なんでしょう」

「とりあえず、あとひとり、人を入れたいんだ。店舗管理に長《た》けた人間をね。これからはじめることは、生え抜きたちには、いままでのやり方の否定と映るだろうからな。改革を可及的速やかに、かつ確実に進めるためには、俺の意向を忠実に実行できる人間がどうしても必要だ。それも、生きのいいやつがいい。抵抗勢力とやりあっても、へこたれないようなやつが――」

「分かりました。何人か心当たりがあります。早々に話をもちかけてみましょう」

「よし、そうとなれば改めて乾杯といこうじゃないか」

　相葉は、空になったジョッキを翳すと、「お代わりを頼む。生中二杯だ」

　店員に向かって告げた。

2

「ご依頼のデータがまとまりました」

床波荘司《とこなみそうじ》がバインダーに綴《と》じたレポートを執務机の上に置いた。

相葉がイカリ屋の社長に就《つ》いて四カ月。

矢吹の動きは素早かった。

彼は相葉の打診を受けた直後に、それまで勤務していた大手ハンバーガーチェーンを辞めた。それも、依頼通り同じ会社に勤務していた床波を引き連れてだ。

さすがは矢吹、なるほどこいつがいたか、と相葉は思った。

床波は三十五歳。かつては、仕事はできるが我が強く、使いづらい部下として有名な男だったらしい。

凡百《ぼんびやく》の上司は己《おのれ》の指示に唯々諾々《いいだくだく》と従う人間、俗にいう『イエスマン』を好む。そして、評価、人事は上司のさじ加減ひとつ。高い評価を得ている人間が必ずしも有能であるとは限らない。かといって、使いにくいという評判が立った人間を部下に迎える管理職はまずいない。

若くして飼い殺し同然の目に遭《あ》っていた床波だったが、相葉の社長就任で潮目《しおめ》が変わった。

ハンバーガーチェーンの社長に就任するや、相葉がまず最初に打ち出したのは、徹底的なコストの削減による値下げ戦略である。

それを可能にするためには、半世紀以上にも亘《わた》って確立された、直営店とフランチャイズが混在する店舗の経営体系を根底から見直し、さらには現場従業員の配置転換が不可欠だ。それは、確立されたビジネスモデルの再構築であり、多くの血を流さずして成し遂げられぬものだった。

簡単な仕事ではなかった。生え抜きの社員からの抵抗もある。人の恨《うら》みも買う。かといって、任務が期限内に達成できなければ、評価は落ちる。それは組織、特に外資においては出世の道が絶たれることと同義だ。

相葉直轄の組織としてマーケティング戦略室を設《もう》けたものの、管理職はもちろん、人事考課の高い人間ほど腰が引けた。いきなり外からやってきた社長への反発もあっただろう。そこで、これ幸いとばかりに彼らが送り込んできたのが床波だった。

確かに生意気な男だった。しかし、それも自ら考える能力があるからこそのことであると、相葉はすぐに気がついた。

だから、どうやって任務を達成するのかは、彼の思うがままに任せた。結果を出せば、きちんと評価をした。その一方で増長する兆《きざ》しがあれば、鼻っ柱をへし折ってやった。そうやって、床波を鍛《きた》え、手なずけたのだ。

まだ若い床波に、イカリ屋社内に新設した社長室室長のポジションを与えたのも、今回の任務には、まさに打ってつけの人材だと見込んだからだ。

「さすがに仕事が早いな」

データの取りまとめを依頼してからまだ十日しか経っていない。入社ひと月といえば、まだ勝手も分からぬであろうに上出来だ。

相葉はバインダーに手を伸ばした。

「社長には、徹底的に鍛えられましたから……」

床波は口元に笑みを宿《やど》す。

「それにしてもだ」

相葉はいった。「データひとつ得るにしたって、生え抜き連中の協力なしでは手に入らないんだ。外からいきなり入ってきた人間が社長室長。それも、図抜《ずぬ》けて若い。そんなやつに指図されたらいい気持ちはせんだろうに、あいつら素直に従ったのか」

「そりゃあ、こちらの出方次第ですよ」

床波は眉を上げた。「命令口調でいえば反発も覚えるでしょうが、お忙しいところ申し訳ありませんがって下手に出れば、内心でどう思おうと、社長室長からの依頼ですから、やらざるをえんでしょう」

「大人になったな、お前も」

　床波は、それも相葉のお陰だとばかりに軽く頭を下げる。

　相葉は苦笑いを浮かべながらバインダーを開くと、素早くデータに目を走らせた。

「ほう、Sランクの高収益店が結構あるんだな」

「それも、その七割、Aランクの店を含めれば、全体の三割以上、三百店近くがフランチャイズ店です」

　相葉の言葉に床波が素早く反応する。「まあ、これも篠原さんがどれほどフランチャイジーを大事にしてきたかってことの表れなんでしょうね。立地条件のいい場所を優先的にフランチャイジーに回していた傾向が見て取れます」

「イカリ屋は、一国一城の主《あるじ》になるサラリーマンの夢を叶《かな》えてくれるって、評判だからな」

　相葉は鼻を鳴らした。

「甘すぎますよ」

　床波は相葉の考えを代弁するかのようにいった。「外食産業の場合、事業を拡大させるには、フランチャイズ制を取るのが一番早いのは確かです。なんせ、開店資金は加盟者持ち。フランチャイズ料に加えて、店が繁盛《はんじょう》すればするほど食材の納品量も上がる。そこから上がる利益も大きくなる。ですが、それもチェーン展開が一定規模に達するまでの話です。高収益が見込める場所なら直営にした方が、本部はさらに大きな利益を上げられるわけです。そんな場所を優先的にフランチャイジーに斡旋《あっせん》したんじゃ、オーナーの懐《ふところ》が潤《うるお》うだけで、本部の利益率が頭を打つのは当たり前ですよ」

「そこが脱サラを目指す人間が、イカリ屋のフランチャイズは安心して加盟できるって絶大な信頼を寄せる所以《ゆえん》なんだよな」

「脱サラ組だけじゃありません。出店場所については、チェーン展開している多くの企業がそう見ています。イカリ屋の出店している場所は、市場調査をする必要がないっていわれてますからね」

外食産業に限らず、どんな商売でも、店を出すにあたっては、目星をつけた場所の人通り、民力、消費志向、年齢構成と一定規模以上の会社なら必ず事前に入念な調査を行うのが常だ。それにかかる費用と時間は馬鹿にならないものがあるのだが、イカリ屋の調査は徹底している上に、まずハズレがない。いつしか『周囲にイカリ屋が出店していれば大丈夫』といわれるようになって久しい。

「で、フランチャイジーのオーナーの経歴は調べがついたのか」

相葉は話を進めた。

「はい。それもそこにまとめてあります」

床波は相葉が手にしたバインダーを目で指した。「フランチャイズ店と直営店の比率はほぼ半々ですが、かつてイカリ屋の社員だった人間が五十人以上もいるんです」

「やっぱりそうか」

「それも、イカリ屋がフランチャイズ制を取り入れた頃に、社員からオーナーに転じた人間が目立ちます」

「そりゃそうだろうな」

相葉は頷いた。「その頃のイカリ屋の社員といやあ高卒か、大卒でも大手企業には見向きもされない底辺校の出身者だろうからな。そんなやつらがイカリ屋の繁盛ぶりを目の当《ま》たりにしてるところに、フランチャイズ制の話が出てくりゃ、サラリーマンを続けている限り、生涯賃金なんか知れたもんだ。借金してでもオーナーになった方が、遥《はる》かに稼《かせ》げるって考えるだろうさ」

「実際、かつて社員だったオーナーの店舗はSランクに集中していますからね。中には、複数店を経営しているオーナーもおりまして——」

「つまり、それだけイカリ屋に対する忠誠心は強いってわけだ」

相葉は床波の目を見据《みす》えながら、「やり甲斐《がい》のありそうな話じゃないか」

ニヤリと笑った。

「まあ、これまでの篠原さんの経営方針が、根底から覆《くつがえ》るわけですからね。生え抜き連中はもちろん、オーナー連中も猛然と反発するでしょうが、私は社長の方針は間違ってはいないと確信しています。外食産業だって、これから先は淘汰《とうた》の時代に入るんです。生き残るためには、徹底した合理化による、企業体質の強靭《きょうじん》化を図る以外に手はないんですからね」

なぜ自分がイカリ屋に引っ張られたのか。

その理由は床波とて重々承知だ。

本来抵抗勢力との戦いは辛《つら》い役目だが、どう異を唱えたところでトップの意向には逆らえないのが組織だ。そのトップの後ろ盾《だて》を得ている以上、一切《いっさい》の感情を排《はい》し、着実に任務をこなしていくのが部下の役割だということを床波は知っている。

「もうひとつ。食材の件ですが」

床波は話題を変えた。「調達ルートの変更については、社長からご紹介いただいた四葉《よつば》物産と話を進めています。お陰《かげ》様で初回から安住《あずみ》副本部長にお目にかかることができまして……」

「安住が副本部長か。あいつも偉くなったもんだ」

四葉物産は、相葉が大学を卒業すると同時に入社した会社で、安住とは同期の間柄だ。

日本を代表する総合商社のひとつである四葉には、総合職だけでも毎年百五十人以上の新卒社員が入社する。

総合商社において、事業部をまたいでの異動はまずない。新卒として配属された事業部でサラリーマン人生を終えるのが常である。

しかも、採用されるのは選びに選び抜かれた学生ばかり。それが、限られたポジションを巡《めぐ》って激烈な出世レースを繰り広げるのだ。実績が挙げられない社員は、たちまち振り落とされる。リストラなどせずとも、子会社、関連会社はごまんとあるし、支店、事業所にしたって、海外はもちろん、国内にだって県庁所在地はもれなく網羅《もうら》している。ドサ回り、あるいは出向を経て転籍と、受け皿には苦労しないのだ。

だから、この年齢になっても本社に残り、しかも役員一歩手前の副本部長のポジションにあるのは数多《あまた》のライバルたちを凌駕《りょうが》する卓越した実績を挙げ続けてきた証左だ。

「で、どうだった、安住の反応は」

相葉は訊《たず》ねた。

「そりゃあ、大変な関心の示しようで……」

床波は当然のようにこたえた。「イカリ屋に納入する食材を一手に握れるチャンスが転がり込んできたんです。まして、アメリカ進出の計画があることを話しましたら、四葉が協力できることがあれば、是非《ぜひ》にとおっしゃって」

四葉が協力できることがあれば是非にか――。

思った通りの反応だ。

相葉は、ふんと鼻を鳴らすと、

「安住も役員になれるかどうかの瀬戸際《せとぎわ》だ。もう一段上に行けるかどうかでサラリーマン人生は大きく違ってくるからな。それに、あいつは昔から鼻の利《き》く男だ。国内だけでもイカリ屋が使う食材の量は、四葉にとっても小さなもんじゃない。まして、アメリカでも四葉が嚙《か》めるかもしれないとなれば、好条件を提示してくるだろうさ」

背もたれに身を預け、足を高く組んだ。

「イカリ屋に誘っていただいて感謝しております」

床波は頭を下げた。「手のつけどころが、これほどあったとは……。本当にやり甲斐がありますよ」

「そういってもらえるのは嬉《うれ》しいが、本番はこれからだ。それに、俺が求めているのは結果だ。それを忘れるな」

相葉は話は終わったとばかりに、バインダーをデスクの上に置いた。「こいつは後でゆっくり読ませてもらう」

「では、これで……」

床波は、相葉の目を見据えて頷くと、部屋を出て行く。

相葉は傍《そば》にある電話に手を伸ばした。

受話器を持ち上げ、ボタンを押す。

程《ほど》なくして呼び出し音が聞こえてくる。

「四葉物産でございます」

女性の声がこたえた。

3
「紹介するよ。うちの海外事業室室長の矢吹君だ」

銀座《ぎんざ》の中華料理店の個室に現れた安住吾郎《ごろう》に相葉が矢吹を紹介したのは、それから三日後の夜のことだ。

「四葉物産の安住でございます」

お互いが名刺を交換し終えたところで、

「それにしても久しぶりだな。前に会ったのは何年前だ」

相葉は椅子《いす》に座りながらいった。

「十五、六年にはなるんじゃないか。ほら、俺がニューヨークに出張した時に、五番街のセント・パトリック大聖堂の前で偶然出くわして」

濃いグレーのスーツに水色のワイシャツ。濃紺の地に小紋《こもん》柄のネクタイ。がっしりとした体つきは、大学時代に体育会のラグビー選手をやっていた名残《なごり》だが、洗練された物腰は典型的な商社マンのそれだ。

「ニューヨークのど真ん中で、お前に会うとはな」

「びっくりしたぜ、あの時は。世の中狭いっていうけどさ、まさか地球の裏側のニューヨークのど真ん中で、お前に会うとはな」

遠い記憶が蘇《よみがえ》ってくる。

「そうだったな」

「よくある話なんだよ」

相葉は薄く笑うと、「お前あの時、客を連れてたろ。出張ったって、滅多《めった》に海外に出ない人を連れてりゃ、仕事の合間を縫《ぬ》って観光名所のひとつにも連れていかなきゃならないからな。となりゃ、場所は自《おの》ずと決まってくる。だから、向こうで生活してると、むしろ友人、知人に会う確率は日本よりも高くなる。君もそんな経験があるだろ？」

矢吹に向かって問いかけた。

「その通りです」

そうこたえた矢吹に向かって、

「矢吹さんもニューヨークに？」

安住は問うた。

「彼は、俺がコンサルティング会社にいた時の同僚でね」

相葉は矢吹の経歴を簡単に説明すると、続けていった。

「イカリ屋は海外に進出しようにも、これまで国内でしかビジネスをしてこなかった会社だ。これといった人材がいなくてね。そこで、俺がイカリ屋に引っ張ったってわけだ」

ノックの音とともにドアが開き、ウエイトレスが現れた。

熱いおしぼりとメニューが三人の前に置かれる。

「最初はビールでいいか？」

「もちろんだ」

相葉の問いかけに安住はこたえると、「今日の勘定はうちがもつ。遠慮しないでどんどんやってくれ」

当然のように胸を張った。

「今日は俺が誘ったんだぞ」

「客になるかもしれない先に、ご馳走《ちそう》になるわけにはいかないよ」

安住は滅相《めっそう》もないとばかりに首を振ると、「矢吹さん、苦手なものは？」

と訊ねた。

「いえ、私はなんでも……」

「そうですか、じゃあ、一番高いコースを」

安住は、メニューを開くこともなく、ウエイトレスに命じた。

「大丈夫なのか。ここ、結構な値段すんだぞ」

「心配すんな。これでも、四葉の副本部長だぞ」

もちろん相葉が本気でいったわけではないことは、安住も承知だ。

呵々《かか》と笑い声を上げると、

「しかし、分からんもんだな。ニューヨークで会った時も驚いたが、こんな形でお前と仕事をすることになるかもしれないとはな」

にこやかに笑いながらも瞳に鋭い光を灯《とも》らせる。

「世界中で日本食ブームが湧《わ》き起こって久しいが、いまや寿司、天麩羅《てんぷら》の時代じゃない。外国人の目は、B級グルメに向きはじめている。日本式のカレーはその最たるものだ。イカリ屋をアメリカで展開したら、とてつもないビジネスになると思ってな」

「その可能性は十分にあるね」

安住は笑みを消し、真顔でいう。「出張で海外に出る度《たび》に実感するんだが、いまや欧米の主要都市だと、ラーメン、お好み焼き、たこ焼き、和菓子、果ては日本資本のパン屋に至るまで店を出している。それも、大変な繁盛ぶりだ。ロンドンなんて、たった十数年の間に、お好み焼き屋が相次《あいつ》いで開店してるっていうからな。日本式のカレーも、ちらほら現れているが、チェーン規模でとなるとまだ欧米にはほとんどない。むしろ、そっちの方が不思議だよ」

「さて、そこでだ」

相葉は短い間を置くと、「イカリ屋の海外展開は、まずアメリカからはじめるのは既《すで》に決定している。もちろん、いきなり何十もの店を展開するわけにはいかない。数店舗からはじめて、客の反応を見ながら数を増やしていくわけだが、当面、食材は日本で加工し、船便で輸出することになる」

本題に入った。

黙って先を促《うなが》す安住の目が、鋭さを増す。

相葉は続けた。

「当然、輸送のコストは売価に転化されるわけだが、俺は日本式のカレーがファストフードと認知されなければ、アメリカでの普及は見込めないと考えている。つまり、店頭価格をいかに安く抑えるか。そこにアメリカ進出の成否がかかってくる」

「だろうな」

安住は同意する。「イカリ屋のカレーはワンコイン、五百円で食えるが、ライスを増量し、トッピングを頼んだりとしていくと、すぐに倍近くの値段になるもんな。まあ、ハンバーガーのような野戦食もどきからすりゃあ、カレーは席に着き、ちゃんとした食器に盛られて出てくるんだ。多少値が張っても客は納得するだろうが、それでも安いに越したことはない」

「そこでなんだが、アメリカ進出にあたっては、二つのフェーズに分けて店舗を拡大していこうと思う」

相葉は矢吹に目を向けた。

「初期段階。フェーズ・ワンでは、当面利益率は追求しない。損を出さない程度に価格を抑えようと考えています」

矢吹が代わって説明をはじめる。「その原資を捻出《ねんしゅつ》するために、日本国内のイカリ屋の店舗運営形態、食材の仕入れ先、あらゆる面で徹底的な見直しを行い、コストの削減を図ります」

「そこで浮いたカネを、アメリカでの事業拡大の原資に充《あ》てようというわけですね。当初は数店舗の規模ですから、アメリカでの利益率が低くとも、日本でのコスト削減金額がそれを遥《はる》かに上回れば、イカリ屋全体の業績としてはプラスになりますからね」

さすがは安住だ。察しが早い。

「そこで、フェーズ・ツーです」

相葉が頷く間に、矢吹は次の説明に入る。「アメリカの店舗が想定通りの売り上げを上げれば、当然店舗数を増やしていくわけですが、そこで問題になるのが各店舗への食材の供給拠点です。市場としては、アメリカの方が格段に大きいのですから、いつまでも日本からというわけにはいきません。どこかの時点で、現地に工場を建てる必要が出てきます。食材の調達もまた、現地でということになるわけです」

安住の瞳が炯々《けいけい》と輝き出す。

大きなビジネスチャンスの気配を嗅《か》ぎ取ったのだ。

「失礼いたします」

ドアがノックされ、ウエイトレスが入ってくると、三人の前にビールを置いた。つきだしは、シロップでコーティングされた胡桃《くるみ》だ。

「つまり、条件次第では、四葉は日本のみならず、アメリカでもイカリ屋への食材納入を一手に引き受けるチャンスがあるってことだ」

乾杯はまだ早い。

相葉はそう告げると、グラスを目の高さに翳しビールを喉に流し込んだ。

「どれほどの価格で各食材を納入できるかは、検討させている最中だが、うちとしては、是非イカリ屋と取引をさせてもらいたいと考えている。駆《か》け引きなしで、精一杯の価格を出すよう、部下に指示してある」

安住もまたグラスを翳し、ビールに口をつけ、「イカリ屋は肉も野菜も自社工場でカッティングをしているからな。食材の納入に子会社を使う必要はない。うちが直《じか》で取引できるわけだから十分納得してもらえる価格が提示できるはずだ」

自信満々の体《てい》で断言する。

そんなことは分かっている。

食材の納入価格の交渉をするために安住を呼び出したのではない。

本題はこれからだ。

「なあ、安住」

相葉は改めて名を呼ぶと、問いかけた。「お前、食材の納入だけで満足か？」

「というと？」

「うちの店舗は全米に広がるかもしれないんだぞ。そうなれば、工場だって一カ所ってわけにはいかない。国土の広さを考えれば、何カ所、いやふた桁の規模で工場が必要になるかもしれないんだ。それにお前、さっきロンドンではお好み焼きが大人気だっていったよな。海外展開は、アメリカに限ったことじゃない。全世界に広がっていく可能性があるんだぜ」

「それじゃお前……」

安住ははっとして息を飲む。

「アメリカでカレーが受け入れられると分かった時点で、同じ手法を使ってヨーロッパに出る。アメリカで店舗を拡大させながらだ」

安住は興奮した面持《おもも》ちで、グラスを傾けると、

「しかし、そんなことできるのか？　アメリカで事業を拡大させる一方で、ヨーロッパって、莫大《ばくだい》な資金需要が発生するじゃないか。イカリ屋の財務体質がいいのは知ってるが、いくら何でも──」

疑念を呈《てい》した。

「だからお前を呼び出したんだ」

相葉はニヤリと笑うと、「この事業に、参加しないか」

この席を設けた真の狙《ねら》いを口にした。

「参加？　参加ってどういうことだ」

「お前らしくないな」

相葉はグラスを手に持つと、「イカリ屋の海外展開については、別会社を立ち上げる。社長は矢吹君にやってもらうが、そこに四葉が出資しないかっていってんだ」

上目遣いに安住の反応を窺いながら、ビールを呑んだ。

「なるほど、そういうことか」

読めたとばかりに、安住は両眉を吊《つ》り上げる。「お前は相変わらず抜け目がないな。うちに食材を一手に引き受けさせる代わりに、四葉の海外支社網を使って店舗を増やす。さらには、工場建設にあたっての資金も出させようってわけか」

「悪い話じゃないだろ。それにファストフードビジネスへの出資なんて、四葉にはいくらでも前例があんだろが」

総合商社のビジネスは多岐《たき》に亘るが、食品部門とてそれは同じだ。単に食品を輸出入するだけではない。

商社マンは常に飯の種となるビジネスを目を皿のようにして探し求めている。海外で広く展開している外食、ファストフードチェーンを日本で展開するのも食品部門のビジネスのひとつだ。その場合、日本法人を設立することになるのだが、出資もすれば人も出す。つまり、四葉の子会社、あるいは系列会社ということになるのが通例だ。

「確かにそうだが……。いや、しかし驚いたな。まさか、そんな話をイカリ屋から持ちかけられるとは思いもしなかった」

「まあ、篠原さんが社長でいたら、こんな発想は絶対に抱《いだ》かなかったろうな」

相葉は薄笑いを浮かべると、「だがな、安住。海外に進出すると決めた以上、成否の鍵《かぎ》を握るのは、いまの時代、スピードだ。何しろ評判はあっという間に広がるからな。繁盛している様《さま》を見りゃ、我も我もと後に続くやつが出てくるのが商売の世界だ。まして、うちの商品はカレーだぞ。何年も修業しなきゃカネが取れる代物《しろもの》にならねえってわけじゃなし、ぐずぐずしてたら、日本人どころか、コリアン、チャイニーズが乗り出してきて、寿司と同じことになっちまう」

「それはいえてるな。この間、ボストンへ行ったんだが、寿司屋を見つけて入った途端、生臭《なまぐさ》い臭《にお》いが漂《ただよ》ってきてさ。しまったと思ったら案の定、職人は全員チャイニーズだ。それでも、ほぼ満席。客はみんな喜んで食ってんだ。カレーだってそうなる可能性は大だ」

「ボストンに限ったことじゃありませんよ」

矢吹が口を挟《はさ》んだ。「世界中で同じ現象が起きてるんです。いまや寿司は国際的な料理ですが、客の圧倒的多数は本物の寿司を知りません。生魚の切り身を飯の上にのっけただけ。それを醤油《しょうゆ》にたっぷり浸《ひた》し、ワサビをテンコ盛りにして食べるだけのものと考えている人たちがほとんどですからね。ましてカレーはインスタント・ルーさえ手に入れば、肉と野菜を煮込むだけ。店をはじめるハードルは、少なくとも鮮魚の仕入れルートの確保、下準備を行わなければならない寿司に比べれば、遥かに低いわけですから」

「それに、海外での事業が拡大していけば、四葉にはもうひとつ、大きなビジネスチャンスが生まれる」

相葉はさらりといった。

「大きなチャンス？」

安住は、すっと身を起こすとあからさまに興味を示す。

「食材の販売だ」

相葉はいった。「工場で加工されたトンカツやハンバーグは、冷凍して各店舗に送られる。それと合わせて調理済みのカレーをレトルトにして販売するんだ。家庭で手軽に食べられる、イカリ屋のカレーとしてな」

「アメリカは広いですからね」

矢吹がすかさず言葉を継ぐ。「店舗を構えるにしたって、やはり集客が見込める都市部、それも市街地が中心になるでしょう。ですが、中規模以下の都市となると、住宅地は都市の近郊に分散してしまいます。昼夜を問わず、客の入りが見込める都市となると思いのほか数が少ない。ですが、そうした地域にも、必ずスーパーはありますから――」

「なるほどなあ」

安住は目を輝かせながら唸《うな》った。「アメリカ人は日常食材はまとめ買いをするし、冷凍食品も多用する。フライドポテトなんて、主食のようなもんだからな。揚《あ》げ物を調理するのも苦にしないだろうし、イカリ屋で覚えたカツカレーが家でも手軽に再現できるとなりゃ、飛びつくだろうな」

「実際、メンチ、コロッケ、ハンバーグは、ニューヨークじゃ大評判だ」

相葉は小皿に入った胡桃を口に放り込んだ。「お前、ミドリハラ・フーズ・インターナショナルって知ってるか?」

「いや――」

「だろうな。俺も篠原さんに聞いてはじめて知った会社だからな」

「そのミドリハラなんたらがどうしたってんだ」

「宮城県の緑原町の町長だった男が、町出身でアメリカでレストランを経営している人間と組んで、地元の食材を使った冷凍食品をアメリカに輸出する事業をはじめたんだ」

「緑原町って、あのプラチナタウンの緑原か?」

「そうだ」

「山崎さん、そんなことやってるんだ」

「お前、山崎さんを知ってんのか」

「名前だけだがな」

安住は頷いた。「プラチナタウンの成功は有名な話だし、あの人の活躍ぶりは当時社内でも随分《ずいぶん》話題になってな、『人の四井、組織の四葉とはよくいったもんだ。さすがに四井には面白い人材がいる』って、上司からよくいわれたもんだ」

「その割には、ミドリハラ・フーズ・インターナショナルのことを知らなかったってどういうわけだ。食品輸出専門の会社だし、メディアにも何度も取り上げられてるんだぞ」

安住は、一瞬言葉に詰《つ》まると、

「現場を離れて久しいからな」

きまり悪そうに弁解する。

「偉くなったもんだな」

相葉は肩を震わせながら皮肉をいうと、「それが、結構なビジネスになっているらしいんだ。なんせ、その緑原出身のアメリカ人ってのが、アメリカでソースのビジネスで大成功を収めて、鉄板焼きのレストランを何軒も経営してるそうでな。ステーキは緑原周辺の国産牛、ハンバーグはそれと豚の合挽《あいび》き、トンカツやコロッケ、メンチも、緑原周辺の肉野菜を町内の工場で加工して、冷凍にして船便で送り、店頭でサンドイッチにして販売してるってんだ。ハンバーグはレトルトにしてテイクアウトもできる」

改めて山崎のビジネスを説明した。

「しかし、日本から運んだら、売値が高くなってファストフードとはいえない値段になるんじゃないか」

「四井でバリバリやってた人間だぞ。輸出入の知識は十分だし、食材の仕入れにしたって、農家と直でやってるんだ。中間マージンを取るやつはいないし、工場で働いている従業員のほとんどは、地元のおばちゃん、それもパートだ。地方なら人件費は安いし、冷凍、チルド、どっちにしたってコンテナいっぱいに積み込めば、船便なら輸送費なんかしれたもんだ。第一、いまのところ販売先はその鉄板焼きレストランがメインだ。カツサンドやメンチサンドなんてものをやってる店は、ニューヨークでもそこだけだ。レトルトのハンバーグなんて代物はアメリカにはないからな。比較するものがなけりゃ、多少値が張っても十分商売になるってわけだ」

「山崎さん、うまいところに目をつけたもんだな」

安住は感心したように腕組みをすると唸った。「日本の食材を海外にっていうと、値段が張る果物にまず目がいくが、冷凍食品にして海外に持っていく、それもB級グルメって発想はなかったな」

「食品ビジネスの素人だからこその発想だよ」

ウエイトレスが前菜を持って現れた。

蒸《む》し鶏《どり》にクラゲ、蒸し鮑《あわび》とチャーシューが、白い皿の上に品良く置かれた一品だ。

相葉はクラゲを箸《はし》で摘《つま》み上げながら続けた。

「一般消費者向けの冷凍食品といやあ、安さが売りだ。食品メーカーがこぞって中国、東南アジアに製造拠点を移したのは、原材料、人件費が日本よりも遥かに安いからだ。日本から海外になんて発想は、食品業界に生きてる人間にはまず思いつかないさ」

「しかし、山崎さんはなんだってそんなビジネスをはじめたんだ」

「それはだな――」

相葉はそれからしばらくの時間をかけて、篠原から聞かされた山崎の考えを話し、「実のところ、俺がイカリ屋の社長を引き受けるにあたっては、アメリカの店舗で国産の食材を使って欲しいと篠原さんにいわれてな」

と打ち明けた。

「えっ、しかし床波さんは、食材の全てをより安価な輸入品に切り替えると――」

安住は眉を寄せ、眉間《みけん》に皺《しわ》を刻み怪訝《けげん》な顔をする。

「俺は、考えてみるとこたえただけでな」

相葉は口元を歪《ゆが》ませると、「もちろん、考えたさ。だけどな、どう考えたって、国産の原料を使ったカレーやトッピングをアメリカに持っていくのは無理がある。肉、野菜、どの食材にしたって、圧倒的にアメリカ産が安いんだ。第一、カレーで煮込んじまうんだぞ。まして、食べんのはアメリカ人だ。味の違いが分かるやつがどれだけいるよ」

平然といい放った。

「まあ、確かにそれはいえてるかもな」

「それは日本人だって同じです」

矢吹が相葉の言葉を継ぐ。「実際、イカリ屋にしたって、これまで輸入肉を使い続けてきたんです。それを国産に切り替えれば、ビーフカレーだってワンコインってわけにはいきませんからね。第一、原産地を気にする客なんて、そうはいるもんじゃありません。でなかったら、輸入食材だらけのハンバーガーやステーキ、中国の工場で作られた冷凍食品なんて誰も食べませんよ」

「それにな、山崎さんはそのアメリカ人と組んで、トンカツやメンチ、ハンバーグをアメリカのスーパーで販売する計画を持ってるってんだ。彼がやってるソースは全米のスーパーで販売されているからな。売り込みには苦労しないだろうし、ニューヨークの店での評判が広まれば、アメリカ中のスーパーにも売り込みがかけやすくなる」

「山崎さんは、そんなことまで考えてんのか」

安住は、目を丸くして唸ると、「さすがだな。緑原なんてど田舎の零細企業がアメリカに物を流せるようになったのは、現地で成功した町出身の実業家がいればこそ。こんな幸運に巡り合うことは滅多にあるもんじゃないが、山崎さんはそのチャンスを見逃さなかったわけだ。なんせ、一番苦労するのは販路の開拓だからな。それが町出身のアメリカ人が経営していた鉄板焼き屋があった。しかも場所はニューヨーク。まして、他にソースの製造も手がけてて、スーパーに口座があるとなりゃ、販路は一気に開ける。思惑通りに運んだら、こりゃとてつもないビジネスになるぞ」

感心することしきりである。

「でもな、それは我々にとっても、ちっとも悪い話じゃないんだ。だって、そうだろ。彼らのビジネスが軌道に乗るってことは、日本のB級グルメが、アメリカに浸透していくってことだ。そうなれば、トンカツやメンチがどんなものかをいちいち説明する必要はない。うちが現地に工場を持てば、ＭＦＩの冷凍食品よりも格段に安い商品を市場に流通させることができる。そこから先、何がはじまるかっていやあ価格競争だ。日本産、アメリカ産、どっちに勝ち目があるかは明らかってもんじゃないか」

「山崎さんに露払《つゆはら》いをさせて、出来上がったマーケットをそっくりいただこうってのか？」

安住は、呆《あき》れた様子で口をあんぐりと開けた。

「どうだ、面白いだろ。だから、うちと手を組まないかっていってんだ」

相葉は決断を迫《せま》った。

「確かに魅力的な話ではあるな」

安住は手にしたグラスに目をやりながら、少しばかり考えると、「もっとも、新会社に出資するとなると、当然うちからも人を出さなければならなくなる。それに現地で動くのは四葉アメリカだ。本社がやると決めれば、彼らも動かざるを得ないんだが、一応向こうの意向も聞いておかなきゃならんのでな」

慎重ないい回しで即答を避けた。

人の四井、組織の四葉とはよくいったもんだ——。

万事において、社内の手続きを踏まねば一歩も前に進まない。堅実ではあるが、官僚的な社風は相変わらずだ。

もっとも、だからこそ、大きな失敗をしない。そして一旦動き出せば、組織が一丸となって突き進むことになるのが四葉の強みだ。

単に自分の古巣だというだけではない。相葉が四葉にこの話を持ちかけた真の狙いはそこにあった。

「楽しみだな」

相葉は、プランが一気に動き出した時の光景を脳裏《のうり》に思い浮かべると、「俺は、イカリ屋を世界に展開する。お前は、その実績を以て四葉の役員になれば、こんな目出度《めでた》いことはない。その時は俺が一席設けるよ。盛大に祝杯を上げようじゃないか」

安住の欲をかきたてた。

4

「これが今日の議題です」

四畳半ほどの小さな会議室で、床波は正面に座る経営企画室の山添に向かって四枚ほどの書類をつきつけた。

カバーシートには、『イカリ屋構造改革案』とタイトルがあり、さらに右上に、『極秘』の文字がゴシックで記されている。

タイトルを目にした瞬間、山添の顔が強張《こわば》った。

「構造改革……?」

「内容は読んでいただければ分かりますが、ざっと掻《か》い摘《つま》んで説明しますとですね――」

床波は前置きすると続けた。「ご承知のように、現在海外事業室では、アメリカ進出計画に取り組んでいます。そこで問題点として浮かび上がってきたのが資金です。店舗を出すからには、駐在員も置かなければなりませんし、店舗が一定数に達するまでは、食材も全て日本から送らなければなりません。試算をしてみますと、このコストが嵩《かさ》み、なんらかの策を講じないとイカリ屋本体の収益を圧迫することが避けられないと分かったのです」

その間に、ペーパーに素早く目を走らせた山添の顔色が、みるみるうちに真っ青になっていく。

「ちょ、ちょっと待ってください」

山添は、目を瞬《しばたた》かせながら顔の前に手を翳した。「直営店のフランチャイズ化を進める一方で、高収益を上げているフランチャイズ店の周辺に新店舗を出すって、そんなことやったら、オーナーさんの収入が激減してしまうじゃないですか。それに、フランチャイズ化する店は、格段に収益がいいというわけではない。平均レベルの店じゃないですか。そんな店のオーナーになりたいなんて人がいるわけありませんよ」

「それは、思い込みというものです」

床波は、冷徹な口調で断じた。

「思い込み？」

「カレー屋はファストフードとはいっても、ハンバーガーやサンドイッチとは違い、店内で召し上がるお客さんが圧倒的多数を占《し》めます。客席に空きがなければ、テイクアウトして野外で食べるってわけにもいきませんからね。レジのデータを見ましたが、高収益店には、ピーク時は常に満席という共通点があります。つまり、空席がないがゆえに、みすみす客を逃している可能性があると考えられるわけです。需要があるところに集中して出店する。結果、客の取りこぼしが減少する。理に適《かな》った戦略じゃありませんか」

「それは違います」

山添の目に怒りの色が浮かぶ。「出店にあたっては、当該地域の民力、人口、年齢構成、人通りについても、時間帯、曜日ごとの調査を行った上で決定してるんです。当然、一店舗あたりの商圏も——」

想定されていた反論だ。

「それ、出店以前に行った調査ですよね」

床波は山添の言葉が終わらぬうちにいった。「商圏の環境なんて、時間の経過と共に変わるものです。特に、大都市ではね。新しい大型オフィスビルが、一つできたら、昼間《ちゆうかん》人口は何千という単位で増えるでしょ？　だけど、これまでのイカリ屋では、開店当時の商圏を頑《かたく》なに守り、店舗を増やしもしなければ、増床すらしていないじゃありませんか。それじゃあ、商機を逸《いっ》しているのも同然なら、店舗数の増加が頭打ちになるのも当然ですよ」

「ですが——」

「それにです」

再び反論に出ようとする山添を床波は遮った。「仮に、新たに出店したおかげで、既存店の売り上げが落ちたとしても、Sランクの店が赤字になるとは考えられません。Cランクに落ちたとしてもまだ黒字です。その一方で、Sランクの店のエリアにCランクの店がふたつできたとなれば、イカリ屋はSランク一店舗から上がる利益を上回る収益を上げられることになる。どっちが経営的に正しい戦略かは、説明するまでもないでしょう」

「経営的に正しいって……それじゃ既存店のオーナーさんはたまりませんよ」

山添は、今度は顔を赤くして怒気《どき》を露《あら》わにする。「フランチャイジーのみなさんは、店舗から上がる収益で生活してるんですよ。会社を辞めて、イカリ屋に人生の全てを懸けた人たちがほとんどなんです。我々には、その人たちの生活を守り、夢を叶えて差し上げる義務がある。経営的に正しいからって、こっちの都合で好き勝手やるわけにはいきませんよ」

さすがに、イカリ屋初の大卒社員だけあって、ばりばりの篠原信者だ。

フランチャイジーあってこそのイカリ屋だとばかりに、猛然と反発する。

「なんか誤解してませんか」

床波はいった。

「誤解？」

「フランチャイジーにとっても、ちっとも悪い話じゃないんですよ、これは」

「どうしてそういえるんです」

「もし、オーナーさんが、近隣に出店する新店舗、あるいは既にある直営店を経営なさりたいというなら、それでも構わないのです。さっきいいましたよね。Cランクの店をふたつ経営すれば、Sランクの店をひとつ持つより、トータルでは高い収益を手にすることができるって」

本気でいってるのかとばかりに、山添はまじまじと床波の顔を見据《みす》えると、

「うちのフランチャイジーは、脱サラした人たちが圧倒的多数なんですよ」

声を押し殺した。

「知ってます。元社員の方も含めてね」

「サラリーマン時代の蓄《たくわ》え、退職金を注ぎ込んで、いまの店に全てを懸けたんです。そりゃあ、中には複数の店舗を経営している人がいますけど、二軒目を持つとなれば、初期投資のための資金が必要になるじゃないですか。そんな余裕のあるオーナーは、数えるほどしかいませんよ」

「銀行から融資を受けりゃいいじゃないですか」

床波はあっさり返した。「店だって繁盛してるわけですし、赤字の店のオーナーになれっていってるわけじゃないんです。しっかりした採算見通しがあれば――」

「本気でいってるんですか？」

山添は呆れた様子で首を振る。「全財産を注ぎ込んで、やっと一国一城の主になった人

たちが大半なんですよ。第一、銀行からおカネを借りるには担保がいるじゃないですか。店舗はほぼ例外なく借り物だし、自宅があっても、まだローンの返済が終わっていないオーナーさんが大半なんです。差し出すもんがないんじゃ、おカネなんて借りられるわけがないでしょう」

もちろん、そんなことは先刻承知だ。

こたえはちゃんと用意してある。

「資金を銀行から引っ張れないというのであれば、うちがお貸ししますが？　赤字店を経営しろといってるわけじゃないんです。収益がさらに上がる見込みがあるからこその提案です。オーナーさんにとっても願ったり叶ったりじゃありませんか」

床波は平然といった。

「問題は資金だけじゃありません。新店舗を持つとなれば、従業員も雇《やと》わなければなりません。パート、バイトを含め、ただでさえ労働力の確保には、みなさん頭を痛めてるんです。店を出したところで、店員がいなければ――」

「それについての策も、そこに書いてありますよ」

床波は山添が手にしたペーパーを顎《あご》で指した。「フランチャイズ店に転換する直営店の店長、社員を派遣します。これはここだけの話ですが、いずれ移籍してもらうことになるでしょうがね」

「移籍って……それじゃまるでリストラじゃないですか！」

山添は手にしたペーパーを机の上に叩きつけた。「あなた、社員の生活ってものを考えてるんですか？　直営店の店長に正社員を使っているのは、現場を知らずして本社のスタッフは務まらないという創業者の理念によるものですよ。それを――」

やれやれ――。

床波はため息をつきたくなった。

創業者をトップに戴《いただ》いてきた会社では、その存在が絶対的なものになる。まして、創業以来右肩上がりに成長を遂げてきたとなれば、その傾向に拍車がかかる。結果、長く仕《つか》えてきた社員ほど、それまでの経営方針をいかにして守るかに執着するようになる。そして、いかなる提案に対しても、流儀に反するものには猛然と異を唱えるのが常だ。

なぜか。

創業者の意のままに動くことを要求され、自ら考えるという能力を失ったせいもあるが、組織の中で働く人間にとって指示に従って動いているのが最も楽だからだ。

「山添さん――」

床波は名を呼びながら、山添の言葉を遮った。「何も、直営店を全てフランチャイズ化しようってわけじゃないんですよ。この店なら、自分で経営してみたいと手を挙げる、あるいは新たにイカリ屋のフランチャイジーになりたいという新規の方に店舗を分けて差し上げるといってるんです。直営店を含めてね」

「じゃあ、その移籍する人間はどうやって決めるんですか」

「そりゃあ、人事考課ですよ」

山添の表情が険《けわ》しさを増す。

床波は続けた。

「いいですか。イカリ屋はアメリカに進出しようとしてるんですよ。大変な資金需要が発生するんです。イカリ屋は一部上場企業なんですよ。株主から常に業績を監視されてるんです。常に前年を上回る実績を挙げることを要求されてるんです。確かにイカリ屋は、これまで着実に利益を上げてきました。ですが、外からやってきた私たちの目からしますとね、無駄が多すぎるんですよ。改善点が多すぎるんですよ。より高い収益を上げられるのを、みすみす逃している。あまりにも経営姿勢が杜撰《ずさん》すぎるんです」

「人には感情ってもんがあるってことを忘れちゃいませんか」

山添は、皮肉な笑みを浮かべ口の端を歪ませた。「どうやら人事考課の低い社員をフランチャイズ店に移籍させれば、その分の人件費は浮くってお考えのようですけど、転籍を命ぜられた人間がふたつ返事で納得すると思いますか？　だったら辞めるっていわれたら、どうするんです。店舗運営の経験者のいない店を誰が買うっていうんですか」

「辞めるなら辞めるで結構です」

床波もまた、歪んだ笑みを浮かべると、「本社、工場、イカリ屋の正社員は全員、店舗で働いた経験を持ってるって山添さん、いまいったじゃないですか。候補はいくらでもいるじゃないですか。極端な話、あなただってその候補になり得るんですよ」

あっさりといった。

山添は、愕然《がくぜん》とした面持《おもも》ちで固まった。

床波は椅子の上で胸を反《そ》らすと、

「これは、社長が決めた方針を具現化したものです。新しいバスの発車時刻は決まってるんです。この新しいバスに乗りたいならチケットを買ってください。乗りたくなければ、買わなくてかまいません」

山添の目を見据えながら、傲然《ごうぜん》といい放った。

5

「冗談でしょう？　こんなことやったら、会社がぼろぼろになってしまう。無茶です。こんなの構造改革でもなんでもない。改悪じゃないですか」

会社の近くの居酒屋で、手にした書類を震わせながら、堂上が怒りの籠《こ》もった声を上げた。

『イカリ屋構造改革案』を提示されてひと月。

すでに計画は案の域を超え、社長の決裁を受けた実行プランとなっていた。

もっとも、プランの内容は案とさほど変わりはない。このひと月の間に、S、A、B、C、各ランクの店舗の業績が詳細に分析され、新店舗の出店場所、フランチャイズ化する直営店の絞り込みを行っただけの代物だ。

いま、堂上が手にしているのはその実行プランで、上司である山添は、これから辛い任務を命じなければならない。

堂上が反発するのは分かっていた。

ここまでは秘密裏に進行してきたが、実施が決まった時点で箝口令《かんこうれい》も解《と》かれた。しかし、会社で告げるには重すぎる。そこで、ここに連れ出したのだが案の定だ。

「繁盛店のオーナーに、もう一軒店を持たせるって、資金的にそんな余裕のある人なんていませんよ。うちのオーナーさんの平均年齢は四十九歳ですよ。子供がまだ独立していない人だってたくさんいますし、店を持つにあたっては、貯金、退職金を全部つぎ込んだって人がほとんどなんです。家のローンだって、払い終えるのはまだまだ先です。どうやったら、そんな資金が用意できるんですか」

現場を熟知しているだけに、考えることは同じだ。

山添がこれまで散々指摘してきたことを、堂上は口にする。

「資金がないなら、借りるしかないだろ」

山添は、胸にこみ上げてくる苦い思いを押し流すようにジョッキを傾けた。

「借りる？」

堂上は声を吊り上げる。「なるほど、ここには銀行が応じなかった場合、うちが融資を行うってありますね。だけど、金利が三・五パーセントって、銀行の中小企業向けの貸付金利の中でも、最も高いレートじゃないですか。住宅ローンの金利が一パーセントを切ってるって時代に、こんなレートで、しかも身内になんてあり得ませんよ。誰が借りるもんですか」

「Sランクの高収益店を一軒経営するよりも、Cランクの店を二軒持った方が、オーナーの収入は増す。Cランクの店でも、オーナーの手元には月額百五十万程度のキャッシュは残るんだ。二軒経営すれば――」

「実際、そうやって複数店を経営しているオーナーさんもいないわけじゃありません」

堂上は山添の言葉が終わらないうちにいった。「ですが室長。もうそんな時代じゃないでしょう。地方都市の人口が、今後どんどん減っていくのは避けられないんです。ローンを払い終える以前に――」

「Sランクの店は大都市の、それも繁華街《はんかがい》や住宅密集地にある」

今度は山添が堂上の言葉を遮った。「確かに地方の人口は減っている。だけど、逆に東京をはじめとする基幹都市の人口は増加傾向にある。おそらく、それは今後も変わらない。まして、東京はマンション、オフィスビルの建設も進む一方だ。そういった場所に店舗を新たに設けるのは、理に適ったプランといえなくもない」

心にもないことを話すのは苦痛以外の何物でもない。

しかし、堂上に不満をぶちまけたところで、社長の決裁が下りてしまった以上、覆すことはできない。まして、業務命令とあれば、不満を覚える任務でも、違法行為でもない限り実行せざるを得ないのが組織人、いや、サラリーマンの宿命だ。

山添は、忸怩《じくじ》たる思いで胸が張り裂けそうになるのを覚えながら、また一口ビールを呑んだ。

「じゃあ、もうひとつ訊きます」

堂上が納得していないのは明らかだ。

それが証拠に、最初にひと口ビールを呑んだだけで、手をつける気配もない。

ジョッキの表面に浮かんだ水滴が、細い流れとなって滑り落ち、テーブルの上に溜《た》まっていく。

堂上は続ける。

「オーナーが希望すれば、直営店をフランチャイズ店にしてもう一店舗経営する。それに際しては、うちの社員を派遣、いずれ移籍させるってありますけど、そんなことできると思いますか？　直営店で働いている社員は、現場を知らずして本社の仕事はできないという、創業者の理念を理解した上で店頭業務に就いているんです。それが、いきなり移籍だなんていわれたら、どんな反応を示すかは明らかでしょう」

そこを突かれると、返す言葉がない。

というのも、このひと月、同じ疑問を抱いた山添が、何度となく指摘しても床波は、「そうなった時の考えはあります」というだけで、ならばその考えとやらを聞かせてくれと迫っても、「いまはお話しする段階にはありません」と、明確なこたえを避け続けたからだ。

「仮に社員が移籍に応じたとしてもです。オーナーさんは絶対拒否しますよ」

堂上の舌鋒《ぜっぽう》がますます鋭さを増す。「だってそうでしょう。バイトのように時給いくらで使うわけにはいかないんですから。給料は固定、残業代にしたって本俸《ほんぽう》が元になる。まして、毎年昇給もさせなければならないし、ボーナスだって払わなければならない。それだけじゃありません。社会保険、その他もろもろ、人件費は確実に激増します。これが全部、固定費になるんですよ。しかも、年々その額は増えていく。Cランクの店を二店舗やれば、三百万のキャッシュが毎月手元に残るっていっても、経営が成り立つわけがないじゃないですか」

堂上の指摘が的《まと》を射ていることは間違いない。

Cランクの店を経営すれば、オーナーの手元には、月額百五十万円程度のキャッシュが残るのは確かだが、それは店の経常利益や減価償却費等々を合わせての話だ。

開店にあたって借り入れをしていれば、その中から返済を行うことはもちろんだし、オーナー自身の給料も含まれる。しかも、昼のピーク時には家族が店に出て働くことを前提としており、オーナーの給料は、それらを合算して月額三十万円というのがイカリ屋のCランク店だ。

もちろん、いくら給料を取るかはオーナー次第ではある。しかし、長く続けていれば、備品や内装も傷んでくる。開業にあたっては三千万円ほどの資金が必要になるが、その中で最も大きなウエイトを占めるのが内装と設備で、二千万円以上もかかる。その時の備《そな》えを考えれば、一国一城の主とはいえ、高額な給料を取るわけにはいかない。

直営店の場合も同じだ。社員を使っても経営が成り立つのは、店舗勤務に人件費が安い若手を充てているからで、十年選手を使おうものなら店の経営はたちまち行き詰まる。

山添は思わずため息を漏《も》らした。

会社の方針とはいえ、心にもないことを話すのは限界だ。

「まあ、店の収益構造を熟知している人間なら、誰でもそう考えるよな」

山添は本音を吐露《とろ》した。

「えっ……それじゃ——」

「俺だって、こんなプランは無茶だ。絶対にうまくいくわけがない。話に乗ってくるオーナーなんかいるもんか。そう思ってるさ」

「じゃあ、なんだってまた床波さんは、こんなプランをぶち上げたんです？　しかも社長が承認してるじゃないですか。あの人、フランチャイズの経営を熟知してるんでしょう？」

「そこが分からないんだよなあ……」

山添は、またひとつ軽く肩で息をすると、「まあ、S、Aランクの店のエリアに新店舗を設けるってのは確かにありかもしれない。みすみす逃してる客を摑《つか》めれば、収益は格段にアップすることは間違いないし、そのランクの店のオーナーなら、経営歴が長ければ長いほど、手元の資金にも余裕があるだろうからな。だけど、繁盛店は立地条件がいい分家賃が高い。その分採算ラインも高くなる。売り上げが分散してしまって、二軒持つ意味がなかったって結果に終わる可能性だって考えられないわけじゃないんだ。いわば、オーナーさんに賭《か》けを持ちかけるような話なんだからな、これは」

ジョッキに手を伸ばした。

「ですよね……」

本音を聞いて落ち着きを取り戻した堂上の口調が穏《おだ》やかになる。「新しい大型オフィスビルができて、人が増えたっていっても、昼間人口ですからね。テナントに入るっていう手もありますが、そこもまた家賃が高いし、終日営業なんて期待できません。近辺にしたって、昼間人口が増えれば、やっぱり家賃は高くなる。終日営業だって、できないのは同じだし――」

堂上は小首を傾げる。

「まあ、俺がこんなことをいうのもなんだが、救いがあるとすればそこだな」

「救い？」

堂上は、ジョッキを口元に運ぶ手を止めると片眉を上げた。「救いってなんのことです？」

「誰も乗らなきゃ、絵に描いた餅だ」

山添は鼻を鳴らした。「つまり、何も変わらないってことになる」

「そうか。そうなりますよね」

堂上は、ぱっと明るい声を上げたが、「しかし、あの人たちが、そんな結果を受け入れますかね。このプランの遂行を命ぜられた人間は大変ですよ。誰も乗らなかったなんてことになったら、どんな沙汰《さた》が下されるか……。相葉さんは、外資で名を馳《は》せるようになった人ですからね。さすがに首が飛ぶってことはないでしょうが、降格、左遷《させん》は十分あり得るんじゃないですか」

眉を曇《くも》らせながら、ジョッキに口をつけた。

「それがなあ、このプランの実行を任されたのはほかの誰でもない。俺たちなんだ」

山添はいった。

ぶっ——。

堂上がビールを噴《ふ》いた。

「……な、なんで、私たちが？」

堂上は、手の甲で口を拭《ぬぐ》いながら、目を丸くして問うてきた。

「床波さんにいわせると、構造改革をやるんだ。経営企画室の仕事そのものじゃないかってことになるんだが、俺は、あの人の本音は別にあると思ってる」

「本音ってどんな？」

「床波さんが来て以来、事業プランを考えるのは、社長室の仕事になってるからな。俺たちに求められるのは、データや資料を要求されるがままに用意することだけ。下働き同然だ。だから、アメリカ進出だって、社長と矢吹さんの専任事項で、俺たちが関与する余地はない」

「経営企画室そのものが用済み。だから、仕事を作ってやるっていうわけですか」

堂上は悔《くや》しそうに唇を噛んだ。

「まっ、そんなところだろうな」

「いったい、なんでこんなことになってしまったんでしょうね」

堂上は、はあっと息を吐くと、がっくりと肩を落とす。「相葉さんが社長に就任して以来、大事なことはあの人が連れてきた人間が全部決めていく。それも篠原前社長が、長年かけて築《きず》き上げたやり方を全否定するかのようにです。なんか、会社がどんどん変わっていくような気がして――」

その思いは山添も同じだ。

しかし、管理職が部下と愚痴を語り合っても仕方がない。

「時代についていくためには、仕方ないのかもしれないな」

山添はジョッキを持ち上げた。「社会は刻々と変化する。マーケットだって同じだ。その中で会社は生き延びていかなきゃならないんだ。変化に気がついた時にはもう遅い。常に先を読み、先手を打たなきゃ手遅れになる。ずっと中にいた俺たちには見えなくとも、外から来た相葉さんたちには見えているものがあるのかもしれない。なんたって、実績があるからな、あの人には――」

「まあ、篠原社長が見込んだ人ですから、そう思いたいのは山々ですが……」

堂上は釈然としない面持ちで、ジョッキを傾けると、「でも、このプランの実現はどう考えても難しいですよ。かといって、室長のいうところの絵に描いた餅にしてしまったら、今度はこっちが危なくなるかもしれないんじゃ、どうしたら……」

すっかり困惑した態で、語尾を濁《にご》した。

「方法はある」

山添はいった。「オーナーさんが店を増やさないというなら、S、Aランクの店舗の商圏にうちの直営店を出す。それが床波さんの考えだ」

「そんなところに店を出したら、フランチャイズ店の経営が――」

「床波さんだって、そんなことは十分承知のはずだ。直営店を出すからには、フランチャイズ店の経営に影響が出ない、つまり、フランチャイズ店が出店した当初より、格段に集客力が大きくなっているところに限定するだろうさ」

「店を増やすかどうかの選択は、オーナーさんにあるわけですからね。それなら、オーナーさんに断られて、うちが直営店を出しても筋は通りますね」

「そのためには、そのリストにあるS、Aランクの店舗周辺の市場環境をもう一度やり直す必要がある。新店舗を出しても、本当にフランチャイズ店に影響を及ぼさないのか。もう一軒店を持ってもらっても大丈夫と、オーナーさんに自信を持って勧《すす》められるのか。うちが直営店を出したとしても、採算が合うのか。しっかり検討しないとな。オーナーさんに話を持ちかけるのはそれからだ」

「しかし、社員の移籍は――」

「市場調査の結果が出れば、収支シミュレーションができる。となれば、直営店の社員を移籍させた場合、早晩経営が成り立たなくなることは理解してもらえるはずだ。論より証拠。それを見れば、少なくとも社員の移籍については、相葉さんだって考えを改めるさ」

山添は、そういうとジョッキに残ったビールを一気に呑み干した。

6

「安川さん、いかがでしょう。この前ご提案申し上げたお話、結論が出ましたでしょうか?」

開店前の店のボックス席で、正面の席に座る安川に山添はいった。

「大変、魅力的なお話ではあるんですが……やはり無理です」

安川は困惑した表情を浮かべ首を振る。「なんせこの店をはじめて、まだ二年も経っていないんです。家族もようやく仕事に慣れてきたところですし、私にしたってこの店を切り盛りするのが精一杯で、二軒目を経営する余裕なんてありません。第一、開店資金が――」

「このお店は、数あるフランチャイズ店の中でも、Sランクの高収益店です。奥様もまだ五十歳とお若くていらっしゃるし、おふたりでそれぞれの店を見ることは可能だと思うんです。資金の方は、銀行が無理なら、弊社が融資いたしますが?」

安川はテーブルの上に置かれた茶碗を手にすると、掌《てのひら》の中に置く。

「確かに店の経営は順調です。本当にいい場所をお世話していただいた。イカリ屋さんには感謝してもしきれません。でもねえ山添さん。私、怖いんですよ……」

「怖いとおっしゃいますと？」

その間に茶を啜《すす》った安川は、茶碗をテーブルの上に戻すと、

「そりゃあ、私にも欲はあります」

複雑な笑みを浮かべた。「一軒よりも二軒持てば収入は増えるでしょう。家内を店長に据えれば、店も回せるかもしれません。でもね、約束された将来なんて、この世のどこにも存在しないんですよ。会社勤めで、私はそのことを思い知りました。もうあんな思いをするのはこりごりなんです。こんなはずじゃなかった。こんなことが、自分の生涯に起こるはずがない。あんな恐怖、絶望感を味わうのは、二度と御免《ごめん》なんです」

「安川さんは、脱サラなさってこのお店をはじめられたんでしたよね」

「脱サラといえば聞こえはいいですが、リストラされたんですよ」

安川は苦笑する。「入社した当時は、家電大国日本。いけいけどんどん。会社も大きくなる一方でした。収入は右肩上がりで増えていくし、定年を迎えるその時まで、この会社でサラリーマン人生を全《まっと》うできる。そう固く信じて疑わなかったんです。それが、気がつけば家電は衰退産業。相次ぐ事業からの撤退の挙句のリストラですからね。途方に暮れたなんてもんじゃありませんよ」

「確かに、約束された将来なんかないといわれれば、その通りです。ですが、挑戦しなけ

れば、成功を摑めないのもまた事実ではないでしょうか」

「イカリ屋さんに加盟したのは、私にとっては大きなチャレンジだったんですよ」

安川は静かに、しかしきっぱりといった。「退職金、貯蓄の全てをこの商売に懸けたんですから、失敗はできません。まさに、背水の陣。ギャンブルですよ。お陰様で、家族三人が十分暮らしていける目処が立ちました。その点では、賭けに勝ったとはいえるのかもしれませんが、欲をかくと手痛い目に遭うのは世の常ってもんじゃないですか。失敗したら次はないのは、いまだって変わりはないんです。ここから上がる収益だけで、二軒目の開業資金を返していかなきゃならないことにでもなったらと考えると、そんな勇気は私にはないんですよね」

安川の気持ちはよく分かる。

実際、イカリ屋のフランチャイズ店のオーナーは、安川と同じような経歴を持つ者が多い。

男女共に、平均寿命が八十歳を超えた時代に、四十代、五十代で職場を追われれば、多少退職金にイロがついたところで、その後の人生をつつがなく過ごすための原資としては到底足りはしない。年金にしたって、支給開始は六十五歳。その間、何もしなければ、手元のカネはどんどん減っていく。

そうした事態に直面した人間が覚える恐怖、絶望感、そして焦燥《しょうそう》は想像を絶するものがある。新たな事業に懸けると決心するまでには、どれほどの勇気がいったことか――。

そこに想いが至ると、改めて床波の判断に腹が立つ。
S、Aランクの店舗の商圏に新たに店を設けるにあたっては、当然入念な市場調査を行うことが大前提だと考えていたのだが、床波は「そんなの必要ないでしょう」と、にべもなく撥《は》ねつけたのだ。
もちろん、山添は異を唱えた。しかし、床波は、

「引き受けてくれるオーナーさんがいないのなら、うちが直営店を出す。それだけのことですから」

と簡単にいう。

「事前に調査もせずに新たに店を出したら、既存店の売り上げに悪影響が出る恐れがあります。いくらなんでも乱暴に過ぎませんか」

「だからオーナーさんに新店の経営の優先権を与えるんじゃありませんか。仮にフランチャイズ店の収益が、SランクからAランクに、Bランクに落ちたって、優良店であることに変わりはありません。直営店がB、いやCランクの収益であっても、トータルすればうちにとっては増収になります。それすなわち、うちの業績がアップするってことじゃないですか」

「それは、あまりにも一方的な理屈ですよ。オーナーさんだって、うちが直営店を出した

せいで売り上げが落ちたってことになれば、納得しませんよ」

「企業は慈善事業をやってるわけじゃないんです。いかに高い収益を上げるか。常に株主から厳しい目で監視されていることを忘れないでください。それに、ふた言目には、オーナーさんがっておっしゃいますが、フランチャイズ店の経営が成り立つのも、本社の経営が順調であればこそ。本社の業績が伸びれば伸びるほど、食材の調達コスト、生産原価は安くなる。フランチャイズ店だって、その恩恵を受けられるようになるんですから、ちっとも悪い話じゃないでしょう」

床波はそういい放ち、それ以上の議論に応じなくなったのだ。

正直いって、新店舗の経営を安川に勧めるのは気乗りがしない話だった。

だが、安川がやらなければ、この店の収益が落ちてしまうかもしれない。

それを防ぐための手段はただひとつ。安川に新店舗の経営を承諾させることだ。

「安川さん――」

山添は改めて姿勢を正すと、「実は、このエリアにもう一軒店を出すのは我々の決定事項なんです」

正直に打ち明けた。

安川は、えっというように目を見開き、

「決定事項って……どういうことです？」

困惑した様子で問い返してきた。

「ご承知のように、イカリ屋は全国で店舗を展開していますが、正直申し上げて、過疎、高齢化の影響もあって、地方によっては売り上げが頭を打つ、あるいは低下傾向にある店舗が珍しくなってきているのです。かかる事態を放置しておけば、イカリ屋本体の経営にも甚大《じんだい》な影響が出てくるのは間違いありません。それを未然に防ぐためには、集客が見込めるエリアでの店舗展開を増強する。つまり、井戸を深く掘り下げていくしかないのです」

「まあ、確かに日本の人口は今後減少していくことは明らかなんですから、いわんとしていることは分からないではありませんが……」

「いまのところ、この駅の周辺のイカリ屋の店舗はここ一軒だけです。駅を挟んだ反対側のエリアは、手付かずの状態になっているわけです」

「そうはおっしゃいますが、結構いらっしゃるんですよ。向こう側からやってくるお客さんが――」

「しかし、僅《わず》かな距離でも面倒だ。近くに店があれば、イカリ屋で食事をしたい。そう思っているお客さんも数多くいることは確かなんじゃないでしょうか」

安川は、腕組みをすると、

「まあ、それはそうかもしれませんが……」

考え込むように視線を落とし、テーブルの一点を見つめる。

「もちろん新店舗ができれば、この店の売り上げに影響が出る可能性はあります。それだけは何としても防ぎたい。いや、安川さんには、もっと収益を上げていただきたい。そう思うからこそ、もう一軒、店を持ちませんかとご提案申し上げているわけです」

安川は視線を上げると、

「チャンスだとおっしゃりたいわけですか」

肩で軽く息をする。

「はい」

山添は躊躇《ちゅうちょ》することなくこたえた。

安川は暫《しば》し考え込むと、

「開店一周年の夜に、篠原社長がお見えになりましてね」

茶碗に手を伸ばしながら、唐突にいった。

「社長が？」

「お祝いに来てくださったんです」

安川は目元を緩め、懐《なつ》かしそうに遠い眼差《まなざ》しで窓の外を見る。「その時、篠原さんこうおっしゃったんです。安川さんも一国一城の主《あるじ》となられたんだ。でも、これははじまりに過ぎない。商売にはゴールはない。だから、夢がある。いや、夢を持たなければならない。これからも精進して、この店をさらに繁盛させろ。イカリ屋も、できる限りのサポートをするからって……」

篠原の名前を聞くと、胸が疼《うず》く。

黙った山添にゆっくりと視線を向けてくると、安川は続けた。

「胸が躍《おど》りましたよ。改めて希望が湧いてきました。でもねえ、いざこうして目の前にチャンスが訪れると、やっぱりサラリーマン根性ってそう簡単に消えるもんじゃないんですよね。欲よりも恐怖が先に立つんです。本当にここでまた、借金抱えて大丈夫なのか。イカリ屋さんのことですから、入念な市場調査を行った上で勧めてくださっているのは分かっているんですが、二兎《にと》を追うものは一兎《いっと》をも得ずってやつになるんじゃないのか。せっかく手にした城を台無しにしてしまうんじゃないのかって」

入念な市場調査といわれると、返す言葉がない。

山添は、茶碗に手を伸ばすと、

「いや、お気持ちはよく分かります。万が一失敗なさっても、うちが責任を取るわけじゃありません。安川さんご自身が全てを背負わなければならなくなるんですから……」

精一杯の言葉を返した。

「うちが責任を取るわけじゃない、か……」

安川は苦笑いを浮かべると、「山添さん、正直ですね」

ずっ、と音を立てて茶を啜った。

安川の結論は明らかだったが、

「でも、本当にいいんですか?」

それでも山添は、改めて問うた。

「私、イカリ屋さんを信じてますから。市場調査の結果、ふたつの店舗があっても十分に双方の経営が成り立つと判断なさったんでしょうし、地方店の売り上げ減をカバーできなければ、本部の経営が悪化する。その穴を埋《う》めるために、食材を値上げされようものなら、お客さんが減ってしまう。我々フランチャイジーにとっては、それはそれで大問題ですからね。両者ウイン・ウインの関係を築くのがベストですが、三方一両損もまた良い関係を築くためには必要なものです。我々は、運命共同体そのものなんですから」

市場調査の結果という言葉が胸に突き刺さり、安川の顔が見られない。

「分かりました。開店前のお忙しい時間に、ありがとうございました」

山添は視線を落とすと、深々と頭を下げ、話を終わらせた。

第三章

1

社長室に設《もう》けられた応接コーナーで、正面の席に座る安住に向かって相葉はいうと、

「産地は問わない。とにかく、肉の仕入れ原価を下げたいんだ。もっと、安い肉はないのか」

手にしていたペーパーをテーブルの上に放り投げた。

ふわりと滑《すべ》るペーパーは、四葉物産が提示してきた肉のプライスリストである。

「高いな」

「これでも精一杯の値段を提示したつもりなんだがね……。それに、もっと安い肉もないことはないが、トッピングにも使うとなると、やはり一定のクオリティを保つ必要があるんじゃないかと思ってさ」

「俺がいいたいのは、トッピング用の肉じゃない。ビーフ、チキン、ポーク、煮込んでしまう肉のことだ」

相葉は背もたれに体を預けると、足を高く組み、「お前、世間じゃ兵士の携行必需品はカレー粉だっていう話があるのを知ってるか？」

と訊《たず》ねた。

「いいや。そんな話ははじめて聞く」

「食料の供給がおぼつかない戦場では現地調達。手に入るもので済ませなきゃならないだろ。新鮮な食材があるとは限らないし、普段なら絶対に口にしない妙なものを食べなきゃならないこともある。普通の味付けじゃ、臭《にお》いや味が気になって口にするのが憚《はばか》れるような代物《しろもの》でも、カレー粉をぶち込めば大抵のものはなんとか食えるようになる――」

「本当の話なのか、それ」

「都市伝説に決まってんだろ。兵士が戦場にカレー粉を持っていくわけないじゃないか」

相葉は歪《ゆが》んだ笑みを口元に宿《やど》すと、「ただ、この話はある意味カレーって食い物の本質を突いているような気がすんだよな。前にもいったがカレーなんてもんは、ルーと一緒に煮込んでしまえば、肉の良し悪しもあったもんじゃない。だいたい、一流ホテルで出してるような高級な肉を使った代物が出てくるなんて、イカリ屋の客は端《はな》から期待しちゃいないんだ。ポークカレーの普通盛りなら五百円だぞ。味はそこそこだが、安い値段で手っ取り早く腹が満たせる。それ以外に、チェーン店のカレーにどんな魅力がある」

傲然《ごうぜん》といい放った。

「前の会社でやった手法をイカリ屋でも踏襲《とうしゅう》しようってわけか」

安住は硬い声でいい、コーヒーカップに手を伸ばした。

「その通りだ」

相葉は頷《うなず》いた。「徹底的な組織の見直し。店舗網、店舗の経営形態の再構築。それによって浮いたカネを原資にハンバーガーの値段を劇的に引き下げる。当たり前に考えれば、利益率は落ちるが、消費者は価格に敏感に反応する。客単価が落ちても、それを補《おぎな》って余りある客が押し寄せればプラスだ。しかし、カレーはハンバーガーと違って基本的にはイートイン。客の圧倒的多数は店で食事をする。値段を引き下げても、回転率が劇的に向上するわけじゃない。ならば、製造原価をいかにして引き下げるか。そこが収益アップの鍵《かぎ》になる。当たり前の話じゃないか」

「確かに、お前の取った戦略が成功したのは事実だが……」

安住はコーヒーに口をつけると、「大丈夫なのか？　そりゃあ、もっと安い肉をお望みなら、調達することは可能だが、輸入肉が安いのは、単に生産国の飼育コストが低いってだけじゃない。安い物にはそれなりの理由があるもんだ。世の中がこれだけ食の安全性に敏感になっているってのに、あまりコストにこだわると命取りになりかねないんじゃないのか」

眉《まゆ》を曇《くも》らせ懸念《けねん》を呈《てい》する。

「別に怪しい肉を持ってこいっていってるわけじゃない。もちろん、ちゃんと国の基準を満たして、食肉として通用する代物を使うことが大前提だ」

相葉は苦笑を浮かべると、「それに消費者は食の安全に敏感だっていうがな、ファストフード店やコンビニで売られてる肉でまともなものなんてあるのか？　チキンは味付け油を注入、ナゲットにしたって廃鶏《はいけい》を丸潰《まるつぶ》しだ。スーパーや肉屋だって同じだろ？　売れ残りの肉はミンチに混ぜちまう。さもなくば味付けして加工する。食用に堪《た》える肉なら全部合法だ。それで、消費者が文句をいってるか？　第一、お前らが輸入している肉だって、成長ホルモンや抗生物質をばんばん使って飼育してんだろ？　そんなものを扱っといてよくいうよ」

あからさまに言葉に皮肉を込めた。

安住は一瞬むっとした表情を浮かべたが、

「確かに、それは一面の真実ではある。だがな、イカリ屋はカレーチェーン、いや、外食産業の中でも最大手のひとつだ。ＳＮＳが浸透したいまの時代、誰もが情報の発信者になれるんだぞ。それも悪い噂《うわさ》ほど、あっという間に広がってしまうんだ。チェーン店は、どこの店に入っても味は変わらない。当たりはないが外れもない。それが安心感につながっているって側面は否定できないんじゃないのかな。つまり、味は客の舌が覚えてる。カレーに使う肉なんて、煮込んじまったら分からないってお前はいうが、良くなるのならともかく、味が落ちたという評判が立って、客離れが起きようもんなら取り返しのつかないことになるんじゃないのか」

冷静な口調で返してきた。

「そんなことはあり得ないね」

相葉は鼻を鳴らした。「そんな理屈が通るのなら、外食産業なんて成り立たんよ。それが証拠に、ファストフード、ファミレス、コンビニ、果ては冷凍食品メーカーがホームページで公開してる食材の原産地表示を見てみろよ。肉、野菜、外国産が使われている食材の原産地は、圧倒的多数が複数の国になっている。当たり前さ。肉や野菜の価格は、季節や気候、様々な要因で変わるからな。当然、調達する地域、国だってひとつってわけにはいかない。それで、味が変わったなんていうやつがどこにいる？　どこにもいやしないじゃないか」

「しかし、お前はそういうが――」

「お前、うちのビジネスが欲しくないのか」

相葉は安住がいいかけた言葉を、高圧的な口調で遮《さえぎ》った。

第一、いまに至って、大口の取引先になろうという会社の社長に向かって、お前呼ばわりする安住が不愉快でしかたがない。

「そりゃあ欲しいさ」

「だったら、客の望みを叶《かな》えるのが、お前の仕事だろ」

「長い付き合いをさせてもらいたい。イカリ屋がどんどん繁盛《はんじよう》して、取引量を増やして欲しい。だからあえていってるんだ」

相葉は安住をじっと睨《にら》みつけると、

「とにかく、もう一度仕入れ値を見直してくれ。その上で、サンプルを持ってこい。使えるかどうかは、そいつをテストして判断するよ。それならいいだろ」

突き放すようにいった。

安住は鼻で大きく息を吸い込むと、

「分かった――」

硬い表情を浮かべながら、ペーパーを拾い上げた。

「ところで安住、例の合弁事業の方はどうなってる？　結論はまだ出ないのか」

相葉は話題を変えた。

「上に、決裁を仰《あお》いではいるんだが……」

安住は、語尾を濁《にご》しながら再びコーヒーカップに手を伸ばす。

「上って、達川《たつかわ》常務か？」

「ああ……」

「じゃあ、まだ四葉アメリカには話が行っていないのか」

「いや、四葉アメリカには、すでに俺の方から話はしてある」

安住は奥歯に物が挟《はさ》まったかのように、口をもごりと動かした。

「で、四葉アメリカはなんていってるんだ」

「大変な興味を示している」

「興味？　それだけか？」

「日本式のカレーはアメリカでも大きなビジネスになる。その可能性が十分にあることは四葉アメリカも認めているし、冷凍食品やレトルトカレーのスーパーへの販売にも同じ反応を示している。それは確かだ。だが、新たに設立する会社に出資となると、ふたつ返事ではいかなくてな」

安住はコーヒーに口をつけると、カップを皿の上に戻し視線を上げた。「分かるだろ。なんせ、アメリカでチェーン店を一から立ち上げようってんだ。工場が必要になるのはまだ先の話だ。利益が出はじめるのは、いつの時点からなのか。それまでどれほどの資金と、マンパワーが必要になるのか。検討しなければならないことは山ほどある」

「相変わらず役所のような会社だな。カネを出すのは、ことの正否を見極《みきわ》めてからっていうわけか」

誰が手がける事業だと思ってんだ。

そういいたくなるのをこらえて、相葉は肩をすくめた。

「多額の資金が必要になるのはまだ先だろ。もっとも、出店候補地の調査、店舗の物件探し、食材の輸入手続き、貯蔵施設の手配は四葉アメリカが全面的に協力をする。その点は、四葉アメリカはもちろん、達川さんの了解も取り付けてある」

実のところをいえば、相葉が新たに設けようとしている新会社に四葉が出資することには、すでに達川の決裁が下りていた。

日本式のカレーがアメリカ人に受け入れられ、イカリ屋が全米に店を広げていく可能性が極めて高いことは、世界中に情報網を張り巡《めぐ》らし、新たなビジネスチャンスを虎視眈々《こしたんたん》と狙《ねら》っている商社の人間にはすぐに察しがつく。

実際、安住にしてもそうだったし、今回の話を聞いた達川も同じ反応を示した。まして、イカリ屋への食材納入に加えて、海外の小売流通での冷凍食品販売に加わることができるとなれば、とてつもないビジネスになるのは間違いなく、四葉にとっても、願ってもない話ではあったのだ。

「達川さんも、ふたつ返事で出資に応じた」

そうこたえるつもりであったのだが、安住が決裁が下りていないと嘘《うそ》をいったのには理由があった。

いかにコストを抑え、高い収益を上げるか。

確かに、それが経営者の務めには違いない。

しかし、それも値段相応、いやそれ以上の価値があると客に認められなければ、やがて誰も寄りつかなくなるのは、外食産業にかかわらず、どんな商売にも通用する真理というものだ。

イカリ屋は篠原が一代でここまでの規模に成長させた会社だ。激烈な競争と淘汰《とうた》の波に晒《さら》される業界にあって、たった一店舗の経営ですら困難を極めるというのに、これだけの成長を遂《と》げた理由はただひとつ。価格はもちろん、イカリ屋が提供するカレーが消費者からの信頼を勝ち得たからに他ならない。

それを、相葉は根底から覆《くつがえ》そうとしている。

なるほど、食材の原価を抑える一方で、値段を据《す》え置けば利益は増すだろう。まして、これからの日本を考えれば、人口の減少は避けられない。それすなわち、市場そのものが小さくなるということを意味する。そんな環境下で利益を維持しようと思えば、原価を下げるか値上げするかのいずれかしかない。

だが、とことんコストの削減を追求すると、思わぬ副作用に見舞われるのがビジネスというものだ。収益が向上したとしても短期間のことに過ぎず、客が離れていけば取り戻すのは極めて困難になる。

それを煮込んでしまう肉だとあっさり断じ、あくまでコストの削減と利益の追求に執着する。

安住はそこに、危《あや》うさを感じたのだ。

しかし、はじめて日本式のカレーを口にするアメリカ人が同じ反応を示すかどうかとなると話は別だ。まして、トッピングについては現在のクオリティを落とすつもりはないようだ。相葉の方針に異を唱《とな》えたのは、イカリ屋のためを思えばこそだが、やりすぎは禁物だ。このビジネスを逃すのはあまりにも惜《お》しい。

そこで、新会社への出資の決裁はまだ下りていないことにして、様子を窺《うかが》うことにしたのだ。

「分かった」

相葉は渋い顔をしながら口をへの字に結んだ。「まあ、四葉アメリカの協力を得られるだけでもうちにとっては一歩前進だ。出店に向けて話を進めようじゃないか」

「四葉アメリカでは、ニューヨークの荒川《あらかわ》という男がこの件を担当することになっている。もちろん出店地はニューヨークとは限らない。西から攻めていくというのもありだが、いずれにしても――」

市場調査の結果次第だ、と安住が続けようとするのを遮って、

「ニューヨーク。いいじゃないか。俺も矢吹もあの街には土地鑑がある。なんだかんだいっても情報の発信地だし、カリフォルニアは健康マニアの聖地だからな。カレーはハイカロリーだし、そこにトンカツなんかのせようものなら、見た目でアウトって人間も少なくないだろうからな。それに、ニューヨークは人口密集地だ。一号店が成功すれば二号店、三号店と集中して店を増やせるメリットもある。第一、四葉アメリカの本社はニューヨークだ。なにをやるにしても、本社の担当とすぐに会えるってメリットは大きい。早々に矢吹を出張させるよ」

相葉はいった。

「分かった。それじゃ、荒川の方から矢吹さんに連絡を入れて、ミーティングを設定するよう手配しておく」

安住は、カップに残った僅《わず》かばかりのコーヒーを飲み干すと、「じゃあ俺はこれで……」

席を立った。

「安住——」

不意に相葉が声をかけてきた。

相葉はソファに座ったまま、足を止めた安住を見上げると、

「石橋を叩《たた》いて渡るってのが四葉の社風だが、叩き過ぎて、橋が壊れちまったら元も子もないぞ。一心同体。同じ船に乗り合わせた仲にならない限り、うちは四葉を切ろうと思え

ばいつだって切れるんだ。お前にこの話を最初に持ちかけたのは、たまたま古巣の同期だったっていうだけの話に過ぎない。勘違いしないでくれよ。これは、ビジネスなんだ」

口元に歪んだ笑みを浮かべると、底冷えのするような言葉を吐いた。

2

「ほんと、久しぶりだな。卒業以来じゃないのか」

安さが売りの居酒屋チェーンで、注文を終えた山添は、正面の席に座る奥村和人《おくむらかずと》に向かって改めていった。「しっかし、驚いたよ。声をかけられた時には、誰かと思ったぜ」

「卒業から二十年以上も経《た》つからな。お互いもう中年のおっさんだ。顔つきも変わりゃ体形だって変わって当たり前ってもんだ」

「その割には、よく気がついたじゃないか。しかもあんな場所でさ」

——あれっ、もしかしてヤマちゃん？　ヤマちゃんだろ？

いきなり声をかけられたのは、帰宅途中の駅でのことだ。

奥村は、高校一年生の時のクラスメートだ。

もっとも、二年生になってからはクラスも分かれた上に、部活も別であったから、付き合いもそれっきり。お世辞にも親しい仲とはいえないのだが、それでも旧知との再会はやはり嬉《うれ》しい。

それは、奥村にとっても同じであったらしい。どちらからともなく、一杯やろうという話になったのだ。

「俺はこの通り、頭も薄くなったし、激太りしちまったけど、ヤマちゃんはあんまり体形変わってねえし、どっかに昔の面影《おもかげ》が残ってんだよな。思い切って声をかけてよかったよ」

自ら語るように、奥村に昔の面影はない。

まだ四十を越したばかりだというのに、頭髪は地肌が透《す》けて見えるほど薄くなり、でっぷりとせり出した腹に二重顎《あご》。それに、どこか健康に問題を抱えているのではないかと思えるほど顔色が冴《さ》えない。

「お待たせしました。生大《なまだい》です」

店員が、お通しと大ジョッキをふたりの前に置いた。

「まずは、再会を祝して乾杯といくか」

山添は、ジョッキを手に持つと促《うなが》した。

ふたつのジョッキが重い音をたてて触れ合う。

仕事が終わった後、まして旧知との思い掛けぬ再会の席だ。

最初の一杯は格別なはずだが、毎度のことながらなぜかこの手の居酒屋のビールは薄く感じる。

ところが奥村は、喉《のど》を鳴らしてジョッキを傾《かたむ》ける角度を高くしていくと、

「かあ〜っ。うめえな」

顔をくしゃくしゃにしながら、口元を拭《ぬぐ》う。

よほどいける口なのか、テーブルの上に戻された奥村のジョッキは既《すで》に半分ほどがなくなっている。

「そういえば、何年か前に同窓会があったけど、お前来なかったよな」

「ああ、仕事が忙しくて、それどころじゃなくてな」

「じゃあ、今日は休み？」

山添は、ジョッキを置きながら訊ねた。

というのも、平日だというのに、奥村がポロシャツにジーンズという軽装だったからだ。

ふたりが卒業した高校は、進学と就職が半々の中堅校だが、確か奥村は大学に進んだはずである。もっとも、進学先も偏差値の上では中堅以下の大学が大半で、就職先もそれ相応。大企業は望めなくとも、仕事が忙しいというからには、なにかしらの職に就《つ》いているはずだ。

「夜勤明け……ってか、二十四時間勤務明けでさ」

奥村は、ほっとため息を漏《も》らすと、タバコを取り出した。

「二十四時間って……オク、お前なにやってんだ？」

「コンビニ経営してんだよ」

「コンビニ？」

「大学卒業して会社勤めをしてたんだけどさ、五年前に親父《おやじ》が体壊して、店に出られなくなっちまってな」

奥村はタバコに火を灯《とも》すと、ぷうっと煙を吹《ふ》き上げた。「うち、もともと酒屋をやってたんだけど、スーパーにディスカウントショップ、果てはコンビニでも酒が買えるようになっちまっただろ。個人経営の酒屋なんてやっていける時代じゃねえし、かといって、老後のことを考えると、蓄《たくわ》えと年金だけで生活していくのは不安だっていってさ。それで親父のやつ、日銭《ひぜに》が確実に見込める商売がいいって、俺が大学を卒業して独立したのを機に、酒屋を止《や》めてコンビニをはじめたんだ」

「コンビニも楽な商売じゃねえだろうな。二十四時間店を開けてんだ。バイトの確保だって苦労するだろうし、急に休むなんていわれたら、オーナーがやるしかないんだもんな」

「楽じゃないどころか地獄だよ」

奥村は吐き捨てた。

「地獄？」

聞き捨てならぬ言葉に、山添は思わず問い返した。「そんなに、人が集まらないのか?」

「そうじゃねえよ」

奥村は眉間《みけん》に深い皺《しわ》を刻みながら、またタバコを吹かす。「日本人はあまりやりたがらねえが、外国人は別だ。募集をかけりゃ、とりあえず頭数は揃《そろ》う」

「じゃあ、なにが地獄なんだ?」

二十四時間勤務の理由が、バイトのドタキャンのせいだと思い込んでいた山添は、重ねて訊ねた。

「コンビニのシステム……っていうか、ビジネスモデルだよ」

奥村はこたえた。「とにかく、酷《ひど》いもんなんだ。どうしたら、ここまでやれるか。本当にあいつら、人間なのかって思うほどにな」

「たとえば?」

「売っても売っても、全然経営が楽にならねえんだよ」

「それって、どういうことよ」

「まあ、挙げりゃ切りがないんだが、一番苦しいのは、オーナーの手元には現金が残らないってことだ」

「現金が残らないって……なんでそんなことになんの?」

「売り上げは全部、毎日本部に送金しなきゃなんねえんだよ」

奥村はタバコを吹かすと、忌々《いまいま》しげに灰皿に突き立てた。「なんせ、レジはPOSで本部とつながってて、リアルタイムで売り上げは把握されてんだ。一円でも足りなきゃ、すぐに担当者が飛んできて大騒ぎだ」

「まるで、銀行じゃねえか」

「銀行どころか、現金が必要になって、売り上げに手をつけようもんなら、本部のやつらが、店に張り付いて監視すんだぞ。下手をすりゃ契約解除だ」

「じゃあ、店の取り分は——」

「月に一度、本部から振り込まれんだよ。ロイヤリティーや仕入れ代、その他諸々《もろもろ》、つまり本部の取り分を差っ引かれた額がな」

「それじゃ、サラリーマンと変わんねえじゃねえか」

「サラリーマンどころかそれ以下だ」

奥村の口調に激しさが増してくる。「振り込まれたカネが、そっくりそのままこっちのもんになるってんならまだしも、バイト代、水道代、光熱費、店舗運営費は全部こっち持ちだ。オーナーの年収なんて、二、三百万が関の山だ。それじゃあ、家族なんか養《やしな》えるわけねえだろ」

「二、三百万って……お前、子供は？」

「ふたり……どっちもまだ小学生だ。それに、お袋は親父の看病があって店には出られねえ。どっちもまだ年金を貰《もら》える歳にはなってねえから、そっちの面倒もみなけりゃならない。だからカミさんも俺も、生活費を稼《かせ》ぐために他にバイトに出てんだ」

「バイト？　店をやりながらバイトしてんの？」

「道路工事の誘導員だ。そうでもしなけりゃ、やっていけねえんだよ。俺たち家族が店に出たって、収入が増えるわけじゃねえからな。そっちの時給の方が、店のバイトに払うより、わずかとはいえ稼ぎになるんだよ」

「それじゃ、寝る暇《ひま》ねえじゃねえか」

「睡眠なんて、三時間も取れればいい方さ」

奥村は自嘲《じちょう》めいた笑いを浮かべると、「親父が倒れたのも、それが原因でさ。馬車馬みたいに働いた挙句《あげく》の脳梗塞《のうこうそく》だ。ほんと、コンビニ経営なんて現代版女工哀史《じょこうあいし》そのものだぜ」

はあっと、ため息をついた。

どうりで顔色が悪いはずだ。

そんな生活を続けていたのでは、いずれ父親同様、取り返しのつかない事態に陥《おちい》る可能性は大だ。

「コンビニって、もっと儲《もう》かる商売なのかと思ってた」

山添はぽつりと漏らした。

「そりゃあ、儲かった時代もあったさ」

奥村は鼻を鳴らす。「実際、親父がはじめた頃は売り上げは右肩上がり。転業して大正解だったって喜んでたからな」

「じゃあ、なんで？」

「そりゃあ、こんだけコンビニが乱立すりゃあ、客の食い合いがはじまるに決まってんだろが」

確かに――。

いまや、コンビニは町中にある。人口密集地ともなれば、通りを挟んでコンビニが向かい合っているのも珍しくはない。まして、系列によって多少品揃《しなぞろ》えに違いはあるものの、大半は似たり寄ったり。サービスだってほとんど同じだ。差別化が図れない以上、客は一番近場の店に行くに決まっている。

山添は黙って、ジョッキに手を伸ばした。

「しかも、系列店があろうとお構いなし。同系列の店がすぐ近くに出店してくんだぜ」

奥村は続ける。「ドミナント方式だかなんだか知らねえけどさ、売り上げがいい店の周辺に集中して新店舗を出してきやがんだ。そりゃあ、本部にしてみりゃ元々あった店の売り上げが半減しても、三軒が同程度の売り上げを上げりゃ一・五倍。四軒なら二倍だ。まして、配送効率を上げて中間コストを削減すんのがドミナント方式の狙いだ。当然、本部の利益は上がるわな。だけどさ、やられた方はたまったもんじゃねえよ」

「でもさ、新たに店を出すったって、それじゃあ、コンビニのオーナーになろうって人なんか現れないだろ？」

「いま時、コンビニのオーナーになろうなんてやつがいるかよ」

奥村はいった。

「えっ？」

「出店してくんのは、全部直営店だ」

それって、イカリ屋がやろうとしているのと同じじゃないか。

山添は、はっと息を吞《の》んで固まった。

「店舗網を構築するまでは、フランチャイズ制を取り入れて、出店費用を抑える。儲かる場所だと分かった時点でフランチャイジーは用済み。直営でやった方が、利益は上がるってわけだ」

そういう奥村の声は震えている。「だいたいさ、スーパーなんかじゃ弁当が余りそうになったら値引きして捌《さば》くのが当たり前だが、コンビニじゃ値引きは御法度《ごはっと》だ。全部返品、廃棄すんだぜ」

「それ、前から不思議に思ってたんだけど、なんでなんだ。コストのこと考えたら、わざわざ処分するより、売っちまった方が遥かに安くつくだろ？」

「価格への信頼性を損《そこ》なうんだとよ」

奥村は唾棄《だき》するようにいうと、口元にジョッキを運んだ手を止め、「だけど、それは表向きの理由でな。廃棄ロスの分は売上原価には加算されない。つまり、返品したにもかかわらず、一旦仕入れた商品のロイヤリティーは店が払わなきゃならねえって決まりになってんだよ」

また、すごい勢いでビールを流し込む。

「それ……ほんとの話か？」

驚くべき話が次から次へと出てくる。

山添は思わず問い返した。

「ほんともなにも、俺は当事者だぞ」

奥村は三分の一ほどになったジョッキをどんとテーブルの上に置くと、「おでんなんか最悪だ。平均単価百円。粗利《あらり》五〇パーセント。そのうちの五七パーセントが、本部のロイヤリティーだ。それもタネを鍋《なべ》に入れる前には、油抜き、水洗いって作業もあれば、時間がくれば廃棄。だからといって、ロイヤリティーがチャラになるわけじゃない。一旦、店に納品したからには、びた一文漏らさず取られるんだ。おまけに、容器代、箸《はし》、カラシは全部店の持ち出しだぞ。利益が出るまで、どんだけ売らなきゃならねえか」

確かに一日の売上金を、全て本部に送金しなければならないのだから、払う払わないの問題ではない。これではフランチャイジーは鵜飼《うかい》の鵜のようなものだ。

「おおい、生大もうひとつ」

奥村は残ったビールを一気に呑み干すと、大声で注文しさらに続ける。「それだけじゃねえぞ。商品を本部が幾《いく》らで仕入れてるのかは一切《いっさい》教えちゃくれない。フランチャイジーは、本部のいい値で商品を仕入れなきゃなんねえんだ。これがまた酷くてな。飲料なんか、ものによっちゃスーパーの店頭から買ってきた方が安いってもんだってあるんだぜ」

「それ、おかしいだろ。コンビニがいったい何軒あんだよ。本部が一括《いっかつ》して仕入れるなら、大変な量だ。そんじょそこらのスーパーよりも仕入れ値は格段に低くなって当然だろ？」

さすがに、山添の声が裏返る。

「コンビニは定価販売だからな。客もそれを承知で買いにくる。だから、納品価格を下げる必要はないってのが本部の理屈だ」

「それじゃ、コンビニなんか経営する意味ねえじゃん」

聞けば聞くほど悪辣《あくらつ》な経営手法に、怒りがこみ上げてくる。「そんな店、なんで継いだんだよ。親父さんが倒れた時に、いっそ止めちまえばよかったじゃねえか。サラリーマン続けてた方が、よっぽどマシだろ」

山添は当然の疑問を口にした。

「それがなあ……」

奥村はいかにも悔《くや》しそうにいうと、視線を落とした。「借金が発生すんだよ」

「借金？」

「店を閉めりゃ、商品を返品することになるんだが、それ全部にロイヤリティーがかかってくんだ」

「売れもしないのにか？」

「弁当で知れたこと、ロイヤリティーで収益を上げるのが本部のビジネスモデルだ。閉店だろうがなんだろうが、一旦納品した商品に例外はないんだよ。しかも、開店当初に仕入れた商品は、本部が全部揃えてくれるが、これが買掛金としてずっと残ってるんだ。その清算を迫《せま》られんだぜ。その上、金利は六パーセントだ。契約期間内に止めようもんなら、はんぱじゃねえ違約金を払わなけりゃなんなくなんだよ」

「それ……酷すぎだろ――」

山添は呻《うめ》いた。「それじゃ止めるに止められない。無間《むげん》地獄ってやつじゃないか」

「それも、いまになってみればばっていうやつさ。開店時の仕入れにカネがかからないってのはやっぱ魅力なんだよ。それに、ロイヤリティーは高くとも、繁盛すりゃそれなりに儲かるのは確かだしな。だから、転業、脱サラした人間が、こぞってコンビニ経営をはじめたんだよ。実際、うちだってしばらくの間は、十分儲けが出てたわけだし――」

店員が、ビールのお代わりを運んできた。

すかさず手を伸ばした奥村は、

「それに、昔はまだましだったんだよ。あいつが来るまではな――」

心底悔しそうに呻くと、ジョッキを傾けた。「繁盛店の周りに店舗を増やしゃ、フランチャイジーはたまったもんじゃねえことは、本部だって百も承知だ。そこまで阿漕《あこぎ》なことはしなかったんだ。ところがあの野郎が社長になった途端、そんなことはお構いなしで、本部だけが肥《こ》え太る仕組みに変えやがった。なあにがプロ経営者だ！　あいつのおかげで、どんだけ多くのフランチャイジーが、地獄の苦しみを味わってるか――」

まる一日寝ていないことに加えて、ピッチが速すぎる。

酔いが急速に回りはじめたのか、どんと叩きつけるように置いたジョッキから、ビールがこぼれた。

すかさずおしぼりでテーブルを拭《ふ》きながら、

「あいつ？　あいつって誰だ？」

と訊ねた山添は、奥村の口をついて出た名前を聞いて驚愕《きようがく》した。

「相葉ってやつだ」

「あ・い・ば？　相葉って……まさか、相葉譲か？」

背筋に悪寒《おかん》が走るのを感じながら問うた山添に向かって、

「ああ――」果たして奥村は頷く。

なんてこった……。

相葉が、これからイカリ屋で何をしようとしているのか。

そのすべてが、いま見えてきた。

どうしたらいいんだ。このままじゃ、イカリ屋が――。

かといって、相葉を止める手立てなどあるわけがない。

山添は、呆然《ぼうぜん》としてその場で固まった。

3

「本当の話なんですか、それ」

山添の話を聞き終えた堂上は、信じられないとばかりに目を剝《む》いて顔を強張《こわば》らせる。

「何もかも、あの人たちが打ち出した戦略そのまんまじゃないですか」

「しっ！　大きな声を出すなよ」

山添は手を上げて堂上を制すると、さらに声を潜《ひそ》めた。「優良店の商圏内に、新たに店を設ければ、既存店がフランチャイズ店であろうと直営店であろうと、会社全体でみれば売り上げはプラスになる。それすなわち、経営者である相葉さんの実績だ。自分のためなら、フランチャイジーがどうなろうと知ったこっちゃない。つまり、あの人は多くの人の人生を台無しにして、プロ経営者の名声を手にしたってわけだ」

「それじゃ、フランチャイズ店は、まるでアンテナショップみたいなもんじゃないですか」

「アンテナショップ？」

「だってそうでしょう。売り上げが好調と見るや、その近辺に集中して店を出されんですよ。いや、地域一号店の開店費用はオーナーさん持ち。本部のリスク負担はゼロってことを考えれば、アンテナショップ以下だ。詐欺《さぎ》、背任に等しい行為ですよ、それ」

堂上のいう通りだ。

人生を懸《か》けてコンビニを開店し、経営が順調に推移していると思いきや、すぐ近くに出店されるのだ。客が分散し売り上げが落ちたからといって、フランチャイズ店は、店舗を縮小するわけにもいかなければ、品揃えを絞《しぼ》るわけにもいかない。当然、返品が増す上に、そのことごとくにロイヤリティーがかかるのだから、オーナーにとっては、まさに泣きっ面《つら》に蜂《はち》、兵糧《ひょうろう》攻めに遭《あ》っているようなものだ。

「コンビニのオーナーは、働きづめだって話を聞いたことがありましたが、なるほど、これじゃそうなるわけだ」

堂上は深く息を吐きながら首を振る。「私、オーナーが働きづめになるのは、バイトの確保に苦労してるんだとばかり思ってましたけど、そうじゃなかったんですね。売り上げが落ちても、二十四時間店を開けてなきゃならないとなりゃ、どこで固定費を浮かすかっていったら人件費。となれば、オーナー、あるいはその家族が店に出るしかありませんもんね。それで収入がアップするってんならまだしも、生活費の足しに、他所《よそ》でバイトって、そんなことやってたら、体壊すどころか、死んじゃいますよ」

「実際、いたらしいんだよな」

山添が思わず漏らすと、

「いたって？　何がです」

堂上がぎょっとした顔をして問い返す。

「過労死はもちろん、にっちもさっちもいかなくなって、自殺した人が――」

「自殺？」

「そりゃあ出るさ。いくら働いても、収入にはつながらない。店を閉じようにも莫大《ばくだい》な借金が残る。一括返済できりゃいいだろうが、蓄えなんかありゃしないんだ。しかも、開店時の仕入れ代金の金利は六パーセントだぞ。住宅ローンどころか、サラ金からカネ借りてるようなもんだ。それじゃ、転業しようにもできるわけないさ」

「そこが分からないところなんですよね」

堂上は首を捻《ひね》る。「六パーセントなんて法外な金利でカネを借りるなら、銀行から融資を受ければいいじゃないですか。それに、オーナーさんに死なれたら、本部だって、債権が回収できなくなるわけですし――」

「開店するのに、有り金叩《はた》いてすっからかん。売り上げは、毎日本部に送金すんだぞ。手元にカネがない人間に、銀行が融資すると思うか？」

「あっ、そうか――」

「それだけじゃないんだ」

山添は続けた。「フランチャイズに加盟するにあたっては、本部に全財産を把握されるっていうんだ。その上、強制的に加盟店共済制度に加入させられるんだが、その中には生命保険も含まれる。しかも、保険代理店はコンビニの系列会社だ」

「ま、まさか、オーナーさんが死んだら、保険金は本部にってわけじゃないでしょうね」

堂上は、愕然《がくぜん》として口を開けたまま固まった。

それは、奥村からその絡繰《からく》りを聞かされた時の山添の反応そのものだった。

「まあ、基本的な仕組みは創業間もなくに確立されたものだそうだが、ドミナント方式に加速をつけたのは相葉さんだ。それがフランチャイジーの経営、それも優良店の経営を一気に悪化させたのは間違いないっていうんだ」

「酷い――。酷すぎる」

堂上が呻いたその時、

「おはようございます」

背後から声が聞こえた。

床波だ。

「おはようございます」

そうこたえた山添に、

「ちょっと山添さんにお話ししたいことがありまして。一緒にきていただけますか」

有無をいわさぬ口調で告げると、踵《きびす》を返した。

床波が向かったのは会議室だ。

「出店場所が決まりましたので」

床波は椅子《いす》に座るなり、数枚の紙をテーブル越しに突きつけてきた。「取りあえず十店です」

紙は店舗の物件案内だ。

フランチャイズビジネスをやっているイカリ屋には、取引実績がある不動産屋から、日々物件情報がファックスで大量に送られてくる。出店速度が鈍化したいまとなっては然《さ》程《ほど》役に立つ情報ではないが、それでもたまに「これは」という物件に出くわすことがある。

山添は、それらに素早く目を走らせた。

十軒の住所は、どれも見覚えのあるものばかりだ。番地までは頭に入ってはいないが、町名は全てSランクの優良店と一致している。

やはり、思った通りだ。

山添の疑念は、確信へと変わった。

「これ、全部Sランクの店のすぐ近くじゃないですか」

猛然と込み上げてくる怒りを抑え、山添は低い声で訊ねた。

「当然ですよ」

床波は平然という。「Sランクにカテゴライズされるってことはですよ、その周辺にはまだまだ潜在的な需要がある。うちにとっては、取りこぼしている客がいるってことですからね。つまり、商圏に掘りおこす余地が残っているわけです。前にもいいましたけど、一店舗で百の収益が、二店舗で百五十になれば、会社にとってはプラスですから」

「しかし、あまりに既存店と近すぎるんじゃないですか」

山添は即座に返すと、「たとえば、この大井町の物件です。これ、駅ビルのすぐ傍《そば》じゃないですか。既存店とは百メートルやそこらしか離れてませんし、店舗にしたって随分《ずいぶん》広い。これじゃ、お客さんを全部そっちに持っていかれて――」

「それは、理想的な物件が出たからですよ」

床波は山添の言葉が終わらぬうちにいった。「こんな物件は、そうそう出るもんじゃありません。店舗の広さからいっても、そこだけで、いまの大井町店の五割は売り上げがアップするでしょうね」

「五割アップって……そりゃあ、本社にとってはプラスでしょうが、既存店の経営が成り立たなくなったらどうすんです？　あの店はフランチャイズ店。オーナーさんは、これ一本で生計を立ててるんですよ。売り上げが激減すれば、それこそ死活問題じゃないですか」

「まいったなあ……」

床波は薄ら笑いを浮かべながら、頭髪をかき上げると、「だから、オーナーさんには、もう一軒店をやらないかって事前にご相談申し上げたんでしょ？　その申し出を断られた。山添さん、そうおっしゃったじゃないですか」

鋭い眼差《まなざ》しを向けてきた。

「開店して、二年そこそこの店ですよ。開店資金だってまだ回収できていないのに、もう一軒店を持つなんて無理に決まってるじゃないですか」

「二軒やっても、十分リターンは見込めるならやるべきなんです。それが商売ってもんでしょう。それに――」

「それに、なんです？」

「イカリ屋の市場調査は徹底していて信頼性が高いともっぱらの評判ですが、ならば、なんでこの程度の大きさの店舗にしたんです？　開店と同時にSランクに入るような収益を上げられる立地なら、最初からもっと大きな店舗にすべきだったんじゃないんですか」

「出店に際しては、オーナーさんの自宅の近辺が好ましいし、第一、こちらが理想とする空き物件なんて都合よく見つかるもんじゃありません。オーナーさんの資金の問題もあるし、その他様々な要素を勘案した上で、その時点で、ベストと思われる物件をお探ししてお世話してるんです」

当たり前の話じゃないか。そんなことも分からないのか。

そう続けたくなるのを、山添はすんでのところで堪《こら》えた。

「それ、間違っていると思いますよ」

ところが床波はいう。「カレーはイートインが圧倒的に多いんです。しかも、客が集中する時間帯は、ほぼ決まっていますから、回転率を上げようにも限度がある。つまり、ピークの時間帯に、いかに多く客を逃さないかが売り上げを大きく左右することになるわけです。となればですよ、キャパが足りないことを承知で店を出すよりも、商圏に見合った物件が出るまで待つべきだと思いますが」

こいつ、イカリ屋のフランチャイズシステムを理解してねえんじゃねえか。

「あのですね。オーナーになるにあたっては、既存店舗で二年間働いていただくっててのが、イカリ屋のルールなんですよ」

山添は、顔の前に二本の指を突き立てた。「二年ですよ。その間賃金は支払われますが、パート扱い。転業者、脱サラのいずれにしても、それまでの収入には遠く及びません。薄給に甘んじなければならないわけですが、それでも、みなさんがイカリ屋で働いてくださるのは、開業という目的があるからです。それを理想的な物件が見つかるまで待てなんていってたら——」

「そんなことをいってるから、業績が頭打ちになるんですよ」

床波は、小馬鹿にするように鼻を鳴らした。「あなた方はふた言目には、フランチャイジーが、オーナーがっていいますが、大切なのは会社の業績なのか、オーナーの収入なのか、いったいどっちなんです？」

「両者ウイン・ウインの関係を築《きず》いてきたからこそ、いまのイカリ屋がある。それは、これからも変わらない。それが、創業者の理念であり、私もそうあるべきだと考えていますが？」

「創業者の理念ねえ」

床波はうんざりしたように、眉を上げると、「それじゃあ、これからの時代、やっていけませんよ」

外資出身を印象づけるかのように、腕を広げ大袈裟《おおげさ》に肩を竦《すく》める。

「それ、どういうことです？」

山添は、むっとしながら訊ねた。

「店舗を増やせば会社はさらに高い収益を上げられるのに、フランチャイジーの店があるがために手出しができない。それって、みすみす商機を逃してるってことじゃないですか」

床波は、そこで少しの間を置くと、「何回も同じことをいわせないでくださいよ。これから先は、人口が集中する都市でいかにして収益を高めるか。会社を維持していくためには、それを考えるしかないんですよ。つまり、井戸を深く掘り下げていくしか方法はないんです」

井戸を深く掘り下げる――。

その言葉は、安川を説得する際に、自分が使ったセリフだけに、山添には返す言葉が見つからない。

床波は続ける。

「はっきりいいますけど、フランチャイズって形態が、いまのイカリ屋にとっては重荷になってるんですよ。少なくとも、業績を向上させるためにはね」

「重荷？」

あまりの言葉に、山添は聞き捨てならない思いに駆《か》られて反論に出た。「床波さん。よくそんなことがいえますね。イカリ屋は、前社長がたったひとつの店舗から、ここまで大きくした会社なんですよ。それが可能になったのも、フランチャイズ制を取り入れ、イカリ屋に加盟すれば立派に商売が成り立つことを実証し、信頼を得られたからじゃありませんか。だからこそ、みなさん持てる私財の全てを投じて、イカリ屋のフランチャイジーになってくださった。それを――」

「確かにフランチャイズシステムなくして、イカリ屋はここまで大きくならなかった。それは事実でしょう」

床波は、山添の言葉を遮った。「でもね、山添さん。ビジネス環境というものは時代とともに変化する。これは真理です。当然、かつては通用していたビジネスモデルも、通用しないものになることもあり得るわけです。オーナーが十分な収益を上げている。それって、見方を変えれば直営でやったら、会社にはその利益がそっくりそのまま入ってくるってことじゃありませんか」

床波は、またしても驚愕する言葉を平然といってのける。

「な……なんですって――」

奥村の話を聞いて、感づいてはいたが、案の定だ。「じゃあ、あなたは、端からフランチャイズ店潰し、それも優良店を直営店に変えることを狙ってたわけですか」

山添は、床波の顔を睨みつけた。

「そんなことはありませんよ。何度もいってるじゃないですか。新たに店を持つか持たないかの選択肢は、まず最初にオーナーさんに——」

「嘘だ！」

もう我慢ならない。山添は鋭い声で断じた。「あなた方は、そんな話を持ちかけても、乗ってくるオーナーがいないことを端から見越してたんだ。でなければ、S、Aランクのフランチャイズ店を直営店に変えれば、会社の利益向上につながるなんていえるわけがない」

「だとしたら、なんだってんです？」

「私、知ってますよ」

「何をです？」

「相葉さんがコンビニ時代に、なにをやったか」

「ほう、聞かせて欲しいものですね。私、その時代は一緒に働いたことがないもので」

「今回と一緒ですよ」

山添はいった。「ドミナント方式の名の下に、既存店、それも優良店の商圏にどんどん出店する。それも、直営店をです。当たり前ですよね。すぐ近所に店があるんじゃ、フランチャイズに加盟しようなんてオーナーがいるわけありませんからね。結果、既存店の収益は悪化するばかり。やがて、体力に劣《おと》るフランチャイズ店の経営は行き詰《づ》まり、閉店せざるを得なくなる。そうなればしめたもの。直営店の売り上げは劇的に向上し――」

「誰に聞いたものかは分かりませんが、それおかしくないですか？」

白々《しらじら》しくも床波は首を傾《かし》げ、疑念を呈する。「フランチャイズ店が潰れたら、ドミナント方式の効果が薄れてしまうじゃないですか。第一、コンビニは必要な時にそこにある。密度が大切なんです。フランチャイズ店だろうと直営店だろうと、潰れてしまったら空白が生まれる。それじゃあ、競合他社に付け入る隙《すき》を与えるようなものじゃないですか」

「極端な例では既存店の通りを挟んだ真ん前に、店を出すこともあると聞きました。それなら、空白も何もあったもんじゃないでしょう」

山添は声を荒らげた。「フランチャイズ店を閉店に追い込めば、ロイヤリティーどころか、オーナーさんの利益分がそのまま本部の利益になる。人件費だって、本部の人間、それも入社早々の若手を実店舗研修と称して送り込むこともできれば、コストパフォーマンスの落ちた中高年社員を働かせて、プライドをずたずたにした挙句、激務に耐えられない彼らを退職に追い込むことだってできる。つまり、リストラの手段にも使えるってわけだ」

「新入社員を実店舗で働かせているのは、イカリ屋だって同じじゃないですか。それも、直営店の人件費を抑えるためでしょ？」

「それは否定しません。ですがね、床波さん。イカリ屋は、フランチャイズ店をその地域のアンテナショップ代わりに使ったことは一度もありませんよ」

「アンテナショップ?」

「フランチャイジーの資金で店を出させて、売り上げが好調なら、近場に直営店を出して廃業に追い込む。実った果実をそっくりそのままいただくってんですから、その通りじゃありませんか」

床波は、黙って山添の目を見据えると、

「仮にそうだとしても、間違ってますかね、それ」

静かにいった。

「間違ってって……それじゃオーナーのみなさんの生活が――」

「あのねえ、山添さん」

床波は、大げさにため息をつくと、「イカリ屋は一部上場企業なんですよ。株主から利益を出すことを求められ、常に厳しい目で監視されてるんです、慈善事業をやってるわけじゃないんですよ。あなた、それを分かっていてそんなことをいってるんですか?」

瞳に冷たい光を宿した。

一部上場企業、株主、利益――。

そこを突かれると返す言葉が見つからない。

少なくとも、この点においては床波の言葉に間違いはないからだ。

山添は思わず視線を逸《そ》らした。

床波は続ける。

「株主ってのは勝手なもんでしてね。彼らの関心は株を買った会社の業績が好調に推移し、株価がどれだけ上がるか、どれほどの配当が得られるか。その二点にしかないんです。会社の将来なんか、彼らにとってはどうでもいい話なんですよ。だってそうでしょう。業績に陰りが見えれば、さっさと株を売って、さようならすればいいだけなんですから」

それもまた、反論のしようがない厳然たる事実だ。

山添は、奥歯を嚙《か》みしめながらテーブルの一点を見つめ、押し黙るしかない。

「もちろんあなたのいうことは分からないでもありませんよ」

頭上から床波の声が聞こえた。「イカリ屋の成長はフランチャイズ制を取り入れずしては果たせなかったってのはおっしゃる通りだ。ですがね、いままで通りの経営をやってたんじゃ、イカリ屋の業績は伸びることはない。いずれ行き詰まるのは目に見えてるんです。それは、株主から会社が見放されるってことなんですよ。それが、何を意味するかは明らかじゃないですか」

株主に見放されれば、会社は立ち行かなくなる。

それは、お前たち社員が職を失うということだ、と床波はいっているのだ。

「だから、海外事業への進出を提案したわけで……」

山添は顔を上げると必死の弁明を試みた。

しかし、床波はふんと鼻を鳴らすと、

「そりゃあ、海外事業が伸びればイカリ屋の業績は間違いなく向上します。でもね、だからといって国内事業をそのままにしておいていいって論は成り立ちませんね。国内は国内で、確実に収益が上がるようにしなければならないことに違いはないんです。それが経営ってもんじゃないですか」

きっぱりといい放った。

「しかし――」

反射的にそうはいったものの、言葉が続かない。

それもまた間違ってはいないだけに、反論の言葉が浮かんではこないからだ。

「しかし、なんです？　対案があるのなら、聞かせてくださいよ」

床波は顎を上げ促してくると、こたえに窮《きゅう》した山添に向かって、「気がすすまない、やりたくないとおっしゃるならそれでもいいんですよ。前にもいいましたよね。新しいバスの発車時刻は決まってる。このバスに乗りたいならチケットを買ってください。乗りたくなければ買わなくても構いませんって。もうバスは動きはじめてますが、行き先を間違えたとおっしゃるなら、いつでも降りていただいて構いません。ただし、飛び降りになりますがね」

相葉、そして彼が連れてきた人間たちに会社の中枢《ちゅうすう》を握られてしまったいま、一介《いっかい》の室長ごときが反旗を翻《ひるがえ》せば、どんな沙汰《さた》が下されるかは明白だ。

もはや、経営企画室などあって無きがもの。他部署に飛ばす、いや、まだそれならいい方で、直営店の店長を命ぜられることだって十分に考えられる。

ちくしょう！　なんでこんなことになっちまったんだ――。

　義は絶対にこっちにあるのに、逆らえば首が危ない。それじゃ、俺の人生が、家族の生活が滅茶滅茶になっちまう——。

山添は、イカリ屋に入社して以来、サラリーマンの悲哀をはじめて思い知った。そして、安川をはじめとするオーナーたちの顔が脳裏《のうり》に浮かぶと、いつの間にか己《おのれ》の事情と、彼らがこれから直面することになる現実とを天秤《てんびん》にかけている自分に気がつき、忸怩《じくじ》たる思いを抱《いだ》いた。

「まあ、よく考えるんですね」

床波はテーブルの上に置いたペーパーをそのままにすると立ち上がった。「あなたが、やりたくないとおっしゃるなら別の人間にやらせるだけの話です。余人を以《もっ》て代えがたいなんて仕事は存在しない。それが、会社ってところなんですから」

4

「タイムズスクエアの近くか。第一号店は絶対にここだ。さすがに四葉だね。よくこんな物件を見つけてきたな」

安住が提示してきた物件リストに目を通した相葉は思わず唸《うな》った。

タイムズスクエアはマンハッタンの中心で、ミュージカルの聖地、ブロードウェイに面しているだけあって、ニューヨークの中でも最も賑《にぎ》わうエリアのひとつだ。

「水を差すようで申し訳ないが、問題は収益性だな」

安住が醒《さ》めた口調で疑念を呈してきた。「飲食店をやるには絶好のロケーションだが、その分だけ家賃は高い。アメリカじゃ日本式のカレーは珍しいといっても、所詮《しょせん》ファストフードだからな。いくらで売るつもりか知らんが、十ドルがせいぜいってところだろ？それでやっていけるのか？」

「第一号店の収益性は度外視してもいいさ。まずは、カレーの味を覚えてもらうのが先決だ。アンテナショップと考えれば安い投資じゃないか」

「しかし、タイムズスクエアは人が集まる場所には違いないが、観光客が占《し》める割合が圧倒的に多いんだぜ。味を覚えてもらっても一度きり。リピーターを獲得するなら——」

そんなことは分かっている。

「それのどこが悪いんだ？」

相葉は思わず失笑を漏らしながら訊ね返した。「まずはアメリカ、いずれ世界に打って出ようってんだぜ。ニューヨークで食べたイカリ屋のカレーが忘れられない。そう思ってくれたなら、潜在的な市場が日々拡大していくってことになるだろ」

「同感ですね」

同席していた矢吹が言葉を継ぐ。「観光客といっても、全米各地からのおのぼりさんもいれば、世界各国からもと、バラエティに富んでいるのがニューヨークの特徴です。加えて出張で訪れるビジネスパーソンも東京の比ではありません。社長がおっしゃるようにアンテナショップと考えれば、最高のロケーションですよ。多少の赤が出たって、広告費と割り切れば安いものです」

基本的に一号店のメニューは、日本の店舗と同じものを揃えることが決定しており、当面は半完成品を船便で送ることになる。食材の検疫《けんえき》、ストック施設の確保、店舗への輸送、そして一号店の場所と、やらなければならない仕事は山ほどある。

その準備を整えるべく、四葉アメリカとの調整に当たっているのは矢吹である。彼のニューヨークへの出張は、このふた月の間にすでに三度を数えるまでになっていた。

「それに、タイムズスクエアは、ニューヨーカーの耳目《じもく》を惹《ひ》くって点でも悪い場所じゃありませんからね」

矢吹は続けた。「あの界隈《かいわい》は一見《いちげん》さん相手に、ここぞとばかりにぼったくろう、インチキしようって店が犇《ひし》めいてるんです。そんな場所で、安心して入れる、しかも美味《うま》い上に価格もリーズナブルとなれば、そりゃあ評判になりますよ。そうなれば、二号店、三号店の成功は約束されたも同然です。儲けはそれからじっくり回収する。急がば回れってやつですよ」

「インチキっていやあ、君もビジネススクールにいた時に痛い目に遭ったんだったな」

相葉は目元を緩《ゆる》ませながら、矢吹に目をやった。「アメリカでしか売ってないサングラスを友達に頼まれて値切りに値切ってまとめ買いしたはいいが、家に帰って蓋《ふた》を開けてびっくり。全然違うものが入ってた。交換しろと迫ったら、定価の料金を払わないと応じられないっていわれたんだろ」

「あれは、留学していた時分の最大の屈辱《くつじょく》ですよ」

矢吹は不愉快そうに顔を歪ませ、心底悔しげな表情を浮かべる。「定価百三十ドルのサングラスを値切りに値切って百ドル。それを十個ですからね。アパートに帰って箱を開けてみたからよかったものの、観光客なら帰国するまで中身をまず見ませんからね。泣き寝入りですよ。ほんと、全く油断も隙もあったもんじゃない場所なんですよ、タイムズスクエアってとこは」

「実際、タイムズスクエアには、日本人がやってる居酒屋があってな。こいつがニューヨーカーに大人気なんだ。我々日本から行った人間からすると、ただの居酒屋なんだが、ぼらない、サービスはいい、気持ちよく時間を過ごせる店だってんで、いまじゃタイムズスクエアのオアシスと呼ばれてんだ」

相葉はそこで一旦言葉を区切ると、「ファストフードには違いないが、カレーはイートイン。はじめて口にする人間も多いだろうし、料金はメニューに明示されている。安心して食事を摂《と》れる上に、美味い、早い、接客も申し分ないとなりゃ、大評判になるのは間違いないね」

断言した。

「大丈夫なのか？」

ところが安住は、またしても疑念を呈する。

「大丈夫って何が？」

相葉は問い返した。

「店員は現地の人間を使うんだろ。それも、時給なんぼのパート社員に日本レベルの接客なんか期待できるのか？」

そんなことは分かっている。

「スマイル0円」とメニューに掲《かか》げ、時給制で働く店員が、最高の笑みを浮かべながら注文の品を客に差し出すのは、世界広しといえども日本ぐらいのものだ。もちろん、アメリカでも丁重《ていちょう》な接遇に出合える店もないわけではないが、それは高額なチップがもらえる高級店に限られる。ファストフードといっても、イートインとなればチップを置くのは礼儀だが、額は格段に下がる。時給制で働くアメリカ人労働者に、日本レベルの接客など期待できるはずはないのは端から承知だ。しかし、相葉はそれでも構わないと考えていた。

なぜなら、ファストフード店にやってくる客が、最高級の接客など期待しているわけがないからだ。つまり、アメリカでの事業展開の成否を握るのは、カレーという商品そのものにあるのであって、サービスはアメリカのスタンダードレベルが維持できれば十分なのだ。

そんな相葉の考えは、すでに矢吹も承知している。

「まっ、その辺は社員教育の問題だ。どうやって、周知徹底させるかは、彼の腕の見せ所ってやつだな」

相葉は、そういいながら矢吹に視線を向けた。

「ご期待にこたえられるよう、全力で取り組みます」

安住は、ふたりのやりとりを見ながら小さく眉をあげると、

「店の運営に関しては、俺がとやかくいう筋合いじゃないんだが、ちょっと気になったもんでな——」

改まった口調で話題を変えてきた。「ところで、今日はひとつ相談があってな」

「相談？」

「業務委託契約を結ばせて欲しい」

「業務委託契約？　なんだそれ」

「四葉アメリカが動きはじめてすでにふた月が経つ。今回の案件を担当している荒川は本来別の仕事を持ってるんだが、イカリ屋の件にかかりっきりになっていてな。本業に手が回らない状態になっているんだ」

「それで？」

「増員をしようにも、ビザの取得にはそれなりの時間がかかるし、駐在員を置くとなれば、馬鹿にならない経費がかかる。当面、現地の人員でやりくりするしかないんだが、全てうちの持ち出しってのは、さすがにな――」

安住は語尾を濁しながら茶碗に手を伸ばす。

「しかるべきカネを払えってのか？」

「分かるだろ？」

安住は茶に口をつけると続けた。「事業部は独立採算。年度目標を達成するのは至上命令だ。営業マンはもれなく厳しいノルマを抱えてんだ。本業に全く手がつかない人間を抱えりゃ一大事だ。しかも本社ならまだしも、場所はニューヨーク。駐在員の人件費が最も高くつく都市だ。誰かに荒川の仕事をカバーさせようにも、人手がないんだよ」

古巣の仕組みは改めて説明を受けるまでもなく、重々承知している。

確かに、駐在員の人件費は高額だ。本俸《ほんぽう》に加えて海外勤務手当に居住費、乗用車代、子供がいれば学費も会社持ちなら、年に一度の家族の帰国はビジネスクラスだ。そんな厚遇が許されるのも、ビジネスで上がる利益が経費をはるかに凌《しの》いでいればこそ。あるいは、現時点では利益を生まずとも、やがて大きなビジネスになる。つまり、先行投資と割り切れる飯の種を抱えていればこそだ。

「四葉はうちの海外展開が頓挫《とんざ》するとでも思ってんのか？」

この時点で経費云々《うんぬん》をいい出すからには、それ以外に考えられない。

相葉は眉を吊《つ》り上げた。

「そうじゃない」

「だったらなんだってんだ。でかいビジネスになる、そう考えてんなら——」

「いったい、ニューヨークの連中がいくらのビジネスを手掛けてると思ってんだ？」

安住は相葉の言葉を途中で遮ると、断固とした口調でいった。「肉、果物、穀物、加工食品に冷凍食品、北米産のありとあらゆる食料を扱ってんだぞ。その額たるや——」

「そんなこたあ分かってる」

今度は相葉が安住の言葉を遮った。「だがな、その一方で新しい飯の種を常に探してんのが商社マンじゃねえか。今回は、うちの方からその新しい飯の種が労せずして転がりこんできたんだ。こんなありがたい話は、そうあるもんじゃないだろ？」

新規事業を手がけるにあたっては、多額の先行投資が必要になる。まして、初の海外進出となればなおさらだ。

当然、いかにしてその経費を抑えるかが経営者の腕の見せ所ということになるのだが、その方法のひとつに、所謂《いわゆる》『業者』を徹底的にタダで使うという手がある。

通常この手のプロジェクトに取り掛かる際には、市場調査、投資額の算出、採算性と様々な要因を自社内で分析し、実現可能性を分析、検討する「フィージビリティ・スタディ」を行い、その結果やる意味があると判断されてはじめて実施に向けて動き出す。

もちろん、この段階で取りやめになるプロジェクトもあるのだが、それではその間に費《つい》やした経費は全て無駄になる。だが、早い段階から業者を巻き込み、プロジェクトのメンバーに加えてしまうと話は違ってくる。

新規事業の規模が大きければ大きいほど、業者は絶対にこのビジネスをものにしようと必死になる。そうなればしめたもの。データの分析、市場調査、投資額の算出と、ほとんどの仕事をこちらが命ずるままに行うようになる。結果、実施段階までのコストは業者側の負担となり、経費は大幅に削減できるというわけだ。

もっとも、今回の場合、アメリカ進出は安住に持ちかける前に、既に決定していた事業であり、フィージビリティ・スタディに割《さ》く労力は大幅に軽減されてはいたが、それでも店舗探し、工場用地、建設業者の選定と、これからやらねばならない仕事は山ほどある。四葉に合弁会社の設立を持ちかけたのは、それらにまつわるコストを削減するのも狙いのひとつであったのだが、同意以前に、現時点でのコスト負担を要求してくるとは、やはり四葉は並みの会社ではない。こちらの魂胆を見抜いている証《あかし》である。

「なあ、安住」

相葉は改めて名を呼んだ。「本来この手の事業をやる時は、競合相手を何社か呼んで条件を競《きそ》わせるのが当たり前なんだぜ。今回四葉にしか声をかけなかったのは、古巣のよしみ、同期のよしみであればこそだ。イカリ屋の事業が全米、やがて世界へと拡大していくと踏んでるなら、アメリカでの事業が軌道《きどう》に乗るまでのコストなんて、たいしたもんじゃねえだろが。四葉は商社だろ？　いつからコンサルティング会社のようなことをいうようになったんだ？」

苦い顔をして黙った安住に、

「もっとも、コストを負担しろっていうならしたっていいんだぜ」

相葉はさらに追い討ちをかけた。「ただし、コンサルタント料としてな。それが何を意味するか分かるよな？　事業が軌道に乗った暁《あかつき》には、アメリカに立ち上げる現地法人、食材の調達、店舗運営も含めて一切合切《いっさいがっさい》、パートナー選びは一から見直すってことだ」

「それはないだろ」

　安住は顔を強張らせる。「ここまで話が進んで改めてビッドをやるなんて、商道徳にもとる行為じゃないか」

　何を甘っちょろいこといってんだ。

　そう返したくなるのをこらえて、

「お前、どうかしてんじゃねえのか？　準備期間と実施段階は別物。改めてビッドをやるのは、外資じゃ当たり前なんだぞ。第一、現段階でのコスト云々なんて外資そのものの流儀を持ち出したのはお前じゃないか。だったらこっちだってその流儀でやるしかないだろが」

　相葉はいった。

　安住は、ぐうの音《ね》もでないとばかりに苦虫を噛み潰したかのように、口をへの字に閉じて押し黙る。

「そんなことより、合弁会社の件はどうなってんだ」

　相葉は、言葉に勢いをつけた。「やるのか、やらねえのか、どっちなんだ。業務委託契約なんてまどろっこしいことをしなくても、合弁で現法を立ち上げりゃ、それこそ一蓮托《いちれんたく》生《しょう》の仲だ。四葉とうちは切っても切れねえ関係になんだろが。いつになったら、結論が出るんだよ」

「だから、それは——」

四葉の社風は先刻承知だ。

おそらく、四葉は一号店の状況を見てからでも、現地法人への出資は遅くないと考えているに違いない。実際、工場を新設し、配送網を整えていくのは、それからだし、本格的な資金需要が発生するのもまだ先の話だ。

だが、相葉はイカリ屋の経営を担《にな》うのも、今回の計画に確実に目処《めど》がついた時点までと考えていた。

アメリカでの事業が順調に立ち上がったら、事業を後押しするのは、大商社の四葉。衰退していくのが明白な国内から、世界という途方もない市場へ進出する確固たる体制が確立されたとなれば株価は跳《は》ね上がる。株価は経営者の通信簿。それすなわち、経営者としての能力が証明されるということだ。当然、破格の待遇で経営を任せたいという会社が必ず現れる。

それが、プロ経営者の生き方だ。

だから、四葉の決断の遅さが相葉には歯痒《はがゆ》くてならない。

「俺は、外資の流儀を徹底的にビジネスに持ち込むつもりはない」

相葉はいった。「むしろ、今回の話は日本の流儀でやろう、そう考えている。お前に真っ先に話を持ちかけたのはその表れだが、日本の流儀でやるからには、パートナーには応分のリスクを負ってもらうことを要求する。あくまでも、四葉はリスクを取らないっていうなら、パートナーを改めて考えるしかないが、お前、それでもいいのか？」

同意するわけがない。

相葉はニヤリと笑うと、困惑する安住を睨みつけた。

5

「はあ〜っ」

手にしていた鞄《かばん》をデスクの上に置いた山添は、どさりと椅子に腰を下ろすと、天井を見上げ深いため息を漏らした。

「どうでした、安川さん――」

そう訊ねる堂上の声は暗い。

「どうもこうもねえよ。駅の反対側だと思っていたのがあんな近くに店を出すっていわれたら、激怒するに決まってんだろ」

「ですよねえ……」

堂上もまた、深い息を吐きながら悄然《しょうぜん》と肩を落とす。「こっちも同じです。出店計画を告げた瞬間、罵声《ばせい》の嵐です。お前ら、俺を殺す気かって、殴《なぐ》りかからんばかりの勢いで

――」

「当たり前だ」

山添は吐き捨てた。「繁盛店のすぐ近くに直営店を出すなんて、どう考えたって既存店を潰すのが目的だってことは見え見えだ。いくら繁盛店だって、売り上げが激減すればいつまで保《も》つかは時間の問題。体力勝負となれば、資金力に勝《まさ》る方が勝つに決まってる。それこそ、生きるか死ぬかの大問題だ。まして、他社の店が出てくるってんならともかく直営店だぞ。味方の弾《たま》が後ろから飛んできたも同然だ」

「こんなことやってたら、それこそオーナーさんがみんな離れていきますよ。今度の総会は大変なことになるんじゃないですかね。それこそ、オーナーさんの決起集会になるんじゃ――」

堂上は暗澹《あんたん》たる表情を浮かべ、語尾を濁す。

イカリ屋では、年に一度全国のフランチャイジーを集めての総会が開かれる。

会場は東京のホテルで、社長から業績報告、今後のマーケティングプランが話され、それが終わると懇親《こんしん》会となる。会場には、各地域を統轄するマネージャー、店舗担当者が顔を揃え、本部が用意した豪華景品を巡ってのビンゴゲームや優良店の表彰と、和《なご》やかな雰囲気の中で一宵《いっしょう》を過ごす。

特に、優良店の表彰にあたっては、オーナーからひと言もらうのが慣例となっており、そのことごとくが直営店進出の危機に直面するのだから、堂上の懸念はもっともではある。

しかし、それも当たり前に考えればだ。

「決起集会になって、オーナーさんが一斉に反旗を翻したところで、相葉さんの方針が変わるとは思えんがな」

そう漏らした山添に、

「どうしてです？」

堂上は怪訝《けげん》な表情を浮かべ、問い返してきた。

「反旗を翻してどうすんだ？　脱退すりゃあ、それこそ飯の食い上げだ。日銭商売じゃストを打つわけにはいかねえし、何が変わるってもんじゃないだろ？」

「そうですかね」

堂上は、むきになって反論する。「総会の場がそんなことになろうものなら、間違いなく相葉さんは吊るし上げられる。それに、脱退すれば飯の食い上げっていいますけど、フランチャイズ制を取り入れてるカレーショップチェーンは、他にもあるんです。そっちへ乗り換えるって手だって――」

堂上がオーナーたちの決起を期待しているのは明らかだ。

相葉の思惑をなんとしてでも阻止したい。その気持ちは、痛いほどよく分かる。だが、他のカレーショップチェーンに乗り換えるのも、現実的にはかなり厳しい。

「まずSランク、次にAランクの店の商圏を直営店のものにするってのが相葉さんの目論《もくろ》見《み》だ。長くそのランクに該当し続けてる店のオーナーなら、それも可能かもしれないが、Bランク、ましてCランクの店に他社のフランチャイズに乗り換えるだけの資金的余裕なんかあるかよ。第一、他社に鞍《くら》替《が》えしたところで、同じ場所で商売を続けるのなら、イカリ屋の直営店と客の奪い合いになるんだぞ。それでいままで通りの売り上げを維持することができんのかよ。体力勝負になったら、どっちが勝つかは目にみえてんだろが」

堂上は、心底悔しそうな顔をしながら、ぎゅっと歯を食いしばって沈黙する。

「そんなこたあ先刻お見通しだ。そうじゃなかったら、こんな強引な手を使うもんか」

相葉の目論見が透けて見えるだけに、唯々諾々《いいだくだく》と命《めい》に従うだけしかない己が心底情けない。

山添もまた、固く奥歯を嚙むと鞄を床の上に乱暴に置いた。

「あの人、経営ってもんをどう考えてるんでしょうね」

声を震わせる堂上に、山添は視線を上げた。

堂上は続ける。

「そりゃあ、経営者の使命が会社の業績を向上させることにあるってのは分かります。だけど、それだけじゃないと思うんです。フランチャイジーの方々だって、ある意味社員じゃないですか。社員の生活を護《まも》るのも、経営者の務めのはずです。用済みになったら切り捨てるなんてことをやってたら、誰も安心して働けないし、万一の時に備《そな》えておカネを使うことをセーブする。そんな風潮が蔓延《まんえん》したら、誰もおカネを使わなくなる。それじゃ、社会、経済が回らなくなってしまうじゃないですか」

全くの正論である。

相葉の経営手法は、外資、それもアメリカ企業では当たり前なのかもしれないが、グローバリゼーションが進んだいまの時代においても、やはり国情の違いというものがある。

外資ではある日突然、解雇通告がなされ、その場から即座に立ち去ることを強《し》いられるというのはよく聞く話だが、そんなやり方が通用するのも、社会に雇用の流動性という概念が根付いているからだ。

だから、従業員も常によりよい職場、より高い報酬《ほうしゅう》を求めて、転職することを厭《いと》わない。突然の解雇通知も当たり前だと考える。

しかし、日本は違うのだ。

確かに転職をする人間も増えてはいるが、その多数は、自ら進んで会社を去るのではない。激烈な出世競争に敗れ、あるいはリストラに遭いと、しかたなく職を転じるのだ。そして、一度そんな境遇《きょうぐう》に陥ろうものなら、雇用の流動性が確立されていない社会では、前職と同等どころか、正社員の職を得ることすら難しくなる。当然、収入は激減し、消費力が落ちる。それが一向に改善する兆《きざ》しの見えないデフレの一因であることに間違いない。

雇用の流動性が確立していないところに、外資の流儀を持ち込む企業が増えた結果が、いまの日本なのだ。

「なんでもかんでも、外資の流儀が正しいってわけじゃありませんよ。こんなことやってたら、不幸になる人を増やすだけです。経営者として、会社のありかたとして、間違ってますよ」

血を吐くような堂上の言葉に、山添の脳裏に安川との会話が浮かんだ。

「山添さん、いくらなんでもそれはないでしょう。直営店は駅の反対側に出すっておっしゃったじゃないですか。たった百メートルしか離れていない、それも駅の間近にって、そんなことやられたら、うちはもちませんよ。店を畳《たた》めっていってるも同然じゃないですか」

穏《おだ》やかな安川が、これほど怒りの色を露《あら》わにするのははじめて見た。

青ざめた顔面は強張り、唇をわなわなと震わせ、声を荒らげる。

「そういうことではないのです。ただ——」

しかし、それ以上言葉が続かない。

山添は、怒りの色を露わにする安川の眼光から逃れるように視線を落とした。

「ただ、なんです？　そうじゃないっていうならいってみなさいよ」

頭上から安川の声が聞こえた。「山添さん、私にもう一軒店をやらないかって持ちかけた時、売り上げが倍になるっていいましたよね。確かにうちの店は繁盛している。このエリアにはまだ開発の余地がある市場が残されてもいるでしょう。駅の反対側に店を出せば、売り上げも倍になるというのもその通りかもしれません。だけど、こんな近くに店を出されたら、客の食い合いになるだけじゃないですか。それで、どうして売り上げが倍になるんですか」

返す言葉がない。

山添は唇を噛み、膝《ひざ》の上に置いた拳《こぶし》を握りしめた。

「最初からうちを潰すつもりだったんですね」

安川が荒い息を吐きながら、声を押し殺す。「業績好調のフランチャイズ店を潰して直営店にすれば、本部の収益は上がりますもんね。開店資金はオーナーの負担だし、フランチャイズ店が潰れたところで本部は痛くも痒くもない。樹を育てるだけ育てさせて、果実がたわわに実ったのを確かめて、この土地はフランチャイズにはもったいない。引っこ抜いて自分たちの樹を植えるってわけだ。世間じゃそれを泥棒っていうんですよ」

「ですが安川さん。私どもは、最初に複数店舗の経営をご提案していたわけでして――」

反論にならないことは分かっていたが、そうでもいわなければ、安川の推測を認めたことになる。

萎《な》えそうになる気力を振り絞って顔を上げた山添に向かって、

「サラリーマンってのは悲しいもんですよね」

憐《あわ》れむような口調でいった。「分かりますよ。私も長いことサラリーマンをやってたんですから。上からの命令には逆らえない。極悪非道、人の道に外れた行為でも、法に触れない限りは実行せざるを得ない。拒《こば》もうものならバッテンがつく。それどころか、首が飛ぶかもしれないんだ。実際、私だって長年つきあってきた取引先が、経営不振に陥れば、『鬼』と呼ばれながらも債権回収に当たりましたからね。そんな修羅場《しゅらば》を幾度となく経験したんですから」

惨《みじ》めだった。

会社は階級社会だ。仕事は上司から与えられるもので、命を受けたら拒むことはできない。上司が満足する結果を出せなければ、昇進はおろか会社にいることさえ許されなくなることすらある。かつて床波は、「余人を以て代えがたいなんて仕事は存在しない。それが、会社ってところなんですから」といったが、それは本当のことだ。やれないなら、やれる人間に任せる。会社が決めた方針に抗《あらが》うことはできない。それがサラリーマン社会なのだ。

「でもね、山添さん」

安川は続ける。「私は、前の会社をリストラされて、この店に全財産と将来を懸けたんです。いや、私だけじゃない。フランチャイジーのほとんどが脱サラしてイカリ屋に全てを懸けたんだ。オーナーの経営に問題があって、上げられるはずの利益を逃している。業績が不振で、これ以上店を続けるのは困難だ。このあたりが引き際だ。だから手を引けってんならまだ納得もいきます。だけど、あなたたちのやろうとしていることはそうじゃない。優良店を無理やり潰すってことじゃないか。イカリ屋は、いつからコンビニもどきの酷い手口を使うようになったんだ」

ぎくりとした。

これは、かつて相葉が社長をやっていたコンビニの経営手法を踏襲したものなんだ。

そのコンビニを経営していたのが相葉なんだ。

そう山添は返したくなったが、それでは端《はな》から狙いがフランチャイズ店の直営店化にあることを認めたことになる。

山添は、再び視線を落とすと、その場で固まった。

暫《しば》しの沈黙があった。

「帰れ――」

突然、押し殺した安川の声が聞こえた。「帰ってくれ！　イカリ屋がそんな手段を取ってくるのなら、こっちにも考えがある。私にだって、意地ってもんがある。家族の生活がかかってんだ。絶対に泣き寝入りなんかしないからな」

安川は「考えがある」といった。それがどんなものかは分からないが、相葉たちの目論見を阻止することができるなら、是非《ぜひ》やってくれと願っている自分に気がつくと、山添はそうした行動を起こせない己がますます情けなくなった。

「そういえば、室長。今朝の経済紙読みました？」

堂上の言葉で我に返った山添は、

「お前、よくそんな余裕あったな。俺は安川さんのことで頭がいっぱいで、新聞なんか読む気にはなれなかったよ」

少し呆《あき》れた声でいった。

堂上は、床に置いた鞄を開けると、

「これ、相葉さんが社長やってた会社ですよね」

新聞を広げ、ひとつの記事を指で指した。「大変なことになってるみたいですよ。業績が急激に悪化して、対前年度比三十パーセント以上の売り上げ減だと——」

「三十パーセント？」

山添は声を裏返させると、堂上の手から新聞をひったくった。

見出しに書かれたハンバーガーチェーンの社名は、間違いなく相葉が社長を務めていたものだ。

記事に目を走らせた途端、

「三十パーセントの売り上げ減だなんて異常ですよ。その記事は、業績を短く報じているだけですが、別の面に特集記事が載ってまして、そこには不振にいたるまでの背景が分析されてるんです」

堂上はいう。

「それ、どこだ?」

「ここです」

堂上は、新聞を手に取ると別のページを広げた。

紙面の四分の一ほどの大きなスペースが割かれた記事を、山添は貪《むさぼ》るように読むと、

「なんてこった——。急激な業績の悪化は、相葉さんが強引に推《お》し進めた経営改革のつけが回ってきた結果じゃないか」

思わず漏らした。

「徹底的なコスト削減による廉価《れんか》販売。確かに、消費者にはウケるでしょうけど、だからってハンバーガーを毎日食べる人はいませんからね。値下げをした当初は客が押し寄せるでしょうが、価格を据え置いたままにすれば、それが当たり前になる。つまり、値下げの

効果はなくなってしまうわけですから、客足は元に戻る。かといって価格を元に戻せば、消費者には値上げと映る。客が寄り付かなくなってしまったわけです」

「それもだが、フランチャイズ店と直営店の見直し。正社員にフランチャイズ店を売却して直営店を減らすって手口は、方法は反対だけど、あの人がいまうちでやろうとしていることと本質的には同じじゃないか」

「そうなんです」

堂上は頷いた。「社員にフランチャイズ店を売却すれば、会社にはキャッシュが入る。しかも経営権を買う社員の原資は退職金でしょうから、それだけじゃ足りません。不足分は貯蓄、あるいは銀行からの借金となるわけですから、結果的に会社には退職金以上のおカネが入るし、オーナーになった社員の人件費はゼロになる。そこに販売価格の引き下げによる売り上げ向上分が加わるんですから、そりゃあ会社の業績は目に見えて向上しますよ」

まさに、悪魔的手法以外の何物でもない。

その計算し尽《つ》くされた経営手法に、

「銀行どころか、会社が資金を貸してんじゃねえのか。ほら、コンビニで使った手口だよ。そうなりゃ、退職金を回収するどころか、会社は一定期間、継続的に金利収入を得られるじゃないか」

山添は背筋に戦慄《せんりつ》が走るのを覚えながらいった。

「あっ、そうか」

堂上も顔色を変える。

「だが、その効果も長くは続かなかったわけだ」

その理由は記事に詳しく書いてある。「客が引き下げた値段になれたこともあるが、もっと深刻なのは、フランチャイズ店が激増したために、本部の指示が完全に実行されない。店の事情によって、オーナーが独自の経営手法を取りはじめたことにもあるって書いてあるが、当たり前だ。フランチャイズビジネスの肝《きも》は業務のマニュアル化だ。実店舗の足並みが乱れたら、ビジネスモデルが根底から崩壊してしまうからな」

実際、フランチャイズビジネスで、最も難しいのがマニュアルの変更である。

チェーン店はどこの店に入っても、値段、サービス、味は変わらない。だから、客も安心してやってくる。ところが、マニュアルを変更するとなると、真っ先に異を唱えるのがオーナー、それも業績好調な店舗のオーナーなのだ。それも当たり前の話で、十分な収益が上がっているのに、どうして運営形態を変える必要があるのかと考えるからだ。

まして、直営店を社員に売却したというのだから、オーナーはハンバーガービジネスを熟知している人間ばかりだ。そんな人間たちが一国一城の主になれば、本社の指示を無視して自分のやり方を貫《つらぬ》こうとするに決まっている。

「ひょっとして相葉さんは、こうなることを見越してたんじゃないでしょうか」

　堂上は悔しそうにいう。「業績の向上は長くは続かない。かといって、フランチャイズ店を直営店に戻すわけにもいかない。会社の業績が、いずれ悪化に転ずることを――」

「だとすれば、うちの会社の社長へってお誘いは、渡りに船ってやつだったわけだ」

　国内でこそイカリ屋は広く知られてはいるが、国際的な知名度、規模では足元にも及ばない。謂《い》わば格落ちともいえる企業の経営者に、なぜ相葉が就任したのか。その狙いが、いま読めた気がした。

「だから、今度は優良店を直営店に置き換えていくために、コンビニで培《つちか》った経営手法を持ち込みやがったんだ」

　山添は手にしていた新聞を机の上に叩きつけた。

「優良店が直営店に置き換わっていけば、会社の利益率は高まる。店長だって若手の正社員なら十分見合う。その一方で、海外事業が軌道に乗れば、プロ経営者としての相葉さんの評価はますます高まるでしょうからね」

「あいつの狙いはそれだ！　うちを踏み台にして、ステップアップを図るつもりでいやがんだ」

　山添は声を荒らげると、「許せねえ。絶対にそんなことはさせねえぞ」

声を震わせた。

「そんなことさせないって、どうやって」
堂上が目を丸くして訊ねてくる。
山添は言葉に詰まった。
そんな策があろうはずもないからだ。
食いしばった奥歯が、ぎりぎりと音を立てる。こめかみがひくつくのを感じながら、
畜生！　なんか手はないのか。どうにかしてあいつらを止めることはできないのかよ。
山添は、胸の中で悲痛な叫び声を上げた。

6

「ありがとうございました」

この日最後の客の背中に向かって頭をさげると、安川は調理場を出た。

一足早く帰り支度《じたく》を済ませたバイトたちが、「お疲れ様でした。お先に失礼します」

と、声をかけながら客の後に続いて店を出て行こうとする。

「あっ、お疲れ様でした」

ちょうどやってきた知美がすれ違いざまに挨拶《あいさつ》を交わすと、「お父さん、できたわよ」

バッグの中から、大ぶりの封筒を取り出した。

「ありがとう」

安川は、それを受け取りながらテーブル席に座ると、「お母さんの具合はどうだ」妻の寿鶴子の様子を訊ねた。

知美は、そっと視線を落としながら首を左右に振り、

「相変わらず、ずっと床《とこ》に就《つ》いたきり。食も進まないし、さっきようやく栄養ゼリーを口にしてくれたけど、このままじゃ本当に体壊しちゃう――」

沈んだ声でこたえた。

目と鼻の先。しかも駅の直近にイカリ屋の直営店ができる。

安川にとっても衝撃的、いやありえない話ではあったが、その事実を告げられた寿鶴子が受けたショックは尋常なものではなかった。

「ありえないでしょう、そんなこと。うちの店はどうなるの？」

顔面を蒼白《そうはく》にし、そういったきり、虚《うつ》ろな目をしてその場にへたり込んだ。

リストラの対象になったことを告げた時には、

「お父さん。あと、四年がんばりましょうよ。年金がもらえるまでにはまだ随分あるけど、いままでの蓄えと、退職金を大事に使えば、仮に収入が半分になっても、知美が大学を終えて社会人になれば、家計もずっと楽になるんだからなんとかなるわよ。私だって、パートに出るし」

と、前向きな言葉を口にし、努めて明るく振る舞った寿鶴子がである。

無理もない。

イカリ屋のフランチャイズ店をはじめるまでには、寿鶴子も一緒に何度も説明を受け、既存店でパートで働きと周到な準備を重ねた。その上でイカリ屋ならば間違いないとの確信を持ったからこそ、将来をこの商売に懸けようと決意したのだ。でなかったら、商売の経験もない、サラリーマンの妻に終始してきた寿鶴子が、蓄財、退職金の全てを開業資金に投じて、独立、開業の道を承諾することなど絶対になかっただろう。

まして、期待通り店は繁盛した。知美を大学にやることもできたし、一家三人が暮らしていくには十分な収入が得られるようにもなった。仕事にも慣れ、商売の面白さも分かってきた。何よりも家族が一緒に働ける城を持てた。定年もない。リストラされる心配もない。店に立てなくなるその日まで日銭が入る。その喜び。将来への不安が一掃《いっそう》された安堵《あんど》の気持ちは、自分以上のものがあったに違いない。

それが、全て水泡に帰そうとしている。しかも信頼していたイカリ屋に裏切られたのだ。

心が折れてしまうのも当たり前というものだ。

「すまなかったな。面倒なことさせてしまって」

安川は封筒に手を入れながらいった。

「大したことじゃないわ。イカリ屋のホームページを見れば、全国の店舗の所在地が出てるし、住所をエクセルに打ち込むだけの単純作業だもの」

封筒の中には、ふたつのクリアフォルダーが入っていた。

ひとつは、イカリ屋のフランチャイジーの住所がプリントされたシールの束《たば》、もうひとつは安川が書いた手紙である。

その文面を改めて確認しようと目を走らせた途端、

「お父さん――」

知美が呼びかけてきた。

視線を上げた安川に向かって知美は続けた。

「ふと思ったんだけど、手紙を出してオーナーさんたちの決起を促すよりも、一度弁護士さんに相談してみたら？」

「それも考えたんだけどさ、改めて契約書を読んでみたんだが、競合する商圏の出店に関する条項はどこにも書いてないんだよ」

「でも、どう考えたって商道徳上許されない行為じゃない。絶対に阻止する法律があるはずよ」

知美がそう考えるのも無理はないが、真っ先に弁護士に相談しなかったのには理由がある。

「それがな——」

安川は、小さく息を吐いた。「イカリ屋に加盟する前には、お母さんと一緒に、これからどうやって生計を立てていくか、何度も何度も話し合ったんだ。再就職ができたとしてもこんなご時世だ。収入は知れたもんだし、お父さんの年齢を考えれば、またいつリストラされるかも分からない。それで、定年のない仕事がいいんじゃないかってことになって、フランチャイズビジネスをいろいろ研究したんだよ」

知美は黙って話に聞き入っている。

安川は続けた。

「コンビニ、飲食、小売り、学習塾……ありとあらゆるものをね。その中で真っ先に候補から外したのがコンビニでさ」

「コンビニはどこにでもあるものね。それに、二十四時間営業で、ブラックの典型だっていわれてるし——」

「それもあるが、真っ先に外した理由は、繁盛しているフランチャイズ店のすぐ近くに直営店を出されて、廃業に追い込まれるってケースが頻発《ひんぱつ》してるって知ったからなんだ」

「それ、いまうちが直面しているのと同じじゃない」

「そうだ」

安川は頷いた。「お前は商道徳上許されない行為だ、阻止する法律があるはずだっていうけど、そんなものがあるのなら、コンビニを経営していて同じ目に遭った人たちがとっくに訴訟を起こしているに決まってるじゃないか。だけど、それを阻止できた、いや訴訟が起きたって例はまったくないんだ」

「じゃあ、みんな泣き寝入りしてるってわけ?」

「企業ってもんは、そうしたところにぬかりはないもんなんだよ」

安川はいった。「大企業には法務部って部署があってね。契約書の内容を事前に入念にチェックする。それも自分たちは不都合にならないように仕上げるのが仕事のひとつなら、揉《も》め事や訴訟も顧問弁護士と一緒になって対応するんだ。第一、企業相手に訴訟を起こせば大金が要《い》る。お父さんにはそんな資金はないし、判決が出るまでには長い時間がかかる。その間に店が潰れた挙句、敗訴なんてことになったら、それこそ泣きっ面《つら》に蜂ってもんじゃないか」

「それじゃ、弱者はいつまでたっても浮かばれないじゃない」

「だから、弱者の力を結集するしかないんだ。ミツバチだって、巣を襲うスズメバチに単体では勝負にならないけれど、集団で立ち向かえば勝つこともあるだろ。それと同じだよ。閉店に追い込まれたら、生活が成り立たなくなるのはみんな同じだ。これは、お父さんだけの問題じゃない。フランチャイジーみんなの問題なんだ。きっと立ち上がってくれるさ」

「お父さん――」

知美の眼差しに悲痛な表情が宿る。「気持ちは分かるけど、お父さんいまいったよね。法に触れない行為であることは、本部だって十分検証しているって。だったら、集団で交渉したところで、何の成果も得られないってことじゃないの？　みんなで一斉にイカリ屋から脱退するって手もあるけど、そんなことやったら困るのは本部だけじゃないわ。オーナーさんたちだって、その時点から収入の道が絶たれてしまうのよ。我慢比べに持ち込んだって、資金力のある方が勝つに決まってんだし、お父さんの思惑通りになるとは思えないわ」

知美の指摘はもっともである。

いま現在、同じ状況に直面しているオーナーは全国に何人もいるだろうが、本部は優良店舗を狙い撃ちしているだろうから、絶対数からいえばそれほど多くはないはずだ。平均モデル程度の売り上げのオーナーは、日々の経営で精一杯で、こんな手紙を受け取ったところで、困惑し不安を覚えはしても、決起するまでには至らない可能性は大だ。

「でもな、そうでもしない限り――」

「同じ手紙を出すなら、相手が違うんじゃない？」

知美は安川の言葉が終わらぬうちにいった。

「相手が違うって、誰に出せっていうんだ」

「篠原さんよ」

知美はいった。「開業一周年を迎えた記念日をちゃんと覚えていて、篠原さん、わざわざ花籠を持ってお祝いをいいに来てくださったじゃない。あれだけ、フランチャイジーのことを大事に思っている人が、本部がこんな悪辣《あくらつ》なやり方で、フランチャイジーから店を奪おうとしていると知ったら、絶対放置しておくわけがないと思うの」

「しかし、篠原さんは、経営の一切《いっさい》から身を引いたんだぞ」

「いまの社長に経営を任せたのは篠原さんでしょ?」

知美は即座に反論する。「だったら、篠原さんにも責任はあるわ。いや、こんなやり方は篠原さんの本意であるわけがないわよ。こんなはずじゃなかった。絶対に方針を改めるよう、アクションを起こしてくれるはずよ」

いわれてみればというやつだ。

篠原がなぜイカリ屋の経営を相葉に託《たく》したのか、その経緯は知る由《よし》もないが、後継者にふさわしいと判断したのは他でもない、創業者である篠原自身であったことは間違いない。

相葉が社長に就任すると同時に、篠原は引退する旨《むね》を記した挨拶状を送ってきたきり、一切イカリ屋の経営に関与している気配は窺えないが、創業者の意向は大きなものがあるはずだ。

「イカリ屋の店舗は全国に九百軒あるのよ。フランチャイズ店だって、何百って軒数になる。それをまとめて決起するなんて無理よ。それなら、篠原さんに——」

知美の言葉を聞くうちに、篠原の顔が脳裏に浮かびはじめる。

失業というどん底から、一念発起《いちねんほっき》してはじめたイカリ屋で大成功を収めたにもかかわらず、驕《おご》りたかぶることもなく、順調に一年を乗り切った自分の姿にかつての己の姿を重ね見たものか、目を細めた篠原。

そうだ、あの人なら分かってくれる。なんとかしてくれるに違いない。

安川は、手紙をテーブルの上に置くと、

「やってみようか。篠原さんに手紙を書くよ」

知美の目を見ながら、深く頷いた。

7

「小鉄、お友達もたくさんいるし、お父さん、お母さんが帰ってくるまで、先生のいうことをよく聞いて、いい子にしてるんだぞ」

クレートの中で、うずくまる小鉄に向かって篠原は優しくいい聞かせた。

愛犬のブルーがかった澄《す》んだ瞳が上目遣《うわめづか》いに篠原を見る。

クレートの格子扉《こうしとびら》にかけた篠原の指を、小鉄がちろりと舐《な》める。

「どこかにもらわれていくわけじゃなし、ひと月お預かりしていただくだけじゃない。もうその辺にしたら」

背後から窘《たしな》める千草の声が聞こえた。

「小鉄君、幸せですね。こんなに大事にしてもらえて」

玄関に立った若い女性のトレーナーが目を細めた。

「いつもは日帰りで、長いことお預けするのははじめてなもので……」

「大丈夫ですよ。小鉄君、いつもお友達と上手に遊んでいますから」

「ほんと、先が思いやられるわ。小鉄が先に逝《い》ってしまったら、どうなるのかしら、この人」

千草は呆れた口調でいう。「犬を飼うっていった時には反対したくせに、いまじゃどっぷりはまっちゃって――」

そこを突かれると返す言葉がない。

篠原は後ろ髪が引かれる思いを抱きながら、立ち上がると、

「じゃあ先生、よろしくお願いします」

軽く頭を下げた。

「お預かりしまあ〜す。小鉄君、行きましょうね」

トレーナーがクレートを引きずりながら、玄関のドアを開ける。

「さあ、私たちも出かけましょうか。そろそろタクシーが来る時間だわ」

千草が腕時計に目をやった。

「クルーズの前に、ひと月くらい海外旅行に出かけない？」といい出したのは千草である。

若い頃から働きづめで来たせいで、どうしても時間を持て余す。

朝夕の散歩の時間は長くなったといっても、それぞれ一時間半。夜もすることがないから床に就く時間も早くなる。毎朝六時に家を出て、八時前に朝食を済ませてしまうと、夕方までやることがない。

千草が誘ってくれた社交ダンスにしても、いざはじめてみると、高齢ということもあってか、どうしても体の動きがついていかない。「下手の横好き」という言葉があるが、それも些《いささ》かでもの進歩、あるいは自己満足が得られればの話だ。彼女のダンス仲間の視線を浴びながら、必死にステップを覚えようとするのだが、意識すればするほど動作はぎこちなくなる一方だ。

「どうも、社交ダンスは向いていないようだね」

かくして、諦めたはいいが、篠原にこれといった趣味はない。暇になったら読書に没頭《ぼっとう》したいと思ってはいたものの、いざ時間ができてみると、新聞をざっと読んだだけで目が疲れてしまう。悪いことに、それが老いを感じさせることにつながり、何かやらなければと焦《あせ》る気持ちが募《つの》り、気分は落ち込むだけとなるのだから始末におえない。

さすがに、千草もこれではまずいと思ったのだろう。そこで、今回の旅行を持ちかけてきたわけだ。

「なんか、気が進まないな」

篠原は軽く肩で息をした。「帰ってきても、しばらくすると今度は百日も家を空けることになるんだよ。ひと月預けるだけでもこんな寂しい思いをするってのに、そんな長い時間会えなくなったら、あいつ、俺の顔を忘れちまうんじゃないのかな」

「なあにいってんのよ」

千草は篠原の心配を一笑に付《ふ》す。「自分では気がつかないかもしれないけど、最近ちょっと鬱《うつ》入ってんじゃないの？　毎日部屋の中に閉じ籠《こ》もって、なにをするわけじゃなし。こんな生活を送っていたらボケちゃうわよ。そんなことになってみなさいよ。小鉄があなたを忘れるどころか、あなたが小鉄のことを忘れちゃうわよ」

「まさか……」

そうは返したものの、老いの兆候《ちょうこう》を自覚しているだけに、声に力がこもらない。

「小鉄はまだ三歳よ。こんな調子で暮らしていたら、十年後にはそうなるわよ」

千草は断言すると続けた。「それに、今度の総会だって、大垣さんがオーナーさんたちの前で、改めて挨拶したらどうだって誘ってくださったのに、あなたお断りしたんでしょ？」

「経営には一切口を出さない。それが相葉さんに会社を引き受けてもらう時の条件だったんだ。引退した俺が、いまさら総会に出れば、相葉さんだっていい気はしないよ」

もはや、自分の時代ではない。

イカリ屋のアメリカ進出を決めたからには、それに相応《ふさわ》しい経営者を迎えるべきだという自分の考えはいまも間違ってはいないと思う。

しかし、やはりこれまでの人生の大半をイカリ屋の経営に専念してきた身である。いざ引退してしまうと、現場への恋しさは、失《う》せるどころか日を追うごとに高まるばかりだ。

大垣の申し出を断った理由もそこにある。

苦楽を共にした社員たち、オーナーたちの顔を見れば血が騒ぐ。その後の会社のことが気にかかる。引っかかることがあろうものなら、口を挟みたくもなるだろう。復帰する気は全くないが、創業者の意見とあれば無視することもできない。それでは相葉が迷惑するだけだ。

「私もねえ、あなたが引退するって聞いた時には、潮時《しおどき》だとは思ったわ。だから、きれいさっぱり身を引くことに賛成したわけだけど、こんなに時間を持て余すんだったら、やっぱり顧問か相談役にでもなって、会社に籍を残してもらっておけばよかったかなって

「──」

「いまさら、そんなことといったってはじまらんだろ」

「だから、世界周遊を待たずにしばらく日本を離れてみたらどうかって考えたわけ」

千草は篠原の反応を見通していたかのようにいう。「行こうと思えば、いつでも行けるところに会社がある。だけど、行くに行けないんじゃストレスが溜《た》まるだけでしょ？　いまのあなたに必要なのは、物理的に会社と距離を置くことよ。ひと月も海外に出てしまえば、会社のことも気にならなくなるでしょうし、いまの生活を受け入れる気にもなるんじゃない？」

その通りかもしれないと篠原は思った。

引退後の生活になかなか馴染《なじ》めないでいるのは、頭のどこかに会社のことが常にあるからだ。つまり、未練というやつだ。だが、それも慣れというもので、気にしたところでどうにもならないという環境に身を置いてしまえばそれが日常となる。

それが千草の狙いであるのだが、頭では理解できても確証は持てない。

「たったひと月でそんな気持ちになるもんかなあ」

思わず漏らした篠原に向かって、

「なってもらわないと困るの」

千草はすかさず返してきた。「百日間もの間船旅に出ようっていうのよ。そりゃあ、その間に未練も断ち切れるでしょうけど、いっそうなるか気にしながらじゃ、興が削がれるってもんだわ。クルーズに出るなんて機会は滅多《めった》にあるもんじゃなし、最高の旅、最高の思い出にしたいじゃない。お互い先はそう長くはないんだから、今回の旅行でしっかりリハビリして、本番に備えてよ」

空港に向かう時間は迫っている。

いまさら、取り止めるわけにもいかない。

「よし、じゃあ行くか」

篠原は声に弾《はず》みをつけると、スーツケースが置いてあるリビングへと向かった。

インターフォンが鳴った。

「あっ、タクシーが来たわ」

千草が華《はな》やいだ声を上げる。「タイミングばっちりじゃない。きっといい旅になるわよ」

インターフォンにこたえる千草を横目で見ながら、篠原はテーブルの上に置かれた部屋の鍵《かぎ》に手を伸ばした。

第四章

1

大きく開けられたドアに、次々と人が吸い込まれていく。

イカリ屋の総会は、毎年丸《まる》の内《うち》にある都内有数の規模を誇《ほこ》るホテルで開催されることになっている。懇親会の会場は、その中でも最大規模の宴会場で、豪華な料理を供《きょう》するブッフェを並べても、六百人を超える人員を十分収容できる広さだ。

会場の奥に設《しつら》えられたステージ。その中央には演説台が置かれ、背後には『第二十五回イカリ屋フランチャイジー総会』と書かれたボードが掲《かか》げられている。

例年ならば、にこやかな笑みでオーナーたちを迎えるイカリ屋の社員たちの顔が強張《こわば》っているように見えるのは気のせいではない。

相葉が行おうとしている優良店の直営店化計画は、すでに社内には知らぬ者はいない。

フランチャイジーあってこそいまのイカリ屋があることを固く信じて疑わない社員たちにとって、相葉が打ち出した計画は、暴挙以外の何物でもない。たったいま終わった業績報告、今後のイカリ屋の戦略プランに対して、果たしてオーナーたちがどんな反応を示したのか、これからはじまる懇親会が、波風立たずに終わるのか、それが気になってしょうがないのだ。

「室長。どうでした、オーナーさんたちの反応は」

オーナーたちの後に続いてロビーに現れた山添に、堂上が歩み寄ってくると、小声で訊《たず》ねてきた。

「どうもこうもねえよ。思った通りだ。直営店出店の話には一切《いっさい》触れずだ」

山添は吐き捨てた。

「やっぱり……」

「どこまで、汚《きたね》えんだ」

脳裏に誇らしげに演説を打《ぶ》つ相葉の顔が浮かぶ。「狙《ねら》い撃ちしたSランクの店のオーナーには総会の通知を出すなって命令が出た時から、そんなこっちゃねえかと思っていたが、案の定。業績は対前年比、二パーセントの伸び。さらには、海外に進出する計画がある。実現すれば、イカリ屋の店舗網は世界に広がっていく。そう聞かされれば、オーナーさんたちが何を想像するかはいうまでもねえだろう」

「株が上がる。いまのうちに買っておけってことですね」

堂上は、眉《まゆ》を顰《ひそ》めると、「でも、それってインサイダー取引になるんじゃ――」

周囲に目を走らせながら早口で囁《ささや》いた。

「別に買えっていったわけじゃない。事業計画の報告の流れの中でいっただけだ。それをどう取るかは、オーナーさんの勝手だ」

「じゃあ、全く波風立たずってわけですか？」

「もの申そうと考えていたオーナーさんもいただろうが、質問する前に、目の前に美味《おい》しい餌《えさ》をぶら下げられりゃ今日集まったオーナーさんたちにとっては所詮《しょせん》他人事《ひとごと》だ。まして、狙い撃ちされてんのはいまのところSランクの繁盛《はんじょう》店だし、へたに異議を唱えた挙句に、近場に直営店を出されようものなら一大事だ。ここは黙って、様子を見よう。そう考えても不思議じゃねえだろ」

「恐怖の力で黙らせたってわけですか」

「美味しい餌っていえば株だけじゃない。海外進出を行うにあたっては、当面日本で製造した食材を冷凍して輸出することになる。当然、原材料の仕入れ量が増えるわけだから製造原価は下がる。その分を、納品価格に反映する。つまり、フランチャイジーの利益率がアップする。そう聞かされたら、文句なんか出るわけないだろ。拍手喝采《かっさい》ってやつだ」

「利益率がアップするって、そんなこと簡単に約束して大丈夫なんですか」

　堂上の顔色が変わった。「日本から食材を送るのは当初の計画通りですが、海外の店舗が広がっていけば、いまの工場の生産能力は早晩限界に達するじゃないですか。まして、輸出となれば、港湾地区に近い工場から出さないと輸送コストが高くつく。新工場の建設は必要不可欠。私たちがプランを立てるにあたって一番頭を痛めたのは、設備投資にかかる費用をいかにして捻出《ねんしゅつ》するか。各店舗への納品価格を引き上げることなく、日本からの輸出を可能にするかにあったわけじゃないですか。それを、安くするって、どうやったらそんなことが――」

「知らねえよ。何か考えがあるんだろ」

「知らないって……それじゃあまりにも無責任じゃありませんか」

　怒りに燃えた目で堂上は食ってかかる。

「じゃあ、どうすればよかったってんだ。オーナーさんが居並ぶ前で、どうしたらそんなことが可能になるのか。俺が質問すればよかったってのか?」

「そ、それは――」

　一転して、堂上は語尾を濁《にご》して視線を落とす。

「そんなこととしてみろ、本部内で意思統一が図れていない。いったい、どうなってんだって、不安を抱《いだ》かすだけじゃねえか」

「いや、しかしですね――」

「それに、海外進出は、相葉さんと矢吹さんの専任事項。どんなプランを立てているのか皆目見当もつかねえブラックボックスだ。あっさり論破されりゃ、返り討ち同然じゃねえか」

自分がオーナーならば当然口にした疑問だが、そうした行動に出られなかったのも、組織人の悲しさ。義を通すより先に保身が働いたわけだ。

ただでさえ忸怩《じくじ》たる思いを抱いているだけに、山添の口調はどうしても荒くなる。

「その当面ってところが問題なんですよ」

どこか悲しげに堂上は漏《も》らした。「うちに来る前の会社はここにきて相葉さんの戦略が裏目に出て散々な業績になってるし、その前に社長をやってたコンビニは、業績は絶好調ですけど、両方に共通するのは優良店のオーナーさんが悲惨な目に遭《あ》ってるってことです。桜の樹の下には死体が埋《う》まっているっていいますけど、まさにそれですからね」

宴会場のドアが閉まった。

扉越しに、懇親会の開始を告げるアナウンスが聞こえてくる。

周囲を見渡すと、入り口でオーナーたちを迎えていた社員の姿は既《すで》になく、ロビーに残るのはふたりだけとなっていた。

「俺たちも入るか」

堂上を促《うなが》したその時、上りのエスカレーターを降り、こちらに向かってくる人影があることに山添は気がついた。

はっとした。心臓がひとつ大きな拍動を刻んだ。

安川である。

窶《やつ》れた顔は強張り、吊《つ》り上がった眦《まなじり》からは尋常ならざる雰囲気が伝わってくる。いや、表情だけではない。店で着用するユニフォームに身を包んだ姿は、場違いを通り越して異様ですらある。

「や、安川さん」

山添は、慌《あわ》てて駆《か》け寄った。「どうなさったんです」

「どうなさっただと?」

安川は血走った目で、じろりと山添を睨《にら》みつけてくると、「総会に来ちゃおかしいのか。俺はまだイカリ屋のフランチャイジーだぞ。総会に出る資格はあんだろが」

声を押し殺す。

「そ、それは――」

その通りには違いないが、このタイミングで、こんな格好で乗り込んでくる目的は明らかだ。相葉の目の前で、悪辣極《あくらつきわ》まりないやり口を糾弾《きゅうだん》しようというのだ。

「呼んじゃいねえってか?」

安川の声に鋭さが混じり、山添は生唾《なまつば》を呑んだ。「随分《ずいぶん》姑息《こそく》なことをするもんだな、ええっ？　泣きを見る店のオーナーを呼ばなきゃ、総会はお前らの思惑通りになるってか？　どこまで汚え手を使うんだ、お前らは」

安川の気持ちは十分に理解できる。

素知《そし》らぬ顔をして、懇親会の場に彼を通して、思いの丈《たけ》をぶちまけさせれば、共感するオーナーも出てくるかもしれない。

だが、こうも思った。

となれば当然、懇親会は修羅場《しゅらば》と化すだろうが、それで優良店側の直営店出店が見直されるかといえばそんなことはない。相葉は同様の手段を使って社長を務めたふたつの会社の業績を劇的に、それも短期間のうちに向上させたのだ。しかも、コンビニチェーンの社長時代には、それが元で自殺者まで出たというのにまた同じ手口を使う。オーナーたちが抗議したところでいささかの痛痒《つうよう》も感じないだろうし、「嫌なら辞めろ」ぐらいのことをいってのけたとしても不思議ではない。

第一、辞めようものならオーナーたちの生活は、たちまち行き詰《づ》まる。どうあがいたところで、彼らに勝ち目はないのは明らかなのだ。

現に、優良店の商圏に出店する直営店は、一部ですでに工事がはじまっているところもある。もはや止めることはできないところまで来ているのだ。安川の店はもちろん、直営店が営業をはじめた途端に売り上げが激減するのは間違いなく、閉店に追い込まれるのは時間の問題というものだ。いや、それどころか相葉のことだ。本部の意向に異を唱えた報《ほう》復《ふく》として、食材の納品価格を上げ、閉店に追い込むまでの時間を早めるといった手を講じることだってあり得る。

「安川さん、お話があるのなら、私が聞きます。下の喫茶店にでも――」

山添は必死に説得を試みた。

「あんたに話してらちが明くような問題かよ」

安川は、鼻でせせら笑った。「俺はな、一週間前に篠原さんに手紙を出した。相葉が社長になって以来、イカリ屋は別の会社になっちまった。持てる財産の全てを懸《か》けて、イカリ屋のフランチャイジーになって、ようやく商売が軌道《きどう》に乗った矢先に、店を潰《つぶ》しにかかってきた。こんなやり方をあんたは許すのか。それを承知で、相葉に会社の経営を委《ゆだ》ねたのか。俺たち家族は、これからどうやって生きていけばいいのか。会社の繁栄《はんえい》のためなら、首をくるやつが出てきても止《や》むなしっていうのかってな」

「篠原さんは会社を相葉に委ねてからは、一切経営にはタッチしておりません。そんな手紙を出されても――」

「見損《みそこ》なったね」

山添の言葉など耳に入らぬといわんばかりに、安川は吐き捨てた。「社長でいた頃は、あれだけフランチャイジーのことを気にかけてくれていた人が、うんでもなければすんでもねえ。返事ひとつよこさない。上場利益に退職金。優雅な老後を過ごせるだけのカネを手にすりゃ、もうフランチャイジーのこたあ、どうでもいいってわけだ」

そんなはずはないと山添は思った。

篠原が会社を去るにあたっては、幹部社員を集めての挨拶《あいさつ》があった。

イカリ屋がさらなる発展を遂《と》げるためには、新しい経営感覚が必要だ。自分の経営手法は過去のもの。時代に即《そく》したビジネスを展開しなければならない。だが、自分にはその能力もなければ、時間もない。だから、会社の経営からは一切身を引くことにした。

そういったのは事実だが、安川が置かれた窮状《きゅうじょう》を知れば、あの篠原のことだ。期待に添えるかどうかは別として、無視を決め込むことなどあり得ない。

「人をコケにすんのもいいかげんにしろ！」

怒りに震える安川の目が潤《うる》みはじめる。「やっと手にしかけた小さな幸せを、企業の都合で台無しにされてたまるか！　俺にだって意地ってもんがあるんだ。座して死を待つくらいなら、倒すことはできなくとも、徹底的に抵抗してやる」

「安川さん、落ち着いてください」

宴会場に向かっていこうとする安川の前に、山添は両手を広げて立ちふさがった。

「どけ！　そこをどけ！」

安川は修羅のような形相《ぎょうそう》で、その手を払いのける。

「安川さん。お願いですから——」

ついに山添は、安川の体にしがみついた。

「行かせろ！　俺に話をさせろ！」

ホールに絶叫が轟《とどろ》いた。

「どうしたんですか？」

いきなり声をかけられたのはその時だ。

揉《も》み合いながら、声の方に視線を向けると、そこに立っていたのは大垣である。

「大垣社長——」

思わず漏らした山添の言葉に、安川が反応した。

「大垣社長って……ドリーム食品の？」

安川の体から力が抜けた。

「何事ですか、この騒ぎは」

ただならぬ状況であることは一目瞭然《いちもくりようぜん》だ。まして、安川はユニフォーム姿である。

「いや……その——」

大垣が懇親会に列席するのは慣例となっている。オーナーを前にして、一括《いつかつ》してイカリ屋にカレーを納めているメーカーの経営者として感謝の言葉を述べるのだ。

まして、ドリーム食品はイカリ屋の大株主である。大垣の発言がイカリ屋の経営に及ぼす影響は無視できないものがある。

それは安川も承知だ。

「大垣さんも知ってるんですか？　イカリ屋がこんな酷《ひど》い戦略を取ることに、あなたも同意したんですか」

怒りの矛先《ほこさき》を、大垣に向けた。

「安川さん。止めてください。大垣社長は——」

山添は慌てて安川を制しにかかった。

「戦略？　それはどういう……」

ところが、大垣は話の続きを促す。

「優良店を狙い撃ちにして、すぐ側に直営店を出すってことです」

ここぞとばかりに、思いの丈をぶちまける安川の言葉に聞き入るうちに、大垣の顔が強張っていく。

「こんなことってあっていいんですか……。本部の利益を高めるためなら、フランチャイジーがどうなってもかまわない……。みんなイカリ屋を信じて、この商売に人生を懸けたんです。私らオーナーは月給貰《もら》って生活してるんじゃないんです。客足が落ちれば、食い扶持《ぶち》を失う。そのリスクを承知の上で……誠心誠意心を込めて……必死に働いてきたんです。それを——」

安川は、滂沱《ぼうだ》の涙を流しながら声を震わせ、切々と訴えると、やがて絶句した。握りしめた拳《こぶし》がぶるぶると震えている。項垂《うなだ》れて、ついには嗚咽《おえつ》を上げた。

「本当のことなんですか」

大垣は山添に目を向けた。

硬い声だった。眼差《まなざ》しに、こちらが怖気《おじけ》づくような強い光が宿《やど》っている。

それは怒りだ。

「本当です……」

山添は頷《うなず》いた。

「相葉さんの指示で？」

「……はい――」

大垣は、ふうっと大きな息を吐くと、

「詳《くわ》しい話を聞かせてください」

有無をいわせぬ口調でいった。

「えっ、いまからですか？」

山添は問うた。

「そうです」

「しかし、懇親会が――」

「そんなものはどうでもいい」

大垣は山添の言葉を撥《は》ねつけると、「それより大事なのは、いまイカリ屋で何が起きているかを知ることです。相葉さんを後任にと薦《すす》めたのは私です。こんな事態を招いた責任は私にもある。さっ、行きましょう」

体を震わせる安川の背に触れ促すと、先に立ってエスカレーターに向かった。

2

「驚きましたね。まさか、大垣さんからそんな言葉を聞くとは思いませんでしたよ」

なにをいってるんだ、こいつは。昨日の懇親会に姿を見せなかったくせに、詫《わ》びひとついうでもない。

内心で毒づきながら、相葉は薄く笑った。

「確かに、優良店を直営店にできれば、利益は上がります。経営的な見地からいえば、あなたの打ち出した戦略は必ずしも間違っているとはいえません。しかしね、経営というのは数字が全てじゃない。やっていいことと悪いこと、どんなビジネスにも人の道、人としてのあり方に背《そむ》くような行為は許されるものじゃありません。信義に背《そむ》いた企業は、必ずや手痛いしっぺ返しを受けるものです。まして、イカリ屋がここまで成長できたのは、フランチャイジーの存在があればこそ。それを、切り捨てるなんて考えられませんよ」

「それは違うでしょう」

相葉は、首を振りながら反論に出た。「フランチャイズなんてシステムが成り立つのは、市場に開拓の余地が十分に残されていることが大前提なんです。考えてもみてください。少子高齢化に伴《ともな》う人口減少は、どう考えたって回復するわけがない。もう滅多《めった》やたらと、店舗を増やせば事業が拡大していくという時代じゃないんです。これから先は、地方の店舗を中心に閉店が相次《あいつ》ぐようになるわけですが、それすなわち、イカリ屋の業績が縮小していくってことじゃありませんか。となればですよ、イカリ屋本体もいまの規模を維持できない。工場の整理統合、本部機能も縮小しなければならなくなれば、従業員の雇用も維持できなくなるということなんです。社員とフランチャイジー。経営者がどちらを守らなければならないかは、改めて議論するまでもないでしょう」

大垣にとっては、到底理解できぬ割り切りぶりであったに違いない。

すかさず、口を開きかけるのを相葉は遮《さえぎ》って続けた。

「ですが都市部は違うんです。雇用のある場所に人は集まる。この傾向は今後ますます顕《けん》著《ちょ》になるでしょう。つまり、地方で減る分の収益を、いかにして都市部の店舗でカバーするか。その方法を考えれば、結論は明らかじゃありませんか」

「だから、篠原さんは海外進出という計画をあなたに託《たく》したんじゃないですか」

大垣は、呆《あき》れたようにいう。「それも、日本産の食材を使い、日本で加工し、海外の店舗に輸出する。事業が拡大すれば、農畜産品への需要が増える。農畜産業に安定した需要が発生する。となれば、農畜産業、いや漁業従事者のなり手も出てくる。結果、地方の人口も回復する。それが、篠原さんの考えたプランだ。あなたは、それを承知した上でイカリ屋の社長を引き受けたんじゃありませんか」

「私は考えてみますとおこたえしたはずです」

相葉は、ふんと鼻を鳴らしそうになるのをすんでのところで堪《こら》えて返した。

「なんですって？」

大垣は、啞然《あぜん》とした面持《おもも》ちで口を開けた。

「もちろん、考えましたよ。ですがねえ、どう考えても篠原さんが考えたプランは絵に描いた餅《もち》。ビジネスとしては成り立たないんですよ」

相葉はいった。「海外進出のプランは着々と進んでいます。店舗の場所にも目処《めど》がつきました。まず、間違いなくアメリカ進出は成功するでしょう。しかしねえ、大垣さん。カレーが現地の人に受け入れられて繁盛すればですよ。進出した国で、必ず追随《ついずい》してくる人間が出てきますよ。現地産の食材を使ったカレーと、日本産の食材を使い、さらに船賃に保管料とコストがかかったカレーとじゃ原価が違う。アメリカの肉や野菜は、日本産に比べてはるかに安い。どちらに勝ち目があるかは明らかじゃないですか」

「じゃあ、相葉さんは、いずれ現地に工場を設《もう》けようと?」

「それ以外に、市場を制覇する手段がありますかね」

相葉は挑戦的な口調でいうと、「売るのはカレー。ファストフードですよ? そりゃあ、日本産の肉が美味しいのは認めますが、それは日本の肉の味を知っていればこそ。外国人の大半は、日本の肉の味なんか知らないんです。ならば、勝敗を決するのは味じゃない。価格ですよ。第一、イカリ屋だって、これまで外国産の肉を使ってきたわけじゃないですか」

不敵な笑みを浮かべた。

「篠原さんは、それが間違いだった。このままでは、日本という国が大変なことになる。そう思ったからこそ、国産の食材を使ったカレーを世界にと考えたわけで——」

やれやれ、本当にこいつは経営者なのか。

夢物語を語るのもいい加減にしろ。

内心でため息をつきながら、相葉はソファの上で身を起こした。

「じゃあ、ひとつお訊《き》きしますが、海外事業が拡大するにつれて、御社から供給いただいているカレーの需要も増すわけです。イカリ屋で味を覚えた外国人の中には、家でも気軽にカレーを食べたい。つまり、インスタントカレーの市場が開ける可能性も当然出てくるわけです」

なにをいわんとしているかを悟ったのだろう。

大垣は眉間《みけん》に皺《しわ》を刻み、戸惑《とまど》った表情になる。

その反応を見定めたところで、相葉は続けた。

「さて、その時ドリームさんは、あくまでも日本での生産にこだわるとおっしゃるんですか? うちのカレーも、インスタントカレーも、全部日本から送り出すということになれば、海外じゃいつまで経《た》っても輸入品。市場が広がれば広がるほど、我も我もと後発企業が乗り出してくるのはビジネスの世界の常識です。そして、消費者は価格に敏感に反応する」

「カレーのレシピはそんなに簡単なものじゃありませんよ」

苦しい反論だ。

「別にカレーを作っているのは、御社だけじゃありませんよ。日本にだって競合他社はいくつもあるじゃありませんか。ドリームさんが出なくても、市場が開けりゃ、他社は海外に工場を設けるに決まってます。経営の定石《じょうせき》ってもんじゃないですか」

果たして、大垣は歯噛《はが》みをしながら押し黙る。

当たり前だ。

競争がないビジネスなどあり得ない。勝ち抜かずして存続は許されない。それがビジネス社会の掟《おきて》だ。そして、勝つための方法は限られている。消費の対価に消費者が納得するかどうかだ。

「相葉さん……」

暫《しば》しの沈黙の後、大垣が口を開いた。「あなたのいうことは間違ってはいない。でもね、そうした企業の経営姿勢が、今日《こんにち》の日本の衰退を招いた一因なんじゃないだろうか。なるほど、コストの削減による収益率の向上をいかにして成し遂げるかは、経営者に課せられた使命だ。その任務を達成するために、人件費の安い地方へ生産拠点を移した。そして、さらなるコスト削減を果たすべく、今度は海外に出た。結果、ただでさえも安い賃金で働かされてきた地方の雇用者は職を失った。しかも再雇用の場を設けることなど企業は考えもしない。後のことなど知ったこっちゃないとばかりに、捨て去ったんだ。なるほど、生き残るためには、しかたがないといえばそれまでだ。しかし、これでは国が衰退していく一方じゃありませんか」

もううんざりだ。

「時代の流れというものですよ」

相葉は大げさに肩をすくめて見せた。「世界はどんどん小さくなってるんです。もはや、ビジネスに国境なんてものはありはしません。この流れにいち早く対応していかねば、どんな企業も存続は許されない。会社が潰れてしまったら、元も子もあったもんじゃないでしょう。それに、国がっておっしゃいますが、会社が経営危機に陥《おちい》れば、国が手を差し伸べてくれるんですか？　そんなことはありませんよね。自分の身は自分で守るしかないんですよ」

「会社の利益率を向上させるためなら、オーナーさんたちの生活がどうなろうと知ったこっちゃないというわけですか？」

大垣は、眉を上げ口の端を歪《ゆが》めた。「それじゃあ、地方から海外に生産拠点を移した企業の理屈そのものじゃありませんか」

「来たるべき時代に先んじて、会社が生き残る手段を講じないのは、経営者として怠慢《たいまん》以外の何物でもない。私は、そう思いますが？」

相葉は大垣の批判をぴしゃりと撥ねつけた。

「経営ってものは、ビジネススクールで教わったケーススタディに従ってやっていれば事足りるってものじゃありませんよ」

大垣は厳しい声で断じる。「ケースなんてものは誰かが先に考案し、手掛けたモデルじゃないですか。ケースになるようなモデルを生み出すべく知恵を絞《しぼ》る。それが経営者だ。誰かの真似事をして、来たるべき時代に先んじて会社が生き残る手段など講じられるわけがないでしょう」

「その新しいケースになるのが、篠原さんや大垣さんがお考えになっていたプランだとでも？」

「企業の新事業が、国が直面している深刻な問題を解決する手段になるかもしれない。成功すれば、立派なケースになるじゃないですか」

本気でいっているのか？

「まるで国士《こくし》ですな」

堪《こら》えきれず、ついに相葉は笑い声を上げた。「いや、失礼。ドリーム食品の社長ともあろうお方が、本気でそんなことを考えているとは思ってもいなかったもので、つい――」

大垣は、むっとした顔をして不快感をあからさまにする。

「国士――。いわれてみれば、そういう経営者がいなくなりましたね。かつての日本の経営者には、会社の繁栄は国が栄えるということだ。それは、国民の暮らしが豊かになることにつながる。会社の社会的使命というものを十分理解している人がいたものです」

おいおいおい――。

「それは、戦後の復興期の話でしょう？」

笑いの余韻《よいん》の中に、相葉は嘲笑《ちょうしょう》を交えた。「そりゃあ、国民が貧しい生活を強《し》いられている時代なら、そういう思いも抱くでしょうが、いまの時代にそんな理屈は通りませんね」

「時代が違う？　そんなことはありませんよ」

ところが大垣はいう。「企業はいかに固定費を減らすかに血眼《ちまなこ》になっている。固定費の最たるものは人件費だ。職はあっても時給制の非正規雇用。何年経っても収入は変わらない。かくして収入格差は広がるばかり。実際、低所得者が激増しているのは紛《まぎ》れもない事実じゃありませんか。日本はまた貧しい人たちで溢《あふ》れ返る時代に突入してるんです」

「大垣さん」

こんなつまらぬ議論を続けていても意味がない。「それは政治の問題ですよ。政治と経営は別物です。ビジネスで政治の問題を解決できると思ったら大間違いだ」

相葉は打ち切りにかかった。

「そんなことはない。私たちが考えたプランは――」

「最初に申し上げましたよね」

なおも続けようとする大垣の言葉を相葉は遮った。「ご提示いただいた案は、検討した結果、イカリ屋のためにならない。そう判断した上で、ならば、どんな策を講ずるべきか。私なりに熟考した結果、実施することにしたのが今回のプランです。イカリ屋には無駄が多すぎるんですよ。従来の経営手法じゃ、いずれイカリ屋は行き詰まる。経営形態、組織を根底から見直し、思い切ったリストラクチャリングを行わなければ手遅れになるんです」

「リストラ？　そんな単純な言葉で切り捨てられたら、フランチャイジーはたまったもんじゃない」

こいつ、リストラの本来の意味が分かってんのか？

再構築ってことだぞ。

しかし、もはや説明する気にもなれない。

「それほど異議を唱えられるなら、私を解任すればいいじゃないですか」

相葉は大垣を睨みつけた。「ドリームさんはイカリ屋の大株主ですからね。もっとも、双方の戦略を聞いた他の株主さんが、あなたのいい分に賛同すればの話ですがね。臨時株主総会でも開いて、賛否を問うてみたらいかがです？」

もちろんブラフである。

著《いちじる》しい数字を作ってみせないうちに、イカリ屋を辞することになろうものなら、プロ経営者としての評価は落ちる。それでは、イカリ屋の社長を引き受けた意味がない。

しかし、相葉には勝算があった。

株主の関心は業績だ。より高い配当が得られるか、株価が上がるかどうか、その二点にしかない。株を持つ会社の将来に関心を抱く者など、まずいやしない。なぜなら、伸び悩む兆《きざ》しがあれば、さっさと株を売ってしまえばいいだけだからだ。

さすがに、何をいわんとしているかに大垣も気がついたらしい。

ふうっと深い息を吐いて押し黙る。

相葉は、眉を上げると、

「仮に、大垣さんのお考えが支持されたとしても、後任になる経営者は、私と同じことをすると思いますよ。まがりなりにも経営者なら、私が出した結論に行き着くに決まってるんですから」

傲然《ごうぜん》といい放ち、胸を張った。

3

丸の内にある四葉物産は、皇居のお堀ばたにある。

二十階は本社社屋の最上階で、フロアの全てを役員室が占《し》める。

皇居を一望できる常務室の主《あるじ》である達川のもとを週に一度訪ね、事業部の業務報告をするのが、事実上現場を仕切る副本部長である安住の務めだ。

一連の報告を終えたところで、

「ところで、イカリ屋のアメリカ進出に伴う合弁会社設立の件だがね、あれはどうなっている？　このところなんの報告もないようだが？」

白髪でありながら、年齢を感じさせない豊かな頭髪。野武士と称されることが多い四葉の社風とはかけ離れたノーブルな顔立ちをした達川が、ふと思い出したように訊ねてきた。

「実は、合弁会社の件は、私の一存で止めております」

安住はこたえた。

「止めた？　なぜだね？」

達川は、怪訝《けげん》な顔をして小首を傾《かし》げる。「日本式のカレーは、海外でも評判だ。アメリカでうまくいくとなれば、市場規模は国内の比ではない。食材の安定納入先としては願ってもないところだし、アメリカでの結果次第では、事業が世界に広がる可能性だってある。乗るべきだと強く推したのは君じゃないか」

「少し様子を見た方がいいと思いまして――」

「なぜ？」

達川は、縁《ふち》なしメガネを外すと、机の上に置いた。

「相葉の経営方針に納得がいかないところがありまして」

安住は、それからしばらくの時間をかけて、相葉が仕入れる肉の質を落としても、原価を抑えにかかっていること、四葉アメリカでこの事業を担当している荒川の負担が大きく、せめて応分のコストを支払ってもらうべく、業務委託契約を結びたい旨《むね》を持ち出したところ、認められなかったことを順を追って話し、

「私には、どうも相葉には長期的展望が欠けているように思えてならないんです。彼がいうようにイカリ屋のカレーはファストフードです。カレーで煮込んでしまえば、食材の質

が多少落ちても、客は気づかない。味はそこそこでいい。成功の鍵《かぎ》を握るのは値段だという考えもありなのかもしれません。ですが、悪い評判がたてば、あっという間に広がってしまうのがいまの世の中です。それで、窮地に陥った企業はごまんとあるわけですし、消費者だって価格に敏感に反応する一方で、常に食の安全、品質を追求しているわけです」

「しかし、グレードを落としたとしても、何も理由《わけ》ありの食材でも構わないっていってい るわけじゃないんだろ？」

「それでも気がつく人は気がつく。いや、むしろ、そうした人の方が多いんじゃないかと思うんです。なんか味が変わったな。質が落ちたんじゃないのか。表立って悪評が立たなくとも、気がつけば客が離れていく。そっちの方がビジネスとしては怖いですよ」

「浮利《ふり》を追わずは、ビジネスの基本だからな」

達川は、ふうっと息を吐きながら、背もたれに体を預ける。

「まさに、それです」

安住は頷いた。「相葉は、目先の数字を追い過ぎているように思えてならないんです。安い割には質がいい。成功しているビジネスは、価格以上の価値を商品に客が見出《みいだ》せばこそ。安かろう悪かろうでは、絶対に長続きするものではありませんから」

「彼は優秀な男だったがね。そこに気がつかないとは思えんのだが……」

相葉もかつて、同じ職場で働いた仲だ。

達川も相葉の人となりは熟知している。

「四葉にいた頃といまの相葉は、置かれた立場が違いますから」

安住はいった。「うちにいた当時の相葉は、プロ野球でいうならファームで育てられ、一軍に上がりレギュラーの座を狙おうという辺り。いまの相葉はＦＡの権利を取得して、球団を渡り歩くスタープレーヤーなんです。即戦力として期待されているわけですから、常に目に見える結果を出してみせる必要に迫《せま》られているんですよ」

「確かにそれはいえてるな。彼はプロ経営者だからな」

「ましてイカリ屋には、カレーしかありませんからね。うちのように、様々なビジネスを持っているなら、新規事業をものにするために多額の先行投資を行い、じっくり時間をかけることも可能ですが、イカリ屋はそれができない。数字を落とすことはもちろん、現状維持すら許されないんです。業務委託契約を拒《こば》んだのも、それが理由でしょうね」

「海外展開が思惑通りに進めば、多額の資金需要が発生するからね。もちろん、攻めのビジネスだし、成功する可能性は大だが、目処が立つまでの先行投資はイカリ屋にとっては馬鹿にならない負担になるというわけか」

「だから、合弁会社の設立をうちに持ちかけたんです」

安住はいった。「うちが事業に出資したとなれば、潤沢《じゅんたく》な資金を手にできる。食材の調達、各店舗への配送、アメリカが成功すれば、ヨーロッパ、東南アジアへと一気に店舗網を拡大するのも現実性を帯びてきますからね。相葉のプロ経営者としての評価もいままで以上に高まるというわけです」

「その点は、抜け目がないというか、さすがプロ経営者だが……」

達川は、一瞬の間を置くと、「しかし、海外の客がイカリ屋のカレーを口にするのがはじめてとはいえ、食材の質を落としてでもコストカットをはかるというのは、確かにどうかと思うな」

懸念《けねん》を口にした。

「実際、相葉の前職だったハンバーガーチェーンは、ここに来て業績が急速に悪化しています。それもこれも、相葉が打ち出した経営改革のつけが回ってきたというのが大方の見方です。改革を行った当初こそ効果絶大。業績は過去最高を記録しましたが、長期的な見地からいえば間違いだったということが明らかになったわけです」

「しかし、この案件を逃すのは惜《お》しいな」

達川は唸《うな》る。「食材は、どれにしたって他所《よそ》からだって調達できるのに、相葉君が真っ先に今回の話をうちに持ちかけたのは、古巣って縁があったからだろ?」

「その通りです」

「でかい事業になる可能性は十分にある。他社に持ち込まれて横取りされようものなら一大事だ。いつまでも、合弁の話を止めたままにしておくわけにはいかんだろう」

達川は、どうするつもりだとばかりに顎《あご》を引き、上目遣《うわめづか》いに安住を見た。

何をいわんとしているかは明らかだ。

相葉のやり方に疑問を抱いてはいる。降りるなら降りるもよし。ただし、これだけ大きなビジネスチャンスは滅多にあるものではない。ならば、イカリ屋のビジネスを逃しても、余りあるだけの策はあるのかと問うているのだ。

もちろん、考えはある。

「実は、アメリカで面白いビジネスを展開している会社がありましてね」

机の上に置いたメガネをかけ直し、達川は黙って先を促す。

「ミドリハラ・フーズ・インターナショナルという会社なんですが――」

安住は切りだすと、それから山崎が行っているビジネスの概要を説明し、彼がなにを狙いとして、こんな事業をはじめたのかを話した。

相葉にMFIの名前を聞かされるまでは、存在すら知らなかった会社だが、その後、過去に報じられた新聞や雑誌の記事に目を通すにつれ、安住は山崎の考えに深い感銘《かんめい》と共感を覚えるようになった。

特に、地方に安定した雇用基盤が生まれなければ、まさに四肢《しし》の末端から壊死《えし》するように日本は衰《おとろ》えていくことになるだろう。かといって、いまの時代、自治体が誘致に動いたところで応ずる企業があるわけがない。第一、高齢化が進んだ地方に、かつてのような労働人口は存在しないのだ。となればかかる事態を打破するための手段はひとつしかない。一次産業の六次産業化である。農漁業、畜産業が安定した収入を得られるようになれば、従事者は必ず増加する。まして、大企業に職を得たとしても、定年まで在職できるとは限らないのがいまの雇用環境だ。その点、食への需要は人間がいる限り、絶対になくならない。そこに気がつけば、若い世代の職業観、人生観も必ずや変わる。法外な収入は望めないが、生活コストの安い地方なら、十分に暮らしていける。家庭を持てれば、子供も持てる。リストラはもちろん定年もない。四季の移ろいを感じながら、ゆったりと流れる時間の中で日々を送る。そうした生活に魅力を覚え、地方を目指す若者が増えてくれば、過疎《かそ》はもちろん、人口減少問題も解決されるのではないか。夢物語と笑われるかもしれないが、残り少ない人生の全てをこの事業にかけてみたい——。

山崎はそう語るのだ。

夢物語なものかと、いま安住は心から思う。

山崎が目指しているものを考えると、数字の達成に追われ、国の将来などついぞ考えたこともなかった己《おのれ》を恥じ入る気持ちになった。

確かに四葉は日本を代表する大商社だ。だが、その地位を維持できるのも、日本が社会を維持していくことができればこそ。市場があればこそだ。そして、市場とは人がいることではじめて成り立つものだ。人口減少に歯止めがかからない以上、市場が確実に縮小していく。それすなわち、四葉の事業規模が維持できない日がやってくるということを意味する。

もちろん、四葉は世界を舞台にビジネスを行っている。日本が駄目《だめ》になっても、ただちに経営危機に直面することにはならないだろう。しかし、それでいいのか。その時、この国はどうなってしまうのか——。

考えがそこに至ると、山崎の事業が成功し、地方活性化のモデルケースになって欲しい、いや、何がなんでもそうならなければならないと安住は思うようになった。それはやがて、安住にひとつのビジネスプランを思いつかせることにつながった。

話に聞き入っていた達川も、どうやら同じ思いを抱いたらしい。

「確かに、山崎さんのいうことはもっともだ。それに、面白いビジネスではあるな」

果たして、達川も感心したように唸った。

「どうでしょう。山崎さんの事業をうちが支援できませんかね」

「うちが？」

達川は、目を丸くして驚きを露《あら》わにする。「なにをやろうってんだ」

「相葉が社長でいる限り、いずれ現地に工場を建て、食材も現地のものをという方針は変わらないでしょうし、うちが合弁会社の設立に合意しなければ、あいつは絶対に他社に話を持っていきます。しかし、仮にそうなったとしても、うちにとっては、決して悪い話ではないかもしれません」

「どうしてそういえる」

「イカリ屋の海外展開が順調に拡大していけばいくほど我々の前には、新しいビジネス、それも日本産の食材を用いる大きな市場が開けるからです」

安住はにやりと笑ってみせた。

「君の案を聞かせてくれ」

身を乗り出しながら先を促してくる達川に、

「それは――」

安住は自ら考えたプランを話しはじめた。

4

スマートフォンが鳴ったのは、現地時間の朝九時のことだ。

ロンドンからニューヨークに着いたのが一昨日。昨夜観劇したブロードウェイのミュージカルの開演は夜八時。舞台そのものは素晴らしいものだったが、セリフは全編英語である。ストーリーは推測するしかなく、それだけでも疲れるというのに夕食は終演後の午後十一時からだ。

千草が企画した旅行は、事実上の世界一周である。

カネにあかした豪勢なもののように聞こえるが、航空運賃だけをとってみれば世界一周チケットの方が都市間の往復よりも格段に安くつくからだ。

乗り降り自由、西回りか東回りかで前に進む。後戻りは許されないのがただひとつの制約で、ビジネスクラスを使っても、東京・ニューヨーク間の同クラスの正規往復料金とほぼ同じで済む。

移動自体は快適なものだが、体が覚える疲労は距離に比例する。

日本を離れて三週間。ローマからフランクフルト、そしてパリ、ロンドンと、頻繁《ひんぱん》に移動を繰《く》り返していると、高齢の身にはさすがにこたえる。

それに、昨夜は遅い時間の夕食であったせいで胃が重く、食欲が湧かない。

朝食に出かける千草を見送り、ひとりホテルの部屋で休んでいたところへの突然の電話だ。

「もしもし――」

ホテルのベッドに上半身を起こし、スマートフォンを押し当てると、

「申し訳ありません、旅先まで追いかけまして――」

大垣の声が聞こえてきた。

声が硬い。まして、旅先に電話をしてくるとなれば、よほどのことに違いない。

「いや、構いませんよ。ちょうどいま起きたばかりでして」

篠原は、そうこたえながら身構《みがま》えた。

「私、人を見誤《みあやま》りました」

大垣は唐突にいった。

「見誤ったって……誰をです？」

「相葉です」

「相葉さんって、何かあったんですか？」

「実は——」

事の経緯を聞くにつけ、ただでさえ重い胃が、鉛《なまり》を詰め込まれたように重量を増し、冷たくなっていく。スマホを握りしめた手に力が入り、嫌な汗が滲《にじ》みはじめる。

「それは、本当の話ですか？　優良店の目と鼻の先に直営店を出すって、そんなことやったら——」

愕然《がくぜん》としながら、篠原はかろうじて声を絞り出した。

「本当です」

大垣は断言する。「三日前に、イカリ屋の総会が行われましてね。そこに大井町店のオーナーの安川さんという方が乗り込んできたんです。もちろん抗議のためにです。相葉はかかる事態を予想して、ターゲットにした優良店のオーナーには総会の通知を出さなかったんですね。パーティー会場の入り口で、安川さんを制止しようとするイカリ屋の社員と揉めているところに、私、たまたま出くわしまして、事情を聞くことになったんです」

安川の顔が脳裏《のうり》に浮かんだ。

開店一周年を迎えた祝いを述べに店を訪ねたあの日、「イカリ屋のフランチャイズに加盟してよかった」と喜びと希望に満ちた表情を浮かべていた顔である。

人生の再出発を懸けた商売が順調に軌道に乗ったその矢先に、こともあろうに当のイカリ屋が潰しにかかってきたとなれば、安川にとっては、味方の弾《たま》が後ろから飛んできたようなものだ。まさに裏切り行為以外の何物でもない。怒りに駆られるのも当然だ。

「安川さん、篠原さんに手紙を書いたんだそうですよ」

「えっ……」

「直訴状《じきそ》を送ったそうなんです。イカリ屋はこんな酷い仕打ちをする会社じゃないはずだ。篠原さんならなんとかしてくれるんじゃないかと……」

「それは、いつの話です」

「どうも、旅行に出られた後のようでして……。安川さん、篠原さんから何の返事もないことに失望して、それで総会の場に押しかけたと――」

言葉も出ない。

経営には一切口を出さない。それが社長を引き受けるにあたって、相葉が出してきた唯一の条件だ。承諾したのはプロ経営者としての相葉の手腕を信じていたこともあったが、その後の会社の様子を聞けば、つい口も挟みたくなる。それでは、相葉もやりにくかろうと考えたからだ。まして、海外進出という自分が手がけたことがない事業に、イカリ屋の将来がかかっているという思いもあった。それが、まさかこんな酷い仕打ちに打って出るとは――。

「それだけじゃないんです」

えっ……。まだあるのか。

「実は昨日、相葉に会いましてね」

息を呑んだ篠原に向かって大垣は続ける。「安川さんから事情を聞いて、あまりにもやりかたが酷い。株主のひとりとして考えを改めるよう、直談判《じかだんぱん》に出向いたわけです。そしたら、その席でアメリカ進出に際しても、店舗が一定数に達した時点で現地に工場を建てるつもりだといいましてね」

「それは話が違うでしょう。相葉さんに社長を引き受けてもらうにあたっては、国産の食材を使い、冷凍品として海外店舗に輸出する。それが日本の農畜産業に新たな道を開き、疲弊《ひへい》した地方を再生することに繋《つな》がるんだと、この事業に対する私の思いをお話ししたじゃないですか。相葉さんは、それを承知した上で――」

明確に告げた言葉だけに、篠原は猛然と反論に出た。

「ところが相葉はこういうんです。考えてみるとはいった。しかし、検討した結果、篠原さんの意向を叶《かな》えるのは経営的見地から不可能だと――」

「難しいことは百も承知です。だから、それを何とかして実現して欲しい。相葉さんなら可能だと思ったから、経営を託したんじゃないですか」

「彼を推挙した私がいまさらこんなことをいえた義理じゃないんですが、相葉には大局観がないんです。彼は、いかに早くイカリ屋の企業としての価値を高めるか。関心はその一点にしかないんです」

「企業価値を高めるのが経営者の義務であることは否定しません。ですが、それも盤《ばん》石《じゃく》な社会基盤があればこそ。地方の雇用が細る一方なのは、企業が安い労働力を求めて海外に生産拠点を移した結果じゃありませんか。かかる事態を放置しておけば、健全な社会が維持できなくなるのは時間の問題です。それは市場そのものが縮小していくことと同義なんですよ」

「それも、相葉にいわせると、国内市場がそうなるのは時間の問題。フランチャイズ優良店の直営店化に踏み出したのも、現地生産を視野に入れているのも、いまのうちから策を講じておかないと手遅れになるからだと――」

「だからといって、オーナーさんがどうなってもいいなんて理屈は通りませんよ」

声が震える。

もはや、胃の重さは感じない。それに代わって篠原の胸の中を煮えたぎるような熱い塊《かたまり》が満たしていく。

それは怒りだ。

篠原は続けた。

「誰のお陰《かげ》で大きくなった。親は子供を叱《しか》る時、そうした言葉を口にしますよね。だけど、フランチャイズビジネスは違うんです。親が大きくなれたのは、子供の存在あればこそ。フランチャイジーの存在なくして、オーナーさんのがんばりなくして、イカリ屋のいまはなかったんです。相葉さんがやろうとしていることは、大恩《だいおん》ある子供を自らの手で死に追いやるってことじゃないですか。そんな非道な行為は絶対に許されるものではありません」

部屋の鍵が開けられる音がした。

ドアが開くと千草が現れた。

「お先に――」

千草がいいかけた言葉を呑《の》む。

電話中であったせいばかりではない。篠原の形相からただならぬ気配を察したのだ。

「大垣さん」

篠原はいった。「私、旅行を切り上げて日本に戻ります。アメリカの件はともかく、フランチャイズ店の直営店化だけは、ただちに止めさせなければなりません」

大垣が、旅先にまで電話をしてきたのは、一刻も早い帰国を促すのが目的であるに違いない。

ドリーム食品は、イカリ屋がフランチャイズ化を図りはじめた頃から共に歩んできたのだ。フランチャイジーが事業拡大にどれほど貢献《こうけん》したかは、大垣も十分承知している。

「申し訳ありません。そうしていただけると助かります」

果たして大垣は、救われたようにこたえると、「なんせ、彼に白羽《しらは》の矢を立てたのは私なもんですから。株主といえども、経営的見地からの判断だといわれると、あまり強くも出られなくて――」

語尾を濁した。

「便が決まり次第ご連絡します。お知らせいただいて、ありがとうございました」

回線を切るなり、

「あなた、旅行を切り上げるって……。これからサンフランシスコに寄って――」

千草が慌てた様子でいう。

「呑気《のんき》に旅行なんかしてる場合じゃないんだよ！」

篠原が声を荒らげることは珍しい。

千草は語気の荒さに、驚いたように顔を強張らせる。

「会社が大変なことになってるんだ。このままじゃ、取り返しのつかないことになる。一刻も早く手を打たないと」

篠原は呆然《ぼうぜん》とした面持ちで立ち尽《つ》くす千草を尻目に、電話に手を伸ばすと、コンシェルジュの番号をプッシュした。

5

「相葉さん、いったいどういうつもりで優良店の直営店化なんてことをはじめたんです？こんなことやったら、イカリ屋のフランチャイズシステムは、崩壊してしまいますよ」

篠原が本社の社長室を訪ねたのは、ニューヨークから帰国した三日後のことだった。

長く指揮を執《と》ってきた部屋に、かつての面影《おもかげ》はない。

執務机も椅子《いす》も、応接セットも入れ替えられ、カーペットも張り替えられている。豪華と呼ぶには程遠い代物《しろもの》だが、質素倹約を信条としてきた篠原には、それでも贅沢《ぜいたく》なものに思える。と同時に、アメリカ進出のことといい、優良店の直営店化といい、これまでの経営方針を根底から覆《くつがえ》そうとしていることを考えると、イカリ屋を、自分の色に染め上げようとする相葉の意思の表れであるように思えてくる。

実際、相葉は上座に当たる執務席を背にするソファに当然のように座り、背もたれに体

を預け、見下ろすような視線を向けてくると、

「どういうつもりかは、大垣さんからお聞きになったんでしょう？　だったら、改めて話すまでもないじゃないですか」

時間の無駄だとばかりに鼻でせせら笑う。

その通りだ。相葉の考えは大垣から聞かされている。

帰国した翌日には山添に会い、相葉が社長に就任して以来、社内で何が起きたのかも全て聞いた。

ターゲットにされたオーナーたちが、社員たちが、相葉が打ち出した方針に、どれ程激しい怒りと失望を覚えているか。それを知った上で訪ねてきたのだ。

「社長……」

ホテルの喫茶ラウンジに現れた山添は、篠原を見るなり声を詰まらせ、目に涙を浮かべた。

もちろん、懐《なつ》かしさのせいではない。相葉の非道極《きわ》まりない命令に、唯々《いい》諾々《だくだく》と従わざるを得なかった無念の表れだ。

「優良店の直営店化の件は、大垣さんから聞いたよ。会社の方針をオーナーさんに伝えに行く役目を負わされたそうだね」

「入社して以来、こんな辛《つら》い仕事を命じられたのは後にも先にもはじめてです」

山添は、俯《うつむ》く頭の角度を深くする。「確かに優良店を直営店にすれば、会社の収益は上がるでしょう。経営的見地から見れば必ずしも間違ってはいないといえるのかもしれません。しかし、相葉さんはイカリ屋が成長する過程で、フランチャイジーの皆さんが、どれほど重要な役割を担《にな》ってきたか。会社に貢献してきたか。これまでの経緯も知ろうとしなければ、社内組織も無視。自分たちだけで戦略を立て、一方的に命令だけを下してくるんです」

「社内組織も無視って、どういうことだ」

「相葉さん、社長に就任してほどなく、ふたりの人間を入社させましてね」

山添はうなだれて頭を振ると、忌々《いまいま》しげにいう。「ひとりは、矢吹さんといいまして、アメリカ進出を仕切る海外事業室室長兼取締役。もうひとりは床波さん。こちらは社長室室長で、優良店の直営店化の推進役です」

「そのふたりの入社の経緯は？　相葉さんは、どうしてそのふたりに目をつけたんだ？」

「どちらも、前の会社で相葉さんに仕《つか》えていた部下です。社長とはいえ、相葉さんは外様《とざま》ですからね。経営者としての能力はあっても、業界、会社の事情は生《は》え抜きの方がよく知っていますます。思い通りに会社を動かすためには、側近を子飼で固めるに限ると考えたんでしょうね。まして、海外進出はイカリ屋がはじめて手がける事業ですし、優良店の直営店化だって責任者に子飼を据《す》えれば、下は口出しできませんからね」

篠原は返す言葉が見つからず、口を閉ざした。

こんな事態を招いたのは、そもそも自分が後継者に相応《ふさわ》しい人材を育ててこなかったことにあるからだ。

イカリ屋が一代にしてここまでの会社に成長したのは、己の経営手腕の賜物《たまもの》だという自負は抱いている。だが、会社の経営が順調であればあるほど、経営者の意向に口を挟む人間はいなくなる。まして、経営トップが創業者ともなればその傾向は顕著になるものだ。

相葉を社長に迎えることにしたのもそれが最大の理由であったわけだが、いずれ訪れる引退の時に備えて、後を任せられる人材を育てておけば、海外での事業展開も含めて参謀《さんぼう》役となる人間を外部から招いただけで済んだはずなのだ。

なぜ、早くそこに気がつかなかったのか――。

篠原は、ただただ後悔するばかりだ。

「経営企画室も、いまや名ばかりなんです。なんせ、床波さんに要求されるまま資料を作成するのが仕事で、後は一方的に下される指示に従うだけですから」

山添は唇を噛み、「しかも、直営店を近所に出す店舗のオーナーさんに、そのことを伝える役目を担わされているのは私たちなんです。これじゃ、まるで死刑執行人そのものですよ」

怒りと屈辱《くつじょく》に満ちた視線を向けてくる。

「店舗管理はFC経営管理部の仕事じゃないか」

「対象店が多くて手が回らないってのが理由ですが、本音は違うと思います。これから先の会社の戦略は、相葉さん、矢吹さん、床波さんの三人で立てる。経営企画室なんて部署はいらない。早晩取り潰す。そう考えているんですよ」

ここまでの話を聞いただけでも、相葉の社長就任と同時に、イカリ屋が全く別の会社に変質してしまったことを知るには十分だ。

「オーナーさんたちはさぞや失望しているだろうね」

篠原は、深いため息を吐《つ》きながら視線を落とした。

「失望なんて生易《なまやさ》しいもんじゃありません。絶望ですよ」

山添は吐き捨てる。「みなさん、店舗経営から上がる収益だけで生活してるんですからね。しかもその多くは転職組です。安川さんのように、会社の都合でリストラされて、再起を懸《か》けてうちのフランチャイジーになった方だってたくさんいるんです。ようやく店舗経営にも目処がついた。家族を養《やしな》っていけるだけの収入も得られるようになった。定年もない。リストラに怯《おび》える必要もない。体が続く限り働ける。そう思っていたのが、また企業の論理ってやつに台無しにされたんです。これから先、いったいどうやって生活していけっていうんだ。そういわれたら、返す言葉なんてありませんよ」

その通りだ。そんな言葉などあるわけがない。

篠原は、ただただ俯いて黙るしかない。

「こんなことをやってたら、死人が出ますよ」

恐れていた言葉が、山添の口を衝《つ》いて出た。

はっとして、顔を上げた篠原に向かって山添は続ける。

「いくら優良店だからって、開業資金を完済していないオーナーさんはたくさんいますからね。借金抱えて店を潰されたら返済なんかできません。職を求めようにも、サラリーマンをやってた頃からはブランクがありますからね。まともな仕事なんかありませんよ。時給制の派遣労働が関の山。もっとも、相葉さんは、平気なんでしょうけどね。前にも、今回と同じ手口を使った挙句に、フランチャイジーを自殺に追いやったんですから」

耳を疑った。

前にって……いったい彼は何をやったんだ。

「山添くん。それ、何の話だ。同じ手口ってどういう？」

山添は、知らないのかといわんばかりに、少しの間《ま》を置くと、

「それはですね――」

事の次第を話しはじめた。

「社長を引き受けるにあたって、相葉さんは必要に応じて社内の組織改革、あるいは店舗運営の見直しを行う。海外事業に関しては、イカリ屋の社運が懸かっているというなら、外部から人材を招かなければならないことになるかもしれないとおっしゃった」

篠原の言葉に、相葉はつんと顎を上げると、

「大事な言葉が抜けてますよ。そうなっても一切口を出さないことを、私は念を押したじゃないですか。そして、篠原さんは同意なさいましたよね」

冷たい眼差しを向けてきた。

「確かに私は同意した。でもね相葉さん。事業をうまく回すためには、お客様に支持される商品を提供しなければならないのはもちろんですが、従業員もまた、自社の商品に愛着と自信を持ち、誠心誠意仕事に取り組むことが必要なんです」

相葉は、うんざりした表情をあからさまに浮かべると、眉間に皺を刻み、ぷいと視線を逸《そ》らす。

篠原は続けた。

「イカリ屋の成長はフランチャイジーの存在なくしてはあり得なかった。イカリ屋のフランチャイズシステム、経営理念を十分理解し、お客様に喜んでもらえる店にすれば、必ずや成功する。フランチャイジーの皆さんがそう信じて一生懸命働いてくださったからこそ今があるんです。それは、同時にフランチャイジーを支えるべく、汗を流してきた社員の

努力の賜物でもあるんです」

相葉は両眉を上げ、頭を振りながらため息を吐く。しかし、視線は合わさない。それどころか、うすら笑いさえ浮かべる。

「経営理念とおっしゃいますが、どんなに素晴らしい理念を掲げたところで、それは内輪《うちわ》の話。客にとってはどうでもいいことじゃありませんか」

「えっ？」

「ファストフードですよ？　客の関心は、早い、安い、美味《うま》い。そこにしかありません。その中でも客が最も敏感に反応するのが価格です。イカリ屋のカレーの味は客の舌が覚えていますから、食材の調達コストを抑えるくらいしかコストを削減する方法はありません。しかし、削減するにも限度がある。となれば、他に収益を高める術《すべ》はないのか。そこに知恵を絞るのは経営者として当然のあり方ってもんじゃないですか」

「利益向上のためならば、手段は選ばない。そうおっしゃるわけですか」

「別に、法に触れることはしていませんけどね」

相葉は面倒臭そうにこたえる。「契約書のどこを見たって、近辺に店を出さないなんて条項は書いてありませんからね」

なんだそのいい草は。

「契約書には謳《うた》ってなくとも、信義にもとる行為は許されるものじゃありませんよ」

篠原はついに声を荒らげた。「フランチャイジーの皆さんは、イカリ屋の市場調査能力に絶大な信頼を置いているからこそ、加盟を決断なさったんです。だから全財産を投じて、あるいは借金をしてまで、イカリ屋に懸けてくださったんです。その信頼関係が崩れたら——」

「理に適《かな》った戦略だと思いますがね」

相葉は視線を上げながら鋭い声で断じた。「他社だって、事業拡大に必死なんです。新店舗を出すなら、集客の見込める場所。つまり、うちの優良店がある場所に目をつけますよ。それもフランチャイズ店のある場所を狙うでしょうね。当たり前じゃないですか。直営店とフランチャイズ店が、客の食い合いをはじめれば、体力的にどちらに分《ぶ》があるかは明らかなんだ。となれば、うちのフランチャイズ店、それも優良店が次々に廃業に追い込まれる可能性だってあるわけです。そんなことになれば、経営の根幹に関わる大問題だ。想定される危険があるのなら、先回りして手を打つのは、経営者の務めじゃないですか」

「だからといって、味方に背中から矢を射る行為は許されるものではないでしょう。信頼関係が崩れたら、フランチャイズなんてシステムは成立しませんよ」

「信頼関係？　じゃあ、ひとつお訊きしますが、イカリ屋の市場調査が高い評価を得ていると篠原さんはおっしゃいますが、それを信じて開業した店が、全て期待通りの結果を迎えることになったんですか？　社員たちの支え、努力が実を結んで、ただの一店舗も閉店に追い込まれたケースはないとおっしゃるわけですか？」

篠原はこたえに詰まった。

成功例が多いのは事実だが、予想通りの収益を上げられず、閉店に至った店は確かにある。

「それは……」

口籠《くちご》もった篠原に向かって、

「商売ってのは、そんなもんでしょう」

相葉は、薄気味悪いほど穏《おだ》やかな声でいう。「成功が約束された商売なんて、この世のどこを探したってあるわけないんです。市場調査にしたって、成功の確率を高めるためにやるだけで、絶対的なものじゃない。この会社の人たちは、ふた言目にはフランチャイジーが、オーナーさんがっていいますが、だったら目論見《もくろみ》通りの収益が上がらず、閉店せざるを得なかった人たちに、開業資金を返却してるとでもいうんですか？　転職の面倒を見ているとでも？」

悔《くや》しいが、そんなことはしていない。

だが、相葉が巧みに論点をずらしていることは明らかだ。

「確かに、おっしゃる通りだ」

篠原は肯定すると、すかさず反論に出た。「成功が約束された商売はないというのもその通りだ。ですがね相葉さん。イカリ屋は、成功している店を潰してまで、会社の利益を上げようなんてことは、ただの一度もしたことはない。いや、考えたことすらない。それはなぜだと思います？ うまくいっている商売ほど面白いものはないからです。それが、フランチャイジーのみなさんのモチベーションの向上に繋がるからです。当然食材の納品量は増す。それすなわち、会社の利益が向上する。両者ウイン・ウインの関係が成立する。それが事業の継続性につながるんだと確信しているからです」

　相葉は何かをいおうとする気配を見せたが、それより早く、篠原は続けた。

「確かに優良フランチャイズ店を直営店にしてしまえば利益は上がる。他社が直営店を出してきても、競争力は増すかもしれない。でもね、あなたが打ち出した戦略に、フランチャイジーが不信感を抱くことは間違いありません。まして、真っ先に狙われるのが優良店となれば、繁盛させるのが身の破滅を招くってことになる。それじゃ、やる気だって削《そ》がれますよ。数字には表れないマイナス部分の方が、はるかに大きいのは明白ってものじゃありませんか。経営ってもんは数字が全てじゃない。目先の数字を追い求めた挙句に、気がつけば会社がずたずたになっていたって例は、世の中にはいくらでもあるんだ」

　全てを聞き終えた相葉は、しばらく何事かを考えたまま言葉を発しなかった。

やがて、ソファの上で身を起こすと、テーブルの上に置かれた茶碗を取り、緑茶を口にする。

「数字が全てじゃない……ね。じゃあ、経営者に求められるものは何なんです？」

相葉は茶碗をテーブルの上に戻しながら、上目遣いで篠原を見た。「第一に株主の期待に応《こた》えること。常に業績を向上させ、少しでも高い配当を出し、株価を上げることでしょう。もちろん、従業員の雇用を守る。それも経営者に課せられた使命ではあるでしょう。でもね、それは絶対的なものじゃない。企業は永遠に存在するものではありません。自助努力を怠《おこた》れば、必ずや滅びる。それをいかにして防ぐか。時代を読み、将来を読み、いち早く策を講じる。それが経営者の務めってもんでしょう」

「だから、そのためならば、フランチャイジーや社員を犠牲にしても構わないのかと訊いてるんです」

「何度もいわせないでくださいよ」

その時相葉が浮かべたのは、嘲笑に見えた。「市場環境が変われば、組織だってそれに適応していかなければなりません。当然、不要になるセクションだって出てきます。配置換えをしようにも、能力に難がある人間も必ず出る。評価が高い人間だって組織が変われば置き場がない。そうした状況だってまま出てくるわけです」

「適材適所。最小限の人員、組織で最大限の成果を得るのが、経営者の務めだとおっしゃりたいのでしょうが、それを世間では使い捨てっていうんですよ」

「篠原さんがおっしゃっているのは、死なばもろとも。乗り合わせた仲だ。沈む船と一緒に運命を共にしろといってるようなもんですよ」

相葉は呆れ半分の笑いを吐き出し、眼差しに憐憫《れんびん》とも取れる色合いを浮かべた。「会社を維持し、さらに発展させるためには、老廃細胞のすみやかな交代、つまり新陳代謝が必要なんです。特に、いま、これからの時代はね。第一、従業員やフランチャイジーにいかに手厚く接しても、会社が危《あや》うくなれば、真っ先に逃げ出すのは彼らですよ。それも優良店がいの一番にね。社員だって同じでしょうが。他に行く当てのある優秀な社員から抜けていくもんなんです」

篠原は、プロ経営者の考えというものを改めて思い知った気がした。

なるほど、相葉のいい分は全てが間違っているとはいえない。いや、理屈の上では絶対的に正しいかもしれない。

だが、それも経営という一点から論ずればの話だ。なぜならものの見方、考え方というものは、置かれた立場によって見解が異《こと》なる。それが世の常というものだからだ。

「それは、強者の論理というものですよ。世の中は強い人間ばかりがいるわけじゃない。社員にしたって、転職しようにもできない。フランチャイジーの方々だって、簡単には業態転換などできない。そうした境遇《きょうぐう》に置かれている人の方が圧倒的に多いんです」

我慢も限界だ。「相葉さん。あなた、以前コンビニチェーンの経営を任されていた時にも今回と同じことをやったそうですね。ハンバーガーチェーンでも、今回とは手口は逆ですが、直営店を社員に売却してフランチャイズ化し、利益を上げた。その結果、会社がどうなったかはご存じでしょう」

相葉はそっぽを向いて押し黙る。

篠原は続けた。

「コンビニチェーンの経営は、いまに至っても好調だ。しかし、直近に直営店を出されたフランチャイズ店は廃業。それが原因で自殺した人だっているっていうじゃないですか。ハンバーガーチェーンに至っては、当初こそあなたが打ち出した戦略が功《こう》を奏《そう》しはしたものの、いまじゃそれが裏目に出て莫大《ばくだい》な赤字を出しているじゃありませんか」

「コンビニチェーンに関していえば、これだけ競争が激化している時代にあってもなお、確固たる収益を上げているのは、私が打ち出した策が正しかったことの証《あかし》です。ハンバーガーチェーンにしても、私の在任中は業績を飛躍的に伸ばし続けた。いまは赤字に転じましたが、それは私のせいじゃない。後任者が市場動向に応じた策を打ち出せなかったからです。前任者のやり方を踏襲していればうまくいくってほど経営は甘いもんじゃありませんからね」

「人を死に追いやった。しかも、会社の業績に貢献《こうけん》していた店のオーナーをですよ。それについては、何の責任も良心の呵責《かしやく》も感じないというんですか」

「あのね、篠原さん」

相葉はもうたくさんだとばかりに足を組み替える。「ビジネスモデルも時の状況によって変化するんです。いや変化しなければならないんだ。何度もいっているじゃないですか。変化に対応できない企業は消え去るのみ。あなたは、死人がっておっしゃいますがね、会社が潰れようものなら、もっと多くの死人が出るかもしれないじゃないですか。改革には犠牲がつきものです。それを恐れていたら、もっと大きな悲劇を招くことになりかねないんですよ」

相葉との見解の相違は埋まらないことは明白だ。

これ以上、議論を戦わせても堂々巡《めぐ》りをするだけだ。

間違っていた。取り返しのつかないことをしてしまった。

こんな男にイカリ屋を任せるんじゃなかった。

篠原の胸中を後悔の念が満たしていく。

そんな気配を悟ったのか、

「そこまでおっしゃるのなら、もうひとつ聞かせてください。篠原さんが社長を続けていたなら、これから先、縮小していくのが明らかな国内市場で、どうやってイカリ屋の経営を維持していくつもりだったんです？」

あるならいってみろといわんばかりの挑戦的な眼差しを向けてくると、「まさか、農畜産漁業の六次産業化が軌道に乗れば、やがて地方の人口も増加に向かうなんてことを本気で考えていたんじゃないでしょうね」

　小馬鹿にしたように片眉を吊り上げた。

「本気で考えていましたが？」

　相葉は、一瞬呆《ほう》けたように口を開け、首を振りながらふんと鼻を鳴らすと、

「仮に六次産業化が成功しても、地方の人口が増加に転ずるまでには、長い時間がかかりますよ。その間にあなたが大切にしている、フランチャイジーも、地方の店から廃業続出ってことになってしまいますが？」

　ついに篠原を「あなた」呼ばわりする。

「そうかもしれない。でもね、日本の食材を使った製品を世界に送り出すビジネスモデルが確立されれば、後に続く企業が絶対に出てきます。しかも、市場は世界。食材への需要が激増すれば、工場が必要になるわけだから、そこに雇用が発生する。雇用のあるところに人が集まるのは、都市部に人口が集中する理由を考えれば明らかじゃありませんか」

「現実は、そう甘くはないと思いますがね」

　相葉は、話にならないとばかりに首を振る。「日本のB級グルメが外国人の間で大人気なのは私も承知しています。だからイカリ屋が海外に進出するというあなたの決断は間違間違ってはいない。でもね、あくまでも日本での生産にこだわるというなら、一〇〇パーセントト失敗しますね。アメリカでイカリ屋の店舗が増えていく。それは、日本式のカレー市場

が確立されるってことです。市場規模は日本の比じゃない。当然、日本の同業他社もあとに続けば現地でフードビジネスを行っている人間たちだって続々と参入してきますよ。彼らが日本からわざわざ食材を取り寄せますか？　日本から進出してくる同業他社も、祖国のためだといって、国内で製造した製品を海外の店舗に送るようになるとでも？」

そこを突かれると、返す言葉がない。

あくまでもビジネスという見地から考えれば、絶対的に現地生産という選択は正しいからだ。

黙った篠原に向かって相葉は続ける。

「日本産の肉、野菜は確かに美味しいかもしれない。でもね、イカリ屋のカレーは一流のレストランで、一流のシェフが腕を揮《ふる》うような代物じゃないんです。客にしたって、美食家とは程遠い一般大衆相手のたかがカレー、ファストフードなんですよ。二ドルどころか一ドル違っても、客がどちらを選ぶかは明らかってもんじゃありませんか」

たかがだと？

許せないと思った。

なるほど、イカリ屋のカレーはファストフードだ。だが、今日のイカリ屋があるのは、いかにして安く、美味く、かつ安心して食べられるカレーを提供するか。千草とふたりで知恵を絞り、汗を流してそれを叶えるべく努力を重ねてきた結果だ。第一、イカリ屋を開業した当初は、全国にチェーン店を持つような企業に成長させようなどという野心はまったく抱いてはいなかったのだ。今日の糧《かて》、明日の糧を得るためには、お客様に喜んでもらえるカレーを作らなければならない。また食べたいと思われるようなカレーを作らなければならない。ただ、その思いを日々積み重ねてきただけなのだ。イカリ屋がここまでの会社に成長を遂げたのは、まさに気がつけばというもので、いかにして儲けるか、会社を大きくするかなんてことは、ただの一度も考えたことはない。

それを、たかがカレーだと？

お前にはそうだろうが、俺にとっては、されどカレーだ！

「お客様を舐《な》めてかかると、取り返しがつかないことになりますよ」

声が震えるのを覚えながら、篠原はいった。「どうしたら儲かるかって発想は、どうしたら騙《だま》せるか、手を抜くかという考えにつながるものです。お客様はね、商売人の狡《ずる》さに敏感です。だから目先の利益より、いかにして喜んでもらえるか。それだけを考えなければならないんです。純粋にそれを追求すれば、結果はおのずとついてくる。成功する商売の秘訣《ひけつ》はそれ以外にないと私は確信していますがね」

「とどのつまりは、安くて美味いカレーを提供すればいいってことじゃないですか」

相葉はあっさりというと、「だから、それを実現すべく、アメリカ進出にあたっては四葉物産と組む方向で話を進めてるんです」

どうだとばかりに胸をそらす。

「四葉と？」

「合弁会社を設立するんですよ」

相葉は目元を緩《ゆる》ませる。「四葉の資本が入れば、工場建設、店舗拡大に要する多額の資金負担も軽減できるし、店舗展開にも加速度がつきます。食材も四葉に供給してもらえば、全米各地から良質、かつ安全、安価な食材が納入されるようになるんですから、製造原価はいまよりも格段に下がるわけです。それだけじゃありません。アメリカが軌道に乗れば、次はヨーロッパ、東南アジアへも一気に事業を拡大することだってできますよ。なんせ、四葉の支店網は世界を網羅《もうら》してるんですから」

そんなことは、大垣はひと言も話さなかった。

篠原ははじめて聞かされた話に愕然となった。

あくまでもビジネスという観点からすれば、相葉の戦略は見事としかいいようがない。だが、海外展開を行うにあたっては、四葉と合弁会社を立ち上げる。それは、事業が順調に拡大していけばいくほど、四葉の影響力が強くなっていくということを意味する。なぜならば、旺盛《おうせい》な資金需要が発生するのは間違いなく、その時主導権を握るのはより多くのカネを出した側。その後の展開次第では、イカリ屋が圧倒的資金力を持つ四葉に吸収されてしまうことになりかねない。

その時イカリ屋は、従業員はどうなる。

こと海外事業に関しては、四葉の独壇場《どくだんじょう》になるのは目に見えている。生え抜きの社員に海外で働けるような人材はいないし、ビジネスとなれば容赦《ようしゃ》ないのが商社だ。そうでなければ、生き馬《いうま》の目を抜くような厳しい国際ビジネスの世界で、生き抜いていけるわけがない。それは、かつて商社マンであった相葉の経営手法を見れば明らかだ。

そこまで話が進んでしまっているのか——。

もはや声も出ない。

篠原は呆然として、ソファの上で固まった。

第五章

1

「お初にお目にかかります。四葉物産の安住でございます」

ドリーム食品の応接室で、安住は大垣に向かって名刺を差し出した。「お忙しい中、お時間を頂戴《ちょうだい》して恐縮でございます」

「大垣です」

名刺の交換が終わったところで、「どうぞ、おかけください」

大垣は椅子《いす》を勧《すす》める。

ドアがノックされ、秘書がコーヒーを運んでくる。

「しかし、何事ですかな。達川常務とは、業界の会合でお目にかかった際に、名刺を交換したことはありますが、突然電話を頂戴して、副本部長の安住さんと会って、是非《ぜひ》聞いて欲しい話があるとおっしゃる。うちは四葉さんと取引はないし。しかも、副本部長御《おん》自《みずか》らとなると、よほどのことなんでしょうね」

　秘書が立ち去った途端、大垣は早くも用件を促《うなが》してくる。

「実は、国産の食材を使った冷凍食品を世界に向けて輸出するビジネスをはじめる計画があるのです。そのプロジェクトに是非、御社にも参加していただきたいと思いまして」

「日本産の食材を使った冷凍食品？」

　大垣は、興味を惹《ひ》かれた様子で、コーヒーカップを口元に運んだ手を止めた。

　安住はいった。

「海外で日本のＢ級グルメが人気を博していることはご存じでいらっしゃいますね」

「もちろんです。ラーメン、お好み焼き、たこ焼き、日本の人気店が海外に進出して店舗もどんどん増えている。中には上場を果たす企業も出てきていますからね」

「そこで使われている食材のほとんどは、現地調達で賄《まかな》われています。日本の食べ物が世界で愛される。そのこと自体は喜ばしい限りなのですが、だからといって国内の農畜産業、漁業従事者が恩恵を受けているわけではありません。一次産業従事者は減少する一方。根本的な打開策を講じないことには、やがて日本の一次産業は消滅してしまいます。そこに我々は強い危機感を抱《いだ》いているのです」

　大垣は、記憶を探るように遠い目をしながら、コーヒーに口をつけると、

「B級グルメの冷凍食品の海外輸出といえば、宮城県でそうしたビジネスを行っている会社がありましたね」

天井を仰《あお》ぐ。

「MFI、ミドリハラ・フーズ・インターナショナル――。かつて、四井から緑原町の町長に転じた山崎さんという方が起業なさった会社です」

「そう、MFI。周辺の農畜産業者の生産物を使った冷凍食品をアメリカに輸出しているんでしたね」

大垣は、カップを戻しながらこたえる。

「山崎さんが手がけられている商品は、まだ限られていますし、事業規模もそれほど大きくはありませんが、大変面白い、いや非常に大きなビジネスに成長する可能性があると私どもは考えているのです。同時に、このビジネスがいまだ確固たる解決策が講じられていない地方の過疎化、一次産業の衰退に歯止めをかける起死回生の一発になるのではないかとも考えておりまして――」

「確かに、あのビジネスは是《ぜ》が非《ひ》でもうまくいって欲しい。私も心底そう願っていますが――」

大垣は大きく頷《うなず》きながらも、「しかし、どうしてこんな話を私に？　弊社は多くの食品を製造してはいますが、世間ではドリームといえばカレーだし、冷凍食品は全く手がけておりませんが？」

一転して怪訝《けげん》な表情を浮かべた。

「日本式のカレーは、海外に通用する有望な商品だと見込んでいるからです」

安住は、コーヒーに口をつけ、「御社はイカリ屋さんの大株主でいらっしゃいますよね」

と念を押した。

「ええ……」

「イカリ屋さんはアメリカに進出する計画を――」

安住が話しかけた途端、

「ちょ、ちょっと待ってください」

大垣は、慌《あわ》てた様子で身を起こし、「どうして、そのことを四葉さんがご存じなんです？」

と訊《たず》ねてきた。

「いや、アメリカに進出するにあたって、現地で合弁会社を設立しないかと、イカリ屋さんから打診を受けておりまして――」

「イカリ屋さんから？」

「実は、社長の相葉さんは、私の同期なんです。そうした経緯もあって、現地での食材の調達、工場建設、その後の海外展開も弊社とパートナーシップを結んで進めたいと――」

「そうか、そういうわけか……」

大垣は、背もたれに体を預けると、苦々しい顔をして深い息を吐いた。

どうやらふたりの間になにかあった様子である。

安住は、黙って大垣の言葉を待った。

「実は、相葉さんをイカリ屋の社長にと、先代社長の篠原さんに推薦したのは私なんです」

「えっ？　大垣さんが？」

「アメリカに進出する計画が持ち上がったはいいが、イカリ屋は海外での事業経験がない。それに篠原さんは歳も歳だとおっしゃいましてね。今後の国内の人口動態を考えると、市場そのものが縮小していくことは間違いない。イカリ屋が生き残る手段はただひとつ。海外に進出することだが、海外進出を成功裏に導くための能力を持つ人材は自分も含めて社内には見当たらない。となれば外部から後任を連れてくるしかないのだが、心当たりはないかと相談を受けたんです。それでプロ経営者として実績のある相葉さんをご紹介申し上げたんです」

「それは、はじめて聞きました。相葉さんからは、社長に就任した経緯を、聞かされていなかったもので」

「ところがねえ……」

大垣は憮然《ぶぜん》とした表情をあからさまに浮かべ、声を低くする。「社長を引き受けてもらうにあたって、篠原さん、ひとつ条件を出したんです」

「それはどんな？」

「篠原さん、引退を決意する前に、そのＭＦＩをお訪ねになって、山崎さんに会ったんですよ。そこで、彼がなぜこんな事業をはじめたのか、この事業がどれだけこれからの日本にとって重要なのかということを聞かされましてね。篠原さん、山崎さんの考えに、いたく共感したんです。ならば、イカリ屋が海外に進出するに際しては、ＭＦＩが行っているビジネスモデルを踏襲《とうしゅう》できないか、考えて欲しいといったんです」

そんなことは、相葉はひと言も話さなかった。

それどころか、国内の店舗に供給する食材にしても、原産地は問わない。とにかく安い肉を持ってこいとまで要求してきたのはほかの誰でもない。相葉である。

「ＭＦＩのビジネスモデルって……日本の食材を加工して、冷凍した状態で海外に送るってことですか？」

驚愕《きょうがく》しながら、問い返した安住に向かって、

「ところが相葉さんは、考えはしたが店舗が一定数に達した時点で、現地に工場を設《もう》けるのが経営的に正しい戦略だというんです。それどころか、国内でもフランチャイズ店の直営店化を強引に推し進める始末で――」

大垣は、それからしばらくの時間をかけて、いまイカリ屋の中で、どんなことが起きているかを語った。

酷《ひど》い……。酷すぎる。

喉元《のどもと》まで出かかった言葉を、安住はすんでのところで呑み込んだ。

商談相手の方針を否定するような見解を第三者に向かって口にするのは、ビジネスの世界ではあり得ない行為だからだ。

それに、フランチャイズ店の直営店化は確かに酷い話ではあるが、それも人としてどうかと考えればの話だ。人としてあるべき姿と、会社としてあるべき姿は必ずしも一致しない。なぜなら会社は、より高い収益を追求する宿命を負っているからだ。取引先の経営が危ないと見れば、債権回収に走るのは、何も銀行だけではない。これまでの付き合いなどなかったかのごとく、商品を引き上げ、生産機器を回収して、損害をいかに最小限に抑えるか。まさに鬼と化し、人の所業とも思えぬ行為が当然のごとくに繰《く》り広げられているのがビジネスの世界なのだ。まして、現地生産に限っていえば、理は相葉にある。

「大垣さん」

安住はいった。「篠原さんのお考えは、大変よく理解できます。そうなれば、どんなにいいか。そうも思います。しかし、こと海外での事業戦略に関しては、相葉さんは間違ってはいないと思います。ビジネスとして成立しなければ、全ては絵に描いた餅《もち》。仮にうまくいったとしても初期の段階だけで、後発企業が現地生産をはじめれば、競争力を失い、事業そのものが立ち行かなくなってしまいますよ」

「そこをなんとかして欲しいから、篠原さんは、相葉さんに考えてくれといったんですよ。つまり、夢を託《たく》したわけです」

大垣は苦しげにこたえた。

「お伺《うかが》いした甲斐《かい》がありました。実は、私どものビジネスプランは、篠原さんの考えと一〇〇パーセント一致するものではありませんが、日本の一次産業の六次産業化を実現することを目的としたものなんです」

「というと？」

「レンジでチンするだけで、いつでも美味《おい》しいカレーが家庭で食べられる。そんな冷凍食品を開発して、海外で販売したいんです」

「レンジでチンするだけのカレーなんて、すでにいくらでも商品化されてるじゃありませんか」

「ルーはね」

「えっ？」

「ライスとルーを一緒にした商品なら話は違ってくるんじゃないでしょうか」

安住はにやりと笑うと続けた。「実は、このアイデアは相葉さんのビジネスプランがヒントになったんです。アメリカで日本式のカレーが普及していけば、レトルトカレーのビジネスも展開できる。その話を聞かされた時は、なるほどと思いました。しかし、よくよく考えてみると、アメリカで炊飯器《すいはんき》を持ってる家庭って、そう多くはないんです。つまりライスがない。それに、イカリ屋の店舗にカレーを食べに出かけようと思っても、集客を考えれば、出店場所はやはり人口密集地。それも、気軽に行ける場所となれば、大都市の街中ということになるでしょう。ですが、アメリカは基本的に車社会。ニューヨークやシカゴのように公共交通機関が整備されている街はそうありませんし、働く場所は大都市の中であっても、住まいは郊外という人間の方が多いんです。となれば、大都市の市街地以外の出店場所は、買い物に出かけるショッピングモールということになるわけですが、アメリカ人の行動パターンを考えると、そこへ行くのも週に一度が精々《せいぜい》でしょう。第一、そのショッピングモールにしてもネット通販が主流になったお陰で閉鎖が相次いでいるんです」

「なるほどねえ」

さすがにピンときたらしく、「ルーが手に入っても、炊飯器を持っていなけりゃカレーライスは食べられない。じゃあカレーライスが好物になったからといって、そのために炊飯器を買うかといえば、それもない。だったら、ルーとライスが一緒になった冷凍食品を開発して、スーパーで気軽に買えるようにしてやればいいってわけですか」

大垣は、安住のいわんとするところを先回りする。

「アメリカ人の普段の食事は質素なものですからね。ほら、よくTVディナーっていうじゃないですか。冷凍のピザやパックにはいった弁当もどきの代物《しろもの》を電子レンジで温めたもので済ませる。そういった家庭が大半なんです」

「しかし、それが好評を博せば、市場規模は、カレーチェーンどころの話じゃない。間違いなく、後発企業が出てきますよ。それにアメリカにはカリフォルニア米という日本米に匹敵《ひってき》する米がありますし、価格は向こうの方が格段に安いわけだし――」

もちろん、その点についての考えはある。

「確かに、アメリカだけをとってみれば、そうかもしれません」

安住は頷くと、「ですが、他の国は違います。東南アジアはロング・グレイン米がメインですし、ヨーロッパも米食文化はありますが、日本の米とは基本別のもの。日本式のカレー文化を冷凍カレーライスで世界にということになれば、アメリカ市場どころの話ではありません。その何倍、それこそ桁違《けたちが》いの市場が開けるんじゃないでしょうか」

大垣の目を見据《みす》え、反応をうかがった。

「なるほど、確かにそれはいえてますね」

大垣は、腕組みをして思案を巡《めぐ》らせると、「しかし、日本の米に似たものといえば、中国にも――」

ふと思いついたように漏《も》らした。

「消費者が自国の食材の安全性に疑念を抱いている国で、自国の米を使った商品が、どれほどの訴求力を持つかは疑問だと思いますが？」

「なるほど、中国の環境汚染は一向に改善される気配はありませんからね。むしろ年を追うごとに事態は深刻化するばかりだ」

「仮に環境改善に乗り出したとしても、好転するまでには長い時間がかかるでしょうからね」

本当は、改善など望めないといいたいところだが、環境汚染が中国の産業構造自体に原因があることは、大垣とて熟知しているはずだ。

なにしろ、大企業は事実上の国営がほとんどで、業績には国から厳しい達成目標が課せられているのが中国だ。先進国なら随時《ずいじ》設備投資を行い、工場の近代化を推し進めるのは当たり前だが、中国ではそれも簡単には行かぬ。なぜなら、設備投資を行えば、収益が圧迫され目前の目標が達成できなくなるからだ。

まして、環境改善への投資は、生産コストの削減とは無関係。それどころか、コストをアップさせるだけだと考えられているのだ。環境対策への意識が劇的に変化しない限り、汚染の深刻さは増すばかりとなるのは明白だ。

「それに、アメリカでだって、このビジネスは十分通用すると思いますよ」

安住の言葉に、

「というと？」

大垣は、あからさまに興味を示す。

「米とセットの食べ物は、日本にいくらでもありますからね」

安住はこたえた。「丼物ですよ。カツ丼、親子丼、スタ丼、焼き肉丼、焼き鳥丼に他人丼。国産の野菜、肉、魚を使った丼物の冷凍食品を開発して、世界中のスーパーに流通させる。その全てに国産の食材が使われるとなれば、農畜産漁業には、莫大《ばくだい》な安定需要が発生します。洋食だって米を使うものはハヤシライス、ドライカレー、オムライスといくらでもあります。こうした製品を海外に輸出できるようになれば、米の需要だって、飛躍的に増加します。それこそ休耕田を復活させたって、米が足りないってことになるかもしれませんよ」

大垣は眉《まゆ》を開き、目を輝かせる。

「そのビジネスが、日本全国に広がっていけば、一次産業は安定収入が見込める仕事になるし、工場を各地に設けるわけだから、地方にも雇用が発生しますよね」

安住は大きく頷いた。

「疲弊《ひへい》する一方の地方で、頑張っている若い世代はたくさんいます。少しでもいい品質の食材を開発してブランド化に努める。あるいは、B級グルメ選手権で名を上げて町おこしを図ろうと、みんな必死に知恵を絞っています。ですが、その結果はどうなったでしょう。気がつけば日本中ブランドだらけ。一町一村にブランド肉があり、野菜だって似たような状況です。これでは、差別化なんかできるわけがありません。B級グルメにしたって、町名こそ知られるようにはなっても、それが地域の活性化に繋《つな》がるのかといえば、効果は極めて限定的なもので終わってしまっているというのが現実ではないでしょうか」

「いや、おっしゃる通りです」

「ですが、それらの食品に商品力がないかといえば、決してそんなことはないんです。海外に目を向ければ、広大な市場がある。しかも全く手つかずに等しい市場がです。しかし、彼らには資金もない。組織力もない。国も企業も後押しをしてこなかった。その突破口を独自のビジネスモデルで切り開いてみせたのがMFIなんです」

　大垣も考えるところがあるのだろう。

　視線を落とし、黙って話に聞きいっている。

「もちろん、これはビジネスです」

　安住は声に力を込めた。「やるからには利益を上げ、事業を拡大していかなければなりません。ですが、このビジネスはこれまで我々が手がけてきたものとは違います。このビジネスが成功すれば、疲弊する地方を救い、安定した雇用を生むことになる。会社のため、自分の生活のためだけではありません。この事業は、社会に貢献《こうけん》することに直結するんです。何よりも日本の将来がかかったビジネスなんです」
大垣の視線が上がった。
瞳には感動と、決意の色が浮かんでいる。
短い沈黙の後、
「やりましょう。いや、ぜひやらせてください」
大垣は、力強い声でこたえた。

2

「どうでしょう、篠原さん。安住さんのご提案は、実に理に適《かな》ったものだと私は思います。アメリカ進出にあたっては、日本に製造拠点を置いてという篠原さんのお考え、お気持ちは十分に理解できますし、私も共感したからこそ賛成したわけです。ですが、ビジネスとして成功しなければ、イカリ屋さんの経営が危なくなるばかりではなく、食材の調達先、つまり農畜産業者にも結果的に大きな打撃を与えることになるでしょう。この事業は、一過性のもので終わらせてはなりません。継続性なくして一次産業の活性化、地方再生はあり得ないのです。その点からいっても——」
安住のプレゼンテーションが終わったところで、大垣が同意を求めてきた。

場所はドリーム食品の社長室である。

安住のプランの概要は、昨日大垣からの電話で知らされていた。

既に腹は決めてある。

「分かりました」

篠原は大垣の言葉が終わらぬうちに頷くと、「確かに、おっしゃる通りですな。実店舗で使う食材を全て日本で製造して輸出したのでは、後発企業が現地生産をはじめれば競争になりません。そんなことになれば、食材の調達先の農家、畜産業者に甚大《じんだい》な打撃を与えることになるという指摘ももっともです。その点、日本からの輸出をカレーライスの冷凍食品に絞るというのは素晴らしいアイデアだと思います。イカリ屋のカレーがもっと手軽に食べられるようになるわけですし、カレー食べたさに炊飯器を買って米を炊《た》く人はまずいないというのもその通りでしょうからね。安住さんのプランの方が、遥《はる》かに現実的なことは間違いありません」

正面の席に座る安住に目をやった。

「ありがとうございます」

安住は頭を下げると、「このビジネスは大きくなりますよ。現役の生産者はもちろんですが、順調に事業が成長すれば休耕地を借り上げる、あるいは買収して農業法人を四葉の子会社として設立する。同様に畜産業も、近代化し、かつ大規模な飼育プラントを建設するとも考えられます。となれば、地元の雇用の受け皿にもなれば、農業や畜産業の経験がなくとも働ける。それを機に地方に移住しようという若い世代もきっと出てくると思うのです」

力強くいった。

「しかし、正直いって驚きました」

篠原は、テーブルの上に置かれた茶碗に手を伸ばした。「まさか、四葉さんから、こんなご提案を受けるとは」

「それは、この事業が大きなビジネスになる可能性を秘めているからですよ。まして事業の成功は、日本の一次産業、疲弊する一方の地方の活性化につながるんですから、こんな素晴らしいことはないじゃありませんか」

「そこですよ」

その間に緑茶を口にした篠原は、茶碗を置くと、「こういっては失礼ですが、世界を舞台にビジネスを展開している大商社ってところは、日本が駄目《だめ》になっても、別の国がある。まして、地方なんかどうなろうと知ったことじゃない。そう考えているものだと思っていたもので」

直截《ちょくせつ》にいった。

「そういわれても仕方がありませんね……。実際、私もつい最近までは、この国の将来のことなど考えたことはありませんでしたから」

「では、なぜ？」

安住は、戸惑《とまど》ったような表情を浮かべ短い間を置くと、

「相葉の経営姿勢を目の当たりにして、企業の存在意義、経営のあり方というものを、いまさらながらに考えさせられたからです」

真剣な眼差《まなざ》しを向けてきた。

「安住さんと相葉は、四葉の同期なんですよ」

大垣がいった。

「そうだったんですか」

安住は頷くと、

「相葉は優秀な男です。彼がこれまで経営者として打ち出してきた戦略は、決して間違ってはいません。有能といわれる経営者なら、誰もが同じことをするでしょう。もちろん、イカリ屋さんで行おうとしていることを含めてです」

きっぱりと断言した。

「利益のためならば、フランチャイジーの店の目の前に直営店を出して廃業に追い込む。そんな戦略を肯定なさるわけですか」

あり得ないと篠原は思った。

やはり、安住もまた相葉と同じ類《たぐい》の人間なのか。そうも思った。

「組織を最適化し、業績を上げ、利益を増やし、株主により高い配当を行う。経営者に求められるのはそれだけです」

冷徹な言葉に、篠原は息を呑んだ。

大垣も同じ思いを抱いたらしい。顔を強張《こわば》らせて、安住を見る。

「しかしです」

安住は続けた。「経営者としては正しくとも、それが人を、世の中を、幸せにすることに繋がるのかといえば答えは明らかにノーです。会社の業績のためならば、不要になった部門を切り捨てる。リストラも厭《いと》わない。人件費を一定に抑えるために正社員は雇《やと》わずに、時給制の非正規雇用者を使う。これは全て経営的見地からすれば、極めて真っ当な判断ですし、事実多くの企業ですでに当たり前のこととして行われていることです」

どうやら、ここからが本題らしい。

篠原は黙って話に聞き入った。

「こうした傾向は、これからますます顕著《けんちょ》になるでしょう。当たり前ですよね、どうすればコストを下げられるか、より多くの利益を上げられるかに経営者は知恵を絞っているんですから。そして、それを可能にする技術を開発すれば、大きなビジネスになる。経営者のみならず、誰もがいかにして人を減らすか、仕事を機械化するかに必死に取り組んでいるんです」

「ロボットやAIの技術が進歩すれば、人が介在《かいざい》する仕事はなくなるし、企業の構造だって変わるでしょうからね」

大垣が漏らした。

「これから先は、ひとつの会社でサラリーマン人生を終えられる人間は、間違いなく、ほんのひと摘《つま》みの強運の持ち主だけになるでしょうね」

安住は沈鬱《ちんうつ》な表情を浮かべる。「技術の進歩に伴《ともな》って、雇用環境が激変しても、一方で新しい仕事が生まれる。雇用は流動化するが、仕事はなくならないとおっしゃる人たちがいることは知っています。ですが、私はそれはちょっと甘すぎるんじゃないかと思うんです」

「新しい仕事が生まれるといっても、その新しい仕事ってやつに適応できればの話ですからね。誰もがこなせる仕事とは限らないだろうし、その一方でいま現在非正規労働者にやらせている仕事は、こういっちゃ失礼だが、誰でもやれる仕事が大半です。そうした仕事すらなくなっていくんですからね」

「新しい仕事が生まれるなんていうのは、勝ち組の論理なんですよ」

大垣の言葉を受けて、安住は悲しげにいった。「就職しても、いつまで会社に居続けられるか分からない。時給の仕事すら減っていく。そんな世の中になったら、どうやって生きていけるんですか。それで社会が成り立つんでしょうか。組織を最適化し、業績を上げ、利益を増やし、株主により高い配当を行う。経営者に求められるのがそこにある以上、ほんのひと握り、いやひと摘みの人間を除いては、誰も幸せにはなれない社会になってしまうだけじゃないか。相葉を見ていてそんな思いに駆《か》られたんです」

安住の懸念《けねん》はもっともだと篠原は思った。

経営者の任務。経営者に求められる資質。企業のあり方も、何もかも安住がいっていることは絶対的に正しい。それは相葉の経営手法にも理があるということでもある。だが、経営者が任務に忠実であればあるほど、不幸な人間を生み出す。だからこそ、人間が存在する限り、絶対になくなることがない一次産業を六次産業化し、世界に販路を求めることに安住は解決の道を見出《みいだ》したのだ。

しかしだ。

「安住さん。消費者は常に安く、高品質の製品を求めるものです。それが、製品の価値、市場競争力につながるわけですから、いかにコストを低く抑えるかを追求することになるのは変わりないでしょう。農業だって、いかに人手をかけずに効率を高めるか。技術は凄《すさ》まじい勢いで進化し続けていますよね。AIが当たり前に使われるようになるのも、もはや時間の問題というものです。となれば、事業規模が拡大しても、雇用がそれに比例して増えるということはないのではありませんか？」

篠原は、素直な疑念を口にした。

「おっしゃる通りです」

意外なことに、安住はあっさりと肯定する。「あまりにもドライかもしれませんが、私は日本の人口が回復することはもはや不可能だと考えているのです」

「えっ？」

篠原は大垣と顔を見合わせた。

「ここしばらくの人口動態からして、どんな策を講じても人口減から人口増加に転じることはあり得ませんし、増やす必要もないと思います。考えなければならないのは、増やすことではなく、減少に歯止めをかけ、国を、社会を維持できる人口を確保することなのではないでしょうか」

「しかし、人手を排する技術の開発は、今後ますます進化するわけで——」

首を傾《かし》げる大垣を遮《さえぎ》って、

「完全に人が不要になることはあり得ません」

安住は落ち着いた声でこたえた。「人手を要する仕事は減る。しかし、その一方で生産性が格段に上がるとなったらどうなりますか？」

「なるほど」

安住のいわんとしていることが、篠原には透《す》けて見えるようだった。「生産性が上がるということは、事業規模が大きくなると同時に、利益も上がるということだ。それも従来よりも少ない人手で企業を運営できるわけですから、従業員にも手厚く報《むく》いることができるようになる。それが安定収入、収入の増加に繋がり、ひいては人生設計を明確に描けるようになるとおっしゃるわけですね」

「その通りです」

果たして安住は大きく頷いた。「人口を維持するためにはひとりの女性が産む子供の数、所謂《いわゆる》合計特殊出生率が二・〇七必要だとされています。いま現在、すでに四十代以上になった人たちに、それを求めても無理です。しかし、十代以下のこれから先の日本を背負っていく子供たちには、実現してもらうことが可能かもしれません。ただし、それも職があればこそ、確固たる人生設計が描ければこその話です。だから、このビジネスには懸《か》けてみる価値がある。絶対に成功させなければならない。そう思ったんです」

夢を語ることは簡単なようで難しい。なぜなら夢はゴールであり、そうと定めたからには、それを実現するプロセスを考えなければならないからだ。

その点、安住の論は、現状と将来を踏まえながら、実現可能な部分に焦点を絞り込んでいるだけに、圧倒的な説得力がある。

「いわれてみれば、その通りかもしれませんね」

篠原は心の底からいった。「社会というものは、時の流れとともに変化するものです。

人口だって時代に適した規模というものがあって当然ですよね」

「どうでしょう。我々が行うこの事業に、イカリ屋ブランドの冷凍カレーライスを提供していただけませんか」

「イカリ屋ブランドのカレーライス？」

「相乗効果を狙《ねら》っているんです」

安住は目元を緩《ゆる》ませる。「店舗で味を覚えても、実際に店に足を運ぶのは面倒だ。しかし、スーパーで冷凍のカレーライスが買えるとなれば、美味しいイカリ屋のカレーがいつでも家庭で楽しめる。大きなビジネスになると思いますが？」

「しかし、イカリ屋の経営は相葉さんに――。だから安住さんは大垣さんにこの話を真っ先に持ちかけたんでしょう？」

「篠原さん、もう腹は決めてるんでしょう」

大垣が胸中はお見通しだといわんばかりの口調でいった。「確かに、相葉は経営者としては有能かもしれない。しかし、経営に正解はありません。篠原さんが託したイカリ屋の将来像が、相葉によって全く異なる方向に行くのなら、遠慮することはありません。辞《や》めてもらったらいいじゃありませんか」

もちろん、そうした気持ちはある。しかし、篠原は返事を躊躇《ためら》った。

経営を任せるといった以上、道義的責任があると思ったからだ。

そんな心情を察したものか、

「篠原さん。彼はプロ経営者ですよ。常に結果を出さねばならない厳しい立場にあることは事実ですが、実績を上げれば、さらにいい条件でスカウトされる。そうやって、キャリアを積み重ねてきた人間です。たぶん、彼はこれからもそうやって生きていくんでしょう。だから、どんな手を使ってでも短期間のうちに目に見える実績を上げようとする。その結果、あなたが半生を懸けて築《きず》き上げてきたイカリ屋がずたずたになってしまったのでは、経営を託した意味がないじゃありませんか」

大垣は背中を押すようにいった。

確かにその通りだ。

篠原は決心すると同時に、こくりと頷いた。

「篠原さんは、いまでもイカリ屋の大株主、個人としては筆頭株主だ。うちだって、大株主には違いないし、それにメインバンクが加われば、相葉だってどうすることもできませんよ。株主の意向には逆らえない。それが経営者なんですから」

大垣が何をいわんとしているかは、改めて聞くまでもない。

相葉の解任だ。

一代で築き上げた会社である。篠原はもちろん、千草だって応分の株を持っている。ドリーム食品の株を合わせれば三割近く。さらに、メインバンクを加えれば、ほぼ四割に達する。しかし、利に聡《さと》いのが銀行だ。相葉の経営方針が、当面にせよ利益を生み続けると考えているのなら、解任しようにも銀行が異議を唱《とな》えてくる可能性は十分にある。

しかし、大垣はニヤリと笑うと、

「実は、メインバンクからは、すでに了解を取りつけてあるんです」

思いもしなかった言葉を口にした。

「あの……私はこれで——」

生臭《なまぐさ》い話になってきたのを悟った安住が、慌てて席を立とうとする。

「いや、安住さんにも聞いていただきたいのです」

大垣は安住を制すると続けた。「実店舗の海外展開は、四葉さんが仕切られる。冷凍食品事業については、カレーはその一商品ではありますが、こちらも販路の開拓、物流面を含め四葉さんがおやりになる。となればですよ、相葉がイカリ屋でやれることはといえば、国内事業しかないってことになるじゃないですか」

「なるほど……。そういうことになりますね」

篠原は思わず漏らした。

「まして、ここに来て相葉が前の会社で行った経営戦略の後遺症で、業績は急降下。イカリ屋でも前職で行ったのと同じ策を講じようとしている。このままでは同じ轍《てつ》をふむことになる。銀行はそこに危機感を覚えているんです。当面利益は上がるかもしれないが、中長期的に見れば、決してイカリ屋のためにならないとね」

篠原には大垣が話す銀行の見解が意外でならなかった。

収益性を重視しているのは、投資家だけではない。銀行もまた同じだ。もちろん、多額の資金を貸し付けていることもあるが、業績が好調ならば銀行は想定通りの金利収入が得られる上に、配当金というおまけも得られるからだ。

第一、貸し手が危ないと見れば、真っ先に資金を引き揚げにかかるのが銀行である。もちろん、貸付金が焦《こ》げ付き、やむなく債権を放棄せざるを得ないこともまま起こることではあるが、それは融資先が大企業で、倒産しようものなら社会的影響が大きすぎる場合に限られる。

してみると、イカリ屋はそのケースには当てはまらない。

カレーショップチェーンでは日本一とはいえ、イカリ屋の資金需要など、大企業に比べれば知れたものだ。銀行からしてみれば、相葉の経営手法は好ましいものと映りこそすれ、否定されるものではないと、篠原には思えたからだ。

「篠原さん」

大垣はいう。「銀行が融資を行い、株を持つのは、何も利益を求めるためだけではありません。育つ、育てる価値があると見込んだ企業にはカネを貸すんです。最近の銀行にそうした姿勢があまり見られなくなっていることは事実ですが、いけると踏んだ事業は別です。海外事業は、四葉さんが全面的に協力することで完全に目処《めど》がついた。しかもそこに冷凍カレーライスという、さらに大きな市場をものにできる可能性も生まれた。さて、そうなると国内事業です。今後市場規模が縮小していくのは避けられないとしても、いま現在何の問題もなく機能しているフランチャイズシステムを変えられたら困る事情が銀行にはあるんです」

「困る事情？」

「イカリ屋本社の社内体制ですよ」

大垣はいった。「上司の命《めい》には逆らえないのがサラリーマンの宿命とはいえ、人間には感情ってものがある。士気が下がり、モラルが低下しようものなら、うまくいくものもうまくいかなくなる。組織として機能しなくなれば会社はお終《しま》いです。まして、イカリ屋は、篠原さんが一代でここまでにした会社だ。社員たち、フランチャイジーの皆さんだって篠原さんに絶大な信頼を置いている。だから、それを根底から否定するような相葉の経営手法には、銀行も強い懸念を抱いているんです」

「銀行がどうしてそんなことを」

「なにいってるんですか。銀行からは、随分《ずいぶん》前から役員を迎え入れてるじゃありませんか」

大垣は苦笑する。「移籍したからって、古巣との縁が切れたわけじゃなし、社内の状況は銀行もしっかり把握していましたよ」

大垣の言葉に意を強くした篠原は、

「確かに、私も相葉さんに経営を任せたことは後悔しています。フランチャイジーあってのイカリ屋。その気持ちはいまも変わっていません。戻れるものなら戻りたい。そう考えてもいました。となると、問題は相葉さんにどうやって納得していただくかですが――」

心情を正直に吐露《とろ》すると、懸念を口にした。

「それは、ご心配いらないと思いますよ」

大垣は自信ありげにいう。

「と、いいますと？」

大垣はすぐにこたえずに、安住に視線を転ずると、

「そこで四葉さんにお願いがあるんです」

そう前置き、驚くべき策を切り出した。

3

「さて、今日は何用ですかな。例の直営店出店の話なら、前回お会いした際に私の考えをご理解いただけたはずですが？」

イカリ屋の社長室で、相葉は面倒臭そうにいいながら、ソファに腰をおろすと足を組んだ。

「今日はその話をしにきたのではありません」

篠原はこたえた。

「ほう？　ではなんのために？」

相葉は眉を上げた。

篠原は、短い間を置くと、

「相葉さん。辞任していただけませんか」

直截に切り出した。

「辞任？　私に辞めろと？」

「その通りです」

「なぜ？」

相葉の顔から表情が消えた。つんと顎《あご》を立て、下目遣《づか》いに篠原を睨《にら》む。

「相葉さんがおやりになる仕事は、イカリ屋にはないからです」

何を馬鹿な話をといわんばかりに、相葉はふんと鼻を鳴らすと、

「仕事は山ほどありますよ」

低い声でこたえた。「海外事業はようやく目処がついたところだし、国内だってこれか

ら難しい局面を迎えるんだ。特に国内事業は、いまここで改革の手を緩めれば、取り返しのつかないことになる。それは、篠原さんだってご存じのはずだと思いますが？」

「国内事業が難しい局面を迎えるのは確かです。それに備《そな》えるべくいまのうちから手を打たなければならない。それもまたおっしゃる通りだ」

篠原は、相葉の言を肯定してみせると、「ですがね、相葉さん。あなたのおっしゃる改革ってやつをやれば、会社自体の業績は一時的に上向くかもしれない。しかしだ、地方の人口減がもはや避けられないとなれば、当然不採算店が続出し、地方は撤退に次ぐ撤退。大都市の売り上げをもってしても、現在の業績を維持するのは不可能になる。つまり、あなたの仕事は、決して前向きなものにはならない。早晩、後ろ向きの仕事が主になるわけです」

厳しい将来像を突きつけた。

「国内事業が徐々に衰退していっても、海外事業で補《おぎな》って余りある業績が上がれば会社は成長し続ける」

そんな理屈は理由にならないとばかりに、相葉は薄ら笑いを浮かべながら軽く目を閉じ首を振る。「だから海外に活路を見出そうとしているんじゃありませんか」

「海外事業ねえ」

今度は篠原が苦笑する番だった。「そこに、あなたが介在する余地があるんですか？」

「どういうことです?」

相葉は怪訝《けげん》な顔をして訊ね返してきた。

「アメリカ進出にあたっては、現地に合弁会社を設立することで四葉と合意したそうですね」

それは、つい昨日のことだ。

「こりゃまた随分とお耳が早い」

さすがに相葉は驚きの色を露《あら》わにすると、「誰から聞いたんです?」

今度はあからさまに不愉快な表情を浮かべる。

篠原は問いかけを無視して、

「工場の建設、店舗展開、物流、食材の調達、果てはマーケティングに至るまで事実上四葉が行う。確かに、資金調達もイカリ屋が単独でやるより楽になる。事業展開のスピードだって格段に速くなりもするでしょう。海外に進出を図るには、四葉はベストパートナーには違いありません。彼らを巻き込んだ手腕はさすがは相葉さんだ」

思い切り言葉に皮肉を込めた。

「そりゃ、どうも――」

肩を竦《すく》め、首を傾げながらこたえる相葉だったが、目は笑ってはいない。

「そこで、ひとつお訊きしたいのですが、合弁会社の経営は誰が行うんです?」

「それは、これから四葉と詰《つ》めますが、私の意向としては、いま海外事業室長兼取締役をやっている矢吹に任せたいと考えています。アメリカでだってイカリ屋の名前で事業を展開するんですから。社長はうちから出すのは当然でしょう」

「矢吹さんは、あなたが連れてきた人ですよね」

「それが？」

「カレーのビジネスを手がけて間もない人に、経営を任せて大丈夫なんですかね？」

「矢吹は、私がかつて勤務していたコンサルティング会社で一緒に働いた人間でしてね。アメリカでの生活経験もあれば、数多《あまた》の業種の経営分析、指導、改善を行ってきた有能な男です。第一、カレー屋の経営経験がないからできませんなんていってたら、コンサルタントなんか務まりませんよ。クライアントの現状を分析して、問題点を抽出し、改善策を提示する。それがコンサルタントなんです。大丈夫、彼ならやれますよ」

「ならば、やっぱり相葉さんは国内事業に専念することになるじゃないですか」

「合弁会社の出資比率は四葉が四九、うちが五一。事実上うちの子会社になるわけです。当然、本社の意向は強く反映される。それすなわち、私の意向じゃありませんか」

「その点は、あなたのおっしゃる通りだ。たった一パーセントでも、過半数の株を押さえた方が主導権を握ることになるわけですからね」

思った通りの展開になってきたことに、篠原は内心でほくそ笑みながら、「じゃあ、あなたも株主の意向には従わざると得ないということになりますよね」

じわりと迫《せま》った。

「えっ？」

さすがに相葉が驚いた顔になる。

「私と家内、ドリーム食品、メインバンク、それに従業員持株会の株を合算すれば、発行済株式のおよそ半分。次の株主総会までに委任状を集め、社長交代の議案を提出すれば、あなたを解任することは可能だということです」

「解任？」

相葉は目を丸くした。「私を解任して、誰を社長に据えるっていうんだ」

「私が復帰します」

篠原はきっぱりといい放った。「海外事業は四葉の全面的サポートが受けられることが決まった。もちろん、うちからも人は出しますよ。将来の人材を育てなければなりませんからね。となれば、残るは国内事業をどうするか。それなら、あなたの手を借りるまでもない」

「なんとも虫のいい話ですな。四葉のサポートが得られるとなった以上、用はないってわけですか」

そういう相葉の瞳には、怒りの色が浮かんでいる。目を細め、凄まじい眼力で篠原を睨みつけてくる。

まさに、どの口がいうというやつだ。

イカリ屋を支えてきたフランチャイジーを、より高い収益を上げるために切って捨てる。用済み扱いしたのはどこのどいつだ。

本当は、そういってやりたいところだが、

「相葉さんにとっても、悪い話じゃないと思いますがね」

篠原はいった。

「なに？」

相葉の顔が見る見るうちに赤らんでくる。こめかみがひくつき、今度は蒼白《そうはく》になったと思いきや、

「ふざけるな！　なにが悪い話じゃねえだ！」

激しい罵声《ばせい》を浴びせてきた。「解任された経営者に行き場なんてあるか！　これまで積み重ねてきた俺のキャリアが台無しになっちまうじゃねえか！」

これもまた呆《あき》れたいい草だ。

解任された経営者に行き場がないというなら、生活を支える糧《かて》を得る唯一の場である店を潰《つぶ》されたオーナーだって同じだ。それを承知で、血も涙もない経営戦略を打ち出した人間が、我が事となった途端猛烈に反発する。

もっとも、相葉がこうした反応を示すことは想定済みだ。

「だから辞任をお勧めしているわけです」

相葉が逆上すればするほど、逆に篠原の心は落ち着いていく。「相葉さん。ことイカリ屋の海外進出については、あなたは四葉という大商社を巻き込むことに成功したじゃないですか。こんな大仕事は、到底私には成し得なかっただろうし、そもそもそんな発想は浮かばなかった。これはあなたの立派な功績だ。プロ経営者としての名をさらに高めることになっても、貶《おとし》めることにはならないと思いますが？」

相変わらず怒気の籠《こも》った目で睨みつけてくる相葉だったが、言葉は返ってこない。

「私だって、あなたのキャリアに傷をつけたくはない」

篠原は続けた。「四葉との合弁会社の設立。アメリカ進出。それを足がかりにして、やがて東南アジア、ヨーロッパへと事業を広げていくことを、記者会見を開いて公表します。もちろん、あなたに同席していただいた上でね」

「カレー屋が記者会見を開いて、誰が来る？」

相葉の目が胡乱《うろん》げなものに変わり、ふんと鼻を鳴らす。

「会見は四葉がセッティングします。イカリ屋の海外展開を全面的にバックアップする。もちろん、私はそれがあなたの功績であったことを明言します」

篠原は、相葉の目を見据えながら断言した。

カレー屋のオヤジごときに辞任を促されるのは不愉快極まりないが、冷静に考えてみれば、篠原のいうことにも一理あると相葉は思った。

篠原はもちろん、大垣もまた、自分が打ち出した経営戦略に異議を唱えた。しかし、海外進出はイカリ屋が生き残る唯一の道であることに間違いはない。かといって、篠原は高齢であることに加えて、海外進出を行うだけの能力はない。だが、四葉がその役割を担《にな》うとなれば話は別だ。

四葉が海外事業を全面的にサポートするとなれば、イカリ屋が関与する部分は現場仕事が主となる。

してみると、確かに篠原のいうように、自分の仕事は今後縮小に向かう国内市場をどうするかがメインとなる。

それが、俺の仕事か？

と、相葉は自らに問うた。

いずれ続出する不採算店の整理統合。その一方で、人口が集中する都市部の店舗展開。しかし、一店舗の商圏内の人口が増加したからといって、店を増やせば売り上げの増加につながるかといえばそれはない。むしろ、店舗同士の客の食い合いがはじまり、売り上げはよくて横ばい。収益率に至っては低下する可能性の方が高いと見るべきだ。

もっとも市場そのものが縮小するのだ。誰がやっても同じこととはいえるのだが、そんな理屈はプロ経営者には通らない。

常に増収増益。結果を出し続けてこそのプロ経営者だ。イカリ屋に関していえば、それを可能にするのが海外進出だったわけだが、肝心《かんじん》の成長事業を四葉が主導するとなれば、自分の存在は霞《かす》んでしまう。

考え込んだ相葉に向かって、篠原はいう。

「国内の業績が悪化しても、海外事業が順調に推移すれば、その分を補って余りある業績が上がります。でもね、相葉さん。その補って余りある業績が、四葉の力によるものじゃ、あなたは四葉に担《かつ》がれる神輿《みこし》じゃありませんか。評価されるのも、彼らを巻き込んだところまで。楽を決め込んだ途端に、誰もあなたをプロ経営者として評価しなくなってしまうんじゃないでしょうか」

「辞任しなければ解任すると脅《おど》しておいて、今度は先の話ですか」

思い切り言葉に皮肉を込めて返した相葉だったが、篠原の言にも理がないわけではない。

ことイカリ屋に関していえば、四葉を巻き込み、海外での事業展開に目処をつけたことが最大の功績になることは間違いないからだ。

ここから先は、誰がやっても同じこと。ニューヨーク店の経営が順調ならば、後は彼らの組織力を以《もっ》て、めぼしい都市に店舗を増やしていくだけだ。四葉は、日本国内で外資系のフランチャイズ事業をいくつも手がけてきた実績がある。マーケティングのノウハウもあれば、優秀な人材には事欠《ことか》かない。食材の調達に至っては本業中の本業だし、資金力もある。

四葉に担がれる神輿か——。

そこに思いが至ると、篠原のいった言葉がすとんと腑《ふ》に落ちた。

「相葉さん」

篠原が呼びかけてくる。「前にいた会社。ここにきて業績が急激に悪化しましたよね。あなたが行った経営改革が原因だというのがもっぱらの説だ。あなたはイカリ屋でも同じことをやろうとしている。国内事業が悪化しようものなら、同じことをいわれるんじゃありませんかね。しかし、それを除けばイカリ屋の海外進出の礎《いしずえ》を築いたのは確かなんだ。身を引くなら、ここが一番のチャンスだと思いますが」

売り時を間違えると、取り返しのつかないことになるのがプロ経営者だ。それに、イカリ屋に骨を埋《うず》めることなど端《はな》から考えてはいない。

もちろん、辞任すれば、矢吹と床波のふたりも、イカリ屋には残れない。特に矢吹は、自分の後任を確約した上で招き入れたのだ。話が違うと怒るに決まっているが、ここで身を引けば、好条件で経営を任せたいという会社が必ずや出てくる。そこにまたふたりを招き入れてやれば——。

「分かりました」

相葉は勧告に従うことにしたが、ただで引き下がるわけにはいかない。「しかし、海外展開に目処をつけたことを認めてくださるというからには、当然退職金にはイロをつけてもらえるんでしょうね」

乞《こ》われてこそ好条件が提示されるのが転職だ。いくら実績があっても浪人となれば足元を見られて買い叩《たた》かれる可能性は十分にある。

「もちろんです」

「まあ、応じなければ解任なさるというんだ。今後のことを考えると、こちらも困る。常識的な線で構いません。ただしおカネではなく、株でお願いします」

「株……といいますと？」

「決まってるじゃないですか。イカリ屋の株ですよ」

相葉はにやりと笑うと、「四葉が仕切るからには、イカリ屋の海外進出は、まず失敗することはありませんからね。業績が上がれば株価は上がる。現金でもらうより、はるかにマシだ。了解していただけるなら、喜んで辞任して差し上げますよ」

呵々《かか》と笑い声をあげながら、篠原の顔を睨みつけた。

4

大井町の駅を出たすぐのところにあるビルの一階に、真新しいイカリ屋の看板がある。大きなガラスの窓越しに、新品の椅子や厨房《ちゆうぼう》器具、メニュー表が見えた。既に内装も終わり、開店を待つばかりとなった直営店である。

しかし、いま店内に人影はない。

社長交代の発表は一週間後と決まった。

相葉は職務を停止し、代わって指揮を執《と》るのは篠原である。

生え抜きの社員の間には、相葉の経営戦略への反発が渦《うず》を巻いていたのだ。

「相葉さんの出店計画は、ただちに中止だ」

篠原が下した断に異議を唱える者がいようはずがない。

もちろん、開店間際《つい》にまで準備が進んだ店も少なからずある。中止となれば、店舗の契約、内装、機材に費やしたカネが無駄になる。それも決して馬鹿にならぬ金額だ。新店舗で働く社員には既に内示が下りており、それもまた白紙に戻すのだから、業務も混乱する。

だがそれも、失った信頼を取り戻すことに比べたら些細《ささい》なことだ。

オーナーたちをひとりひとり訪ね、絶望と不安に陥《おとし》いれたことを詫《わ》び、許しを請《こ》う。何をおいても失った信頼関係の修復が最優先だ。

「安川さん、よく私に会うことを承諾してくださったね」

篠原は同行する山添に向かっていった。「今回の件は、明らかに私の判断ミスが原因だ。すんでのところで収まりはしたが、顔なんか見たくもないと思って当然だろうに」

「優良フランチャイズ店の直営店化なんて、誰が発案したか、安川さんは十分承知されてましたよ」

山添は心底ほっとしている様子で、穏《おだ》やかな声でこたえる。「篠原さんが社長であったなら、こんな悪辣《あくらつ》非道な手段を取るわけがない。自分の中では、イカリ屋イコール篠原さんだ。改めてそのことを思い知った。だから、篠原さんが社長に戻ってくださるなら、安心して店を続けられると——」

その言葉が胸に染《し》みる。

同時に篠原の胸中にこみ上げてきたのは、経営というものの難しさだ。

フランチャイジーあってのイカリ屋。その信念はいまでも揺らぐことはないが、商売は水物だ。市場環境だって刻々と変化する。そんな中で、業績を向上させ、雇用を維持し、社員、フランチャイジーの生活が成り立つだけの収益を生み出し続けなければならないのだ。

そこに思いが至ると、経営者に復帰することを決めたいま、己に課せられた責務がいかに重いものであるかを篠原はいまさらながらに実感する。

「それにしても、よく相葉さんが社長を退《しりぞ》くことを承知しましたね。あの人はプロ経営者じゃないですか。まだ、これといった実績を挙げたわけじゃなし。これじゃ、次の仕事といっても、声をかける会社なんかないでしょうに」

四葉との合弁事業の件は、まだ社内でも知る人間はいない。

しかし、それも一週間の後には明らかになる。

「実は、まだここだけの話だがね――」

篠原が、そのことを話して聞かせると、

「なるほど。海外事業は四葉が中心になって展開することになったんですか」

山添は、驚きを露わにする。

「四葉を巻き込んだのが、相葉さんであることは紛《まぎ》れもない事実だ。私には思いもつかない発想だったし、彼の力無くしては実現することもなかったろう。これは、相葉さんの立派な功績だよ」

「なんか、策士、策に溺《おぼ》れるって気もしないではありませんけどね」

山添は言葉に皮肉めいたニュアンスを漂《ただよ》わせると、「だって、そうじゃありませんか。四葉を巻き込んだおかげで、自分の出る幕がなくなっちゃったってわけでしょう？　まあ、そうはいっても、相葉さんはいつまでもイカリ屋の社長をする気なんかなかったでしようから、渡りに船ってやつだったかもしれませんけどね」

　意外な言葉を口にした。

「どうしてそう思う？」

「相葉さんがうちのビジネスに愛着を持ってるとは思えないからですよ」

　山添はこたえた。「まともに言葉を交わしたことはありませんけど、あの人が打ち出す戦略は、全て数字をつくるためのものとしか思えませんでしたからね。そのためなら、どんな手段も厭《いと》わない。なんでそんなことができるかといえば、とどのつまり、経営者としての自分の価値を高めるため以外にないじゃないですか」

　はっとした。

　これまでの相葉のキャリアからすれば、格落ちは否《いな》めないイカリ屋の経営を、なぜふたつ返事で引き受けたのか、その理由が分かった気がしたからだ。

　山添は続ける。

「実際、そうやって相葉さんはキャリアを積み重ねてきたんです。長期的展望なんて、そもそも考えの中にはなかったんですよ。実績を挙げるにしても、就任からの時間が短ければ短いほど、前任者との経営手腕の違いを見せつけられる。それがプロ経営者としての価値と名声を高めることになる。となれば、後のことなんか知ったこっちゃないってことになるじゃないですか」

　山添のいう通りだと、篠原は思った。

　十年どころか五年先のことすら誰にも分からないといわれればそれまでだ。最善の策だと確信しても、裏目に出ることだって多々ある話だ。

　まして、上場企業の経営者は常に株主の厳しい監視下にある。プロ経営者ともなればなおさらのこと。在任中は業績を向上させ続けることを宿命づけられているのだ。

　となれば、即効性のある戦略を打ち出すのは当然のことだし、そもそもが長期的展望に立った経営戦略を考える余裕などあろうはずもなければ、その実績を以てステップアップを図るのが狙いであるのなら、考える必要すらない。

　つまり、プロ経営者とはいうものの、本質的にはサラリーマン経営者以外の何物でもないのだ。

　どうせ数年で交代するんだ、自分の時代だけよければいい。

　世界に名を馳《は》せ、世間に一流の大企業と目された企業が、いつの間にか経営が傾《かたむ》き、消え去った例はごまんとある。そこに共通するのは、時代の流れ、つまり将来の市場の変化への備えを怠《おこた》ったこと、そして会社、ひいては社業への愛着の欠如である。

　経営者が会社とは別の場所でさらなる高みを目指そうとしている一方で、従業員はこの会社に骨を埋《うず》める覚悟をしているとなれば、不協和音が生ずるのも当たり前なら、業績の向上も一時的なものに過ぎず、早晩低迷へと向かうことになるのは目に見えている。

「社長――」

山添の声で篠原は我に返った。

安川の店が目の前にあった。

先に店内に入ろうとする山添を制し、篠原は店のドアを開けた。

開店前である。

カウンターの中で、準備に余念のない安川がいた。

「篠原さん……」

安川は帽子を取りながら、こちらに駆け寄ってくる。

「安川さん。このたびは、大変なご迷惑とご心配をおかけして、本当に申し訳ございませんでした」

篠原は、心から詫びた。

人生の再起を懸けたイカリ屋に裏切られた。その絶望感、不安たるやいかばかりであったか――。

そこに思いが至ると、胸が苦しく、張り裂けそうになる。視界が霞《かす》み、涙が溢《あふ》れそうになる。

「弊社が行おうとしたことは、紛《まぎ》れもない背信行為です。二度と……二度と、このようなことはいたしません。どうかお許しいただきたく――」

篠原は土下座した。

そんなつもりはなかったが、詫びても詫び足りぬ。そんな思いに、自然と体が動いたのだ。

「し、篠原さん、そんな土下座だなんて、止めてください」

頭上から安川の狼狽《うろた》えた声が聞こえる。「どうか、お手をお上げになって、どうぞそちらの席に」

「社長……。安川さんがそうおっしゃってくださっているのです。どうか……」

山添の言葉に篠原は立ち上がると、また深々と一礼し椅子に座った。

安川の顔が見られない。

視線を落とす篠原に向かって、

「そりゃあ、あんな近くに直営店を出すって聞かされた時には、怒りに駆られましたよ。酷い絶望感も覚えました。でもね、いまとなっては、私、改めてイカリ屋のフランチャイジーになってよかった。本当にそう思ってるんです」

安川はしみじみとした口調でいった。

「えっ？」

意外な言葉に、篠原はようやく視線を上げた。

穏やかな笑みを浮かべる安川の顔がある。

「だって、そうじゃありませんか。フランチャイジーのために、開店準備が整った新店舗を捨てるなんて、どこの会社がしますかね。それに篠原さんは、私たちのことを思って社長に復帰なさることにしたんでしょう？　いまの時代にそんな経営者なんかいませんよ。会社が生き残るために従業員を切り捨てても、自分はしっかり生き残る。そんな経営者ばっかりじゃないですか」

「安川さん……」

言葉が見つからない。

黙った篠原に向かって、安川はいう。

「私だってサラリーマンでしたからね。組織ってものが、どんなところかよく知ってます。サラリーマンってよく羊にたとえられますけど、それ当たっていると思うんです。ひとりひとりは弱い。だから群《む》れを成して生きていく。でもね、一旦群れが危機に陥ると、この羊の群れは豹変《ひょうへん》するんです。群れが生き残るためなら、仲間を容赦なく切り捨てる。それも弱い羊に狙いをつけて、悪逆非道《あくぎゃくひどう》、いかなる手段を使うことも厭わない――。馬鹿ですよね。哀れですよね。だってそうじゃありませんか。当座の危機を凌《しの》いでも、また危機に直面すれば、残った誰かが同じ目に遭わされることになるんですよ。でもね、私がサラリーマンになった当時はそんなことはなかったんです。弱い羊にだって、量は減っても餌《えさ》は残されていたものですし、老いて離れていくその時まで、群れに置いてくれたものだったんです」

安川は、少し遠い目をしながら軽く息をつく。「いったいどうしてこんな世の中になったんでしょうねえ。確かに、今回相葉さんがやろうとしたことは、経営者としては正しいのかもしれない。いや、私が相葉さんの立場なら、同じことをしたかもしれない。でも、会社のためなら不幸になる人間が生まれてもしょうがない。誰かの犠牲の上に、会社の存続が成り立つってのは、やっぱりおかしいと思うんです。一生懸命働いた人間が、ある日突然、組織の論理ってやつで、不幸に陥るなんてあってはならないと思うんです」

「おっしゃる通りです」

篠原は深く頷いた。

「私、篠原さんは、そのことをよく分かっている経営者だと思ってました。それが今回の件で、やっぱり正しかったことが裏付けられた。だから、本当に嬉《うれ》しいんです。人生の再起を懸けて、イカリ屋のフランチャイジーになってよかったと、つくづく思って――」

そういう安川の目が潤《うる》んでいるように見えるのは気のせいではあるまい。

安堵《あんど》、感謝、そして希望に満ちた表情で、篠原を見つめる。

「今日のイカリ屋があるのも、お客様に喜んでいただけるカレーを作ればこそ。喜んでいただける店にするのは、フランチャイジーの皆さんの努力があってこそです。私も今回の件で、改めてそのことを思い知りました。それと、安川さんがおっしゃったように、誰かの犠牲の上に、会社の存続が成り立つ社会は間違っていると私も思います。仕事は、みなが幸せになるためにするものです。世の中を豊かにするためにするものです」

篠原は声に力を込めて断言すると、「復帰すると決めたからには、この気持ちを忘れずに、老骨に鞭打《むちう》ってフランチャイジーの皆様のために、お客様のために、ひいては世の中のために働く覚悟です。世の中の流れに逆行したってかまいません。会社はどうあるべきか、世の中がどうあるべきか。皆さんが、安心して、嬉々《きき》として働く姿を見れば、世の中の人たちが必ずや気がついてくれる時が来ることを信じて——」

安川の目をじっと見つめた。

感極《かんきわ》まったような表情を浮かべる安川は、言葉を返さなかった。

再び瞳が潤みだすと、眦《まなじり》から一筋の涙が頰《ほお》を伝い落ちる。

「そこで、ひとつご提案があります」

篠原はここに来る道すがら、考えていたことを切り出した。

「何でしょう」

そっと涙をぬぐいながら、安川が問うてきた。

「駅前の店舗を経営していただけませんでしょうか」

「えっ？」

「せっかく、開店できる状態になった店舗です。立地も良くなれば、店もはるかに広い。この場所で店をやるより、売り上げが増大するのは間違いありません。もちろん、開店に要したおカネを頂戴するつもりはありません。以降、契約に則《のっと》ったフランチャイズ料金をお支払いいただければ結構です」

「いや、しかし、それでは……」

驚く安川に向かって、

「ご信頼を裏切ろうとしたんです。お咎《とが》めなしでお許しいただくなんて、虫が良すぎますよ。ペナルティを支払って当然ですし、第一、あれだけの好立地は、そう簡単には見つかりませんからね。それこそビジネス的見地からしても、安川さんに、あの店を是非やっていただきたいのです」

「篠原さん――」

安川の顔が歪み、両目から滂沱《ぼうだ》と涙がこぼれはじめる。「ありがとうございます。私、一生懸命働きます。篠原さんのご恩に報いるためにも――」

安川がすっと手を差しのべてくる。

がっしりと、その手を握りながら、篠原は自然と笑みが顔に浮かぶのを覚えた。

エピローグ

「いや、驚きました。あのニュースを聞いた時には仰天《ぎょうてん》しましたよ。なるほどその手があったかと、まさに目から鱗《うろこ》というやつです。さすがは四葉さんだ」

ミドリハラ・フーズ・インターナショナルの事務所に設《もう》けられた接客スペースで、山崎が唸《うな》った。

イカリ屋のアメリカ進出と、篠原の社長再就任を発表する記者会見が行われてひと月が経《た》つ。

おそらく、相葉はイカリ屋の海外展開に四葉を巻き込んだことにメディアの関心が集中し、プロ経営者としての己《おのれ》の手腕を世に知らしめる晴れの舞台になると考えていたに違いない。

ところが、イカリ屋の海外進出を四葉が全面的にバックアップすることに加えて、日本の食材を使ったB級グルメ、それも米を使う冷凍食品を国内で生産し、それを海外に輸出することによって、日本の一次産業を活性化させる。結果、地方の人口減少に歯止めをかかけることを狙《ねら》いとしていると発表されるや、記者たちの関心はその一点に集中し、相葉の功績は完全に無視される形となった。

その件に関して何も知らされていなかった相葉の驚くまいことか。

会見終了と同時に、相葉は怒り狂ったが、時すでに遅しというやつだ。

「全ては山崎さんがはじめられたこの事業がきっかけになったのです」

安住はいった。「篠原さん、以前にここをお訪ねになったそうですね」

「ええ、一度――」

「このままでは、日本は地方から壊死《えし》するように衰《おとろ》えてしまう。かといって、雇用のない場所に、人は集まらない。雇用が生じたとしても、企業が利益を追求するものである以上、常に安い労働力を追い求める。あるいは、コストパフォーマンスの落ちた人間を切り捨てる。それじゃ、人生設計も何もあったものじゃない。それで、人は幸せになれるのか。そんな世の中が、正しいありかたなのか。篠原さんは、山崎さんのお話を聞き、実際にMFIの事業を見て、日本を再生するモデルはこれしかないと確信なさったんだそうです」

「そうですか……篠原さん、そうおっしゃってくださったんですか」

山崎は感慨《かんがい》深げにいう。「自戒《じかい》の念を込めていうのですが、私もかつて四井にいた頃は、仕事は生活の糧《かて》を得るためのものであって、それ以上でもなければ、それ以下でもない。そのためには、より多くの利益を会社にもたらす仕事をしなければならない。そう考えていました。でもね、町長になって、それだけじゃないってことに気がついたんです。そんなのは、ほんのひと摘《つま》みの勝ち組の論理だ。誰もが四井のような大商社で働けるわけじゃない。それどころか、職があっても、増えているのは時給いくらの非正規雇用者で、利益第一主義の企業の勝手で、苦しい生活を強《し》いられている人たちが、ごまんといるってことにね」

「おっしゃる通りです。まったく耳が痛いお言葉です……」

安住は語尾を濁《にご》すと、ため息を漏《も》らした。「しかし、ビジネスを通じて、この閉塞感《へいそくかん》に包まれた社会をどうやって変えるか。これは本当に難しい課題です。篠原さんもそうでした。海外に進出するにあたっては、ＭＦＩのビジネスモデルを踏襲《とうしゅう》し、現地の店舗で使うカレーやトッピングの全てを日本で生産して輸出できないかと考えたのですが、コストの問題を解決する策が思いつかない。それに、海外に進出するのははじめてですし、年齢からしても軌道《きどう》に乗せるまで指揮を執れる自信がない。そこで、外部からプロ経営者として実績がある相葉さんにイカリ屋を託《たく》したのです」

「なるほど。そういうことでしたか」

「そうはいっても、実店舗にカレーを供給するとなれば、やはり現地で生産するに限る。誰が考えても結論はそこに行き着きます。さて、そうなると、今度はアメリカで工場建設、食材の調達、配送網の整備、現地でのマネージメントと、開業以前にやっておかなければならないことが山ほど出てくるわけです。ところがイカリ屋には、そうした業務を海外でこなせる人間はいない。そこで、相葉さんは、古巣である四葉に合弁会社の設立を持ちかけてきたわけです」

「しかし、どうしてそこから冷凍食品を四葉さんが手がけることになったんです？」

悪逆非道《あくぎやく》な相葉の経営手法を話すのは、さすがに気がひける。

「ドリーム食品の大垣さんから、篠原さんのお考えを聞く機会がありまして――」

安住はその件には触れずにこたえた。「篠原さん、ひいては山崎さんのお考えに、私、感銘《かんめい》を受けましてね。私ひとりの力ではどうすることもできませんが、四葉の力をもってすればやれることがあるんじゃないか。それが、世の中に希望を与え、地方の活性化につながるなら、こんな素晴らしいことはない。それこそが、企業のあり方であり、仕事のあり方ってもんじゃないか、と思ったわけです。もちろん、企業は慈善事業をするものではありません。ビジネスとして成り立つことが大前提です。それで、必死に考えまして――」

「いや、本当に面白いと思います。大商社であればこそのビジネスですよ、これは」

山崎はいい、心底嬉《うれ》しそうに目を細めた。「肉、野菜、米、ありとあらゆる農畜産物。水産物にも莫大《ばくだい》な需要が生まれるんですからね。しかも、生産地が限定されることもない。日本全国、どこの地域にも一次産業への安定需要が生まれるんです。そうなれば、地方に住み、一次産業に従事しようという若い世代がきっと出てくるでしょう。人生設計に目処《めど》がつけば、家庭を持ち、子供を持つようにもなる。そうやって、地方が活性化していけば、この国の未来は間違いなく明るいものに変わります」

「やらなければならないことはたくさんあります」

安住はいった。「すでに、一次産業からは若い世代が離れてしまっていますし、農畜産業にしたって、収入は生産量に比例します。全国各地の休耕田、休耕地を集約して農業法人化する。畜産業も近代的な施設を建て、効率化と品質管理の向上を図る。そして、コンテナ積み出し港の近隣に、冷凍食品工場を建て、世界各地に輸出する。これはとてつもないビッグ・プロジェクトですからね。でも、成功すれば、この全ての分野にことごとく、雇用が生じるわけですから――」

「素晴らしいですねえ」

山崎は、目を輝かせた。「私には、そんなプランは考えもつかなかった。米を使うなんてことすらも、全く思いつきませんでしたよ」

「何をおっしゃいますか。全ては、山崎さんがおはじめになったビジネスがあればこその話です」

安住は本心からいうと、「そこで、山崎さんにご相談があるのです」

今日訪ねた本当の用件を切り出した。

「相談と申しますと？」

「ＭＦＩの事業を拡大なさいませんか？」

「拡大？」

山崎が驚いたように、目を見開いた。「しかし、拡大といっても――」

「ＭＦＩの経営が順調に推移していることは存じておりますが、失礼ながら、いまのままでは、販路を広げようにも、海外でとなると簡単ではありません。製品アイテムにしたって、増やすからには、かなりの資金が必要になります。何よりも、我々がこの事業を本格的にはじめたら、バッティングする製品も出てきます。動き出すまでは慎重ですが、いけると踏んだ途端に、一気呵成《いっきかせい》に攻める。それが四葉なのはご存じでしょう？」

「確かに、それはいえてますね。資金力、組織力、何をとっても四葉さんとうちじゃ象と蟻だ。とても太刀《たち》打ちできませんからね」

「そこで、どうでしょう。ＭＦＩへ四葉に出資させていただけませんか」

「出資？」

「傲慢《ごうまん》ないいかたかもしれませんが、我々がこの事業に乗り出した結果、ＭＦＩの経営が危《あや》うくなるという事態だけは絶対に避けたいのです。それじゃ、恩を仇《あだ》で返すようなことになってしまいますからね。もちろん経営の独立性が保たれることは保証します。つまり、パートナーシップを結びたいのです。それに、うちが出資したとなれば、銀行も安心して融資するでしょうしね。御社にとってもメリットのある話だと思います。なんせ、地銀は融資しようにも有望な事業がなくて困っているのが現状です。まして、販路の開拓、流通の一切合財《いっさいがっさい》をうちが引き受けることになるんです。銀行には願ってもない融資先になることは間違いありません」

「ここに工場を新設しろとおっしゃるわけですか？」

「東北地区の生産工場として、ここはとてもいいロケーションですからね」

安住はいった。「北米航路のある仙台港までは近いし、東北は米どころ。畜産業も盛《さか》んだし、漁業だって気仙沼《けせんぬま》、塩釜《しおがま》をはじめとする大漁港がいくつもありますからね。それに――」

「それに？」

山崎は先を促《うなが》す。

「山崎さんのパートナーの方がアメリカでおやりになっている鉄板焼きのレストランチェーンを支援したいのです」

「どうしてまた？」

「イカリ屋のカレーと同じですよ」

安住はこたえた。「店で出すハンバーグは緑原近辺産の国産牛を使い、シェフが店で作ったものだと聞きます。そこで、日本式のハンバーグの味を覚えたお客さんが、ＭＦＩ製のレトルトハンバーグを買っていく。Ｂ級グルメの冷凍食品市場を作るためには、この手法はベストですよ。いくら美味《おい》しいものを作っても、実際に味を覚えてもらわないことには、市場はできませんから」

「つまり、アンテナショップにしようってわけですか？」

「その通りです」

安住は大きく頷《うなず》いた。「もちろん、四葉が自力でやろうとすれば、できないわけではありません。しかし、すでに現地でビジネスをおやりになっていらっしゃる方がいる。しかも、チェーン店展開のノウハウもあるとなれば、パートナーシップを組んで、支援に回った方がはるかに効率的です。まして、Ｂ級グルメをもって、日本の地方を活性化させるという目的を同じくしているとなればなおさらのことです。もちろん、これまで以上のアイテムを扱うことになるわけですから、鉄板焼きのレストランとはいきません。店の形態は改めて考えなければなりませんが、外食ビジネス、それも日本食で成功なさっているんです。私どもと一緒に戦略を考えていただければ、きっとうまくいく。そう考えておりまして」

「なるほどねえ」

山崎は腕組みをすると、「双方にメリットがある。それこそウイン・ウインの関係になるというわけですか」

大きく頷いた。

「山崎さん。ウイン・ウインじゃありませんよ。ウイン・ウイン・ウイン・ウインです。このビジネスは私たちだけのものではありません。お客様に喜んでいただき、それがこの閉塞感漂《ただよ》う日本に希望をもたらすものなんです。それも食べ物を通じてですよ。これこそが、ビジネスの本当のあり方、醍醐味《だいごみ》ってものじゃありませんか」

それは紛《まぎ》れもない安住の本心だった。

山崎は、感慨深げな眼差《まなざ》しを向けてくる。

しばしの沈黙が流れた。

やがて口を開いた山崎は、

「世の中、まだまだ捨てたもんじゃありませんね」

しみじみとした口調で話しはじめた。「昔……私がロンドンに駐在していた頃、閣僚を経験した国会議員と会食する機会がありましてね。その席で先生がこんなことをいわれたんです。『日本があの大戦から立ち直り、奇跡の復興を成し遂《と》げ、世界に冠《かん》たる経済大国に発展したのは、勤勉な国民、そしてあなたがたのように遠い異国で祖国のために一生懸命働く方々がいてくださるからだ』とね。そして、我々を『国士《こくし》』と称された——」

「国士……ですか？」

なんとも古めかしい言葉に、安住は思わず問い返した。

「そういわれましてもねえ。戦後世代の私にはピンとくるわけがない。別に、国のために働いているなんてつもりは、これっぽっちもありませんでしたからね」

山崎は苦笑を浮かべたが、すぐに真顔になって続けた。「でもね、町長になって気づいたんです。いまの日本の政治家は、中央も地方も、誰も国の将来なんか考えちゃいない。いや、あえて考えようとしていないんだってことにね。当たり前ですよね、政治に携《たずさ》わる者はもれなく選挙で選ばれる。未来ある若者も、先が短い高齢者も一票の重みに変わりはありません。高齢者の割合が高くなればなるほど、彼らに歓迎される政策を打ち出すようになる。十年先、二十年先の日本を論じたって票になりませんからね。つまり、後のことなど知ったこっちゃない。政治家が政治家としていい続けられる政策しか打ち出してこない。いつの間にか、政治の世界からも国士なんて人間はいなくなっていたってことにね」

「でも、そんな中で、山崎さんは――」

「それは、財政破綻《はたん》寸前、崖っぷちに立たされた町の町長になり手がいなかったからですよ」

山崎はいう。「でもね、その時、もうひとつ気がついたんです。国や社会のことを考えなくなったのは、政治家だけじゃない。経営者、企業人も同じだってことにね。戦争で荒廃した日本を再建するために、私たちの先輩たちが必死で働いたことは事実だと思います。

会社の繁栄《はんえい》が従業員を幸せにする。それが、日本の社会の幸せにつながる。口には出さずとも、経営者も企業人も、そうした信念を心の片隅《かたすみ》に抱《いだ》いていたのに違いないんです」

「我々の世代は、経済成長真っ盛り。豊かになった国の中に生まれ、育ちましたからね——」

「いつの間にか、企業のありかたも変わった。経営者に求められるのが結果なら、従業員に求められるのもまた結果です。社会の中での企業の役割どころか、当期、あるいは自分の在任中を無事に凌《しの》ぐことしか考えなくなってしまったんです」

山崎は、そこで小さく嘆息《たんそく》する。「それじゃ、世の中は、この国はどうなってしまうんですか。自分さえ無事に生涯を終えられれば、後の世代のことなど知ったことじゃない。それじゃあ、あまりにも無責任ってもんじゃないですか」

「全くです——」

何もかも、山崎のいう通りだ。

いまのままの状態が続けば、日本がどんな社会になるかを誰もが知っている。なのに、策を講じないのは、未必《みひつ》の故意《こい》。次世代に対する犯罪行為そのものだ。

「だから、嬉しいんです。四葉のような大商社がそこに気づいてくれたことが——」

山崎は感極《かんきわ》まったようにいう。

「では——」

「やりましょう、安住さん。この事業をお手伝いさせてください」

「ありがとうございます」

安住は深々と頭を下げた。

「お礼をいうのは、私の方です」

山崎は右手を差し出してくる。「もっとも、四井ではなく、四葉というのが、ちょっと残念ではありますがね」

安住は、固い握手を交わしながら、

「ご心配はないと思いますよ。狙い通りにこのビジネスが展開すれば、四井だって指をくわえて見ているわけがありません。絶対に、あとを追ってきますって。それが、また地方の活性化につながり、世の中に、この国に幸せをもたらすことになるのなら、こんな素晴らしいことはないじゃありませんか。それこそ、商社マン冥利《みょうり》に尽《つ》きるというものです」

満面の笑みを浮かべた。

山崎は何度も頷きながら、安住の視線を捉《とら》えて離さない。

それは、紛れもない商社マンの目だった。それも、ただの商社マンのそれではない。失敗は許されぬ社運を懸けたミッションに、固い決意をもって挑《いど》むことを覚悟した男の目だ。

安住はそこに国士の姿を確かに見た。

（本書は平成二十九年八月、小社から四六判で刊行されたものです。なお、この作品はフィクションであり、登場する人物および団体はすべて実在するものといっさい関係ありません）

一〇〇字書評

切り取り線

国士

購買動機（新聞、雑誌名を記入するか、あるいは○をつけてください）

□（　　　　　　　　　　）の広告を見て	
□（　　　　　　　　　　）の書評を見て	
□ 知人のすすめで	□ タイトルに惹かれて
□ カバーが良かったから	□ 内容が面白そうだから
□ 好きな作家だから	□ 好きな分野の本だから

・最近、最も感銘を受けた作品名をお書き下さい

・あなたのお好きな作家名をお書き下さい

・その他、ご要望がありましたらお書き下さい

住所	〒				
氏名		職業		年齢	
Eメール	※携帯には配信できません	新刊情報等のメール配信を 希望する・しない			

この本の感想を、編集部までお寄せいただけたらありがたく存じます。今後の企画の参考にさせていただきます。Eメールでも結構です。

いただいた「一〇〇字書評」は、新聞・雑誌等に紹介させていただくことがあります。その場合はお礼として特製図書カードを差し上げます。

前ページの原稿用紙に書評をお書きの上、切り取り、左記までお送り下さい。宛先の住所は不要です。

なお、ご記入いただいたお名前、ご住所等は、書評紹介の事前了解、謝礼のお届けのためだけに利用し、そのほかの目的のために利用することはありません。

〒一〇一－八七〇一
祥伝社文庫編集長　坂口芳和
電話　〇三（三二六五）二〇八〇

祥伝社ホームページの「ブックレビュー」からも、書き込めます。
www.shodensha.co.jp/bookreview

祥伝社文庫

国《こく》士《し》

令和 2 年 9 月 20 日　初版第 1 刷発行

著　者　楡《にれ》周平《しゅうへい》

発行者　辻　浩明

発行所　祥伝社《しょうでんしゃ》

東京都千代田区神田神保町 3-3
〒 101-8701
電話　03（3265）2081（販売部）
電話　03（3265）2080（編集部）
電話　03（3265）3622（業務部）
www.shodensha.co.jp

印刷所　堀内印刷
製本所　ナショナル製本
カバーフォーマットデザイン　芥 陽子

Printed in Japan ©2020, Shuhei Nire ISBN978-4-396-34660-7 C0193

祥伝社文庫の好評既刊

楡　周平　プラチナタウン

堀田力《ほったつとむ》氏絶賛！　ＷＯＷＯＷ・ドラマＷ原作。老人介護や地方の疲弊に真っ向から挑む、社会派ビジネス小説。

楡　周平　介護《かいご》退職

堺屋太一《さかいやたいち》氏、推薦！　平穏な日々を崩壊させる〝今そこにある危機〟を真正面から突きつける問題作。

楡　周平　和僑《わきょう》

プラチナタウンが抱える人口減少という未来の課題。町長が考えた日本をも明るくする次の一手とは？

江波戸哲夫　集団左遷

無能の烙印を押された背水の陣の男たちが、生き残りを懸け大逆転の勝負に挑む！　経済小説の金字塔。

江波戸哲夫　退職勧告

社内失業者と化していた男の許に、突然届いた解雇通知。男は「日本管理職組合」に復職を訴えるが……。

江上　剛　庶務行員　多加賀主水《たかがもんど》が許さない

合併直後の策謀《さくぼう》うずまく第七明和《だいななめいわ》銀行。その支店に配属された庶務行員、多加賀主水には、裏の使命があった――。

祥伝社文庫の好評既刊

伊坂幸太郎

陽気なギャングが地球を回す

史上最強の天才強盗四人組大奮戦！ 映画化され話題を呼んだロマンチック・エンターテインメント。

伊坂幸太郎

陽気なギャングの日常と襲撃

華麗な銀行襲撃の裏に、なぜか「社長令嬢誘拐」が連鎖――天才強盗四人組が巻き込まれた四つの奇妙な事件。

伊坂幸太郎

陽気なギャングは三つ数えろ

天才スリ・久遠はハイエナ記者火尻にその正体を気づかれてしまう。天才強盗四人組に最凶最悪のピンチ！

夏見正隆

チェイサー91

日本が原発ゼロ宣言、そしてF15イーグルが消えた！ 航空自衛隊の女性整備士が、国際社会に蠢《うごめ》く闇に立ち向かう!!

夏見正隆

TAC《タック》ネーム アリス

闇夜の尖閣《せんかく》諸島上空。〈対領空侵犯措置〉に当たる空自のF15J。国籍不明の民間機が警告を無視、さらに!!

夏見正隆

TACネーム アリス

尖閣《せんかく》上空10vs1

尖閣諸島の実効支配を狙う中国。さらに政府専用機がジャックされた！ 乗員のひかるは姉に助けを求めるが……。